U0088944

古典文學研究輯刊

八　編

曾永義 主編

第24冊

林文寶古典文學研究文存（下）

林文寶 著

國家圖書館出版品預行編目資料

林文寶古典文學研究文存(下)／林文寶 著 — 初版 — 新北市：
花木蘭文化出版社，2013〔民 102〕
目 2+250 面；19×26 公分
(古典文學研究輯刊　八編；第 24 冊)
ISBN：978-986-322-399-3（精裝）
1. 林文寶 2. 學術思想 3. 古典文學
820.8　　　　102014698

ISBN-978-986-322-399-3

古典文學研究輯刊
八　編　第二四冊　　　ISBN：978-986-322-399-3

林文寶古典文學研究文存（下）

作　　者　林文寶
主　　編　曾永義
總 編 輯　杜潔祥
出　　版　花木蘭文化出版社
發 行 所　花木蘭文化出版社
發 行 人　高小娟
聯絡地址　235 新北市中和區中安街七二號十三樓
電話：02-2923-1455／傳眞：02-2923-1452
網　　址　http://www.huamulan.tw 信箱 sut81518@gmail.com
印　　刷　普羅文化出版廣告事業
初　　版　2013 年 9 月
定　　價　八編 24 冊（精裝）新台幣 42,000 元

林文寶古典文學研究文存（下）

林文寶　著

目次

上冊

下冊

柳宗元「永州八記」之研究

第一節　緒　論

柳宗元的永州八記，文辭清冽，寄託寓意，爲我國散文開出了奇葩，更爲我國山水遊記奠定了不拔的基石，誠爲千古以來曠世的奇文。但進一步的追問，永州八記名稱來源？又永州八記到底好在那裏？這是平實的問題，而多少的問題又都是從平實中產生。

考「永州八記」的名稱到底始於何時？到目前爲止，一航皆稱「所謂永州八記」。所謂即是「所說的」，誰說的，在早期或許是人盡皆知的事實，而後習而不察焉，以致不知其來源。就本人所知，前人似乎皆稱「永州諸記。」能見「八記」合稱者有：常安於「古文披金」評語卷十四柳文。

> （鈷鉧潭記）最善刻畫。西山八記，脈絡相通，若斷若續。合讀之，更見其妙。（據《柳宗元資料彙編》，頁 387 引）

又愛新覺羅弘曆於「唐宋文醇」評語卷十六：

> 酈道元「水經注」，史家地理志之流也。宗元「永州八記」，雖非一時所成，而若斷若續，令讀者如陸務觀詩所云：「山重水複疑無路，柳暗花明又一邨」也，絕似「水經注」文字，讀者宜合而觀之。（據《柳宗元資料彙編》，頁 429 引）。

以上兩者未知是否即是「八記」合稱的開始，仍有待指正。至於八記即是指永州城內的八個所謂的風景區，這八個風景區，其間距離相近，或因此後人習而不察其「八記」命名來源。

爲更進一步的探討永州八記的藝術成就，於是有本論文的寫作，本文分五節。

第一節緒論。第二節「永州八記的寫作背景」，這裏的寫作背景，即指外緣研究而言，文學評賞的外緣問題，可以包括：作者的生平、思想、時代背景、作品眞僞的考證、文字的訂正、文義的訓話、創作的動機，與其他作品的關係等項，而我們把重心放在黨爭、永州地理的考查、及柳宗元在永州的心境變化。申言之，柳宗元因爲牽涉到黨爭。所以被貶永州，永州是柳宗元生命的轉捩點，所以本論文對黨爭剖析頗爲詳盡。永州是柳氏生命的轉捩點，永州與柳氏的文學生命息息相關。趙善惏於〈柳文後跋〉曰：

> 前輩謂：子厚在中朝時所爲文，尚有六朝規矩；至永州，始以三代爲師，下筆高妙，直一日千里。退之亦云：「居閑？益自刻苦。務記覽爲詞章。」而子厚自謂：「貶官來，無事，乃得馳騁文章。」此殆子厚天資素高，學力超詣；又有佳山水爲之助：相與感發而至然耶！（見《柳河東全集》附錄下，頁563）

王鏊《震澤長語》卷下：

> 吾讀柳子厚集，愛山水諸記，而在永州爲多。子厚之文，至永益工：其得山水之助耶！（據《柳宗元資料彙編》，頁224引）

汪藻《浮溪集》卷十九〈永州柳先生祠堂記〉：

> 然零陵一泉石，一草木，經先生品題者；莫不爲後世所慕，想見其風流。而先生之文：載集中，凡環奇絕特者，皆居零陵時所作。（見《柳河東全集》附錄集傳，頁569）

又錢重〈柳文後跋〉：

> 子厚居愚溪十年。間中：捨尋游山水外，往往沈酣於文字中。故其文：至永，尤高妙，爲後世學士大夫所宗師。（見《柳河東全集》卷下，頁562引）

綜上各家所述：永州是佳山水：柳氏至永州後，其文章益工。是耶！非耶！是以有「永州地理考查」「柳宗元在永州的心境變化」兩節的專論，希望透過兩節的專論，能還原柳宗元的本來面目。

第三節永州八記的本文研究。新批評學者將作品視作一種個別的實體，從「外在」的狀況中分離開來，加以研究。他們主張，學者應該專注於作品的本身，將它視作一種美學的造物——當作一種藝術作品去加以檢討。持此，本節略近新批評，分析的項目有：寫作時間、文章的長度、語言結構、主題結構等。申言之，若視文學都必須去除其他一切的經驗，單從嚴格的美學觀點予以判斷，那確是一件非常危險的事情。因此敏銳的批評家業已採取了一種較爲折衷的辦法，將多種多樣的技巧融成了一爐。是以本篇論文的第二節「永州八記的寫作背景」，有傳統批評，如「柳宗元與黨爭」「永州地理考查」；有心理批評，如「柳宗元在永州的心境變化。」

第四節「永州的山水意境」。本節首先略述山水文學的淵源，及山水文學的特質，而後就二、三兩節的析論，再就意境的觀點給予八記做個適度的評價。

第五節餘論。本節補充討論意猶未了的三個問題：即永州八記的承受問題，永州八記的關聯性，八司馬與永州八記。

第二節　永州八記的寫作背景研究

這裏所謂的寫作背景，即是指外緣研究而言。

一、柳宗元與黨爭

柳宗元之所以被貶永州，老死柳州，完全是由于牽連以王叔文爲首的政治爭奪。而這次政爭就是在唐順宗時（貞元二十一年，即永貞元年正月～八月，西元 805）所發生的政變，其實這次的政變是外廷和宦官之間的權力衝突，衝突的結果，順宗禪位憲宗，史家稱爲「永貞內禪。」而其中包涵了無限的隱蔽，永貞內禪影響到柳宗元等人的政治前途，是以擬就永貞內禪始末說明如下：

（一）宦官亂政

永貞內禪的關鍵在於宦官，因此要明瞭內禪眞象，勢必對宦官之亂政有所了。

宦官亂政，歷代有之。

唐代宦官均隸於內侍省，內侍省之屬官甚多，以內常侍、內謁者監、內給事、內寺伯等爲主，內侍省並置掖庭局、宮闈局、奚官局、內僕局、內府局、內坊局等六局。〔註 1〕宦官人數不甚多，而其職掌尤輕。就宦官人數而言，

〔註 1〕《新唐書》卷四十七〈百官志〉內侍省則有六局（頁 559）。詳見正中版王壽

除宮闈局與內坊局之內給使因無定員不予計算外，其他合計爲 537 人，就職掌而言，宦官所管不外四事：

1. 侍奉皇帝、皇后、皇子、妃嬪。
2. 皇宮之接待工作。
3. 守護皇宮門戶與管理宮人。
4. 傳達制命。

持此，純就所定制度而論，宦官只不過是皇帝私人的官家奴隸而已，除偶而傳達制命之外，確實與外朝政治毫不相涉。

宦官其初衹掌宮廷瑣事，必人主有奢侈之心，然後宦官始得從中用事。唐代宦官權勢之強盛始自玄宗，其中以高力士最得寵，當時大臣多巴結高力士以取將相之位，《新唐書》卷 207〈高力士傳〉云：

> 玄宗在藩，力士傾心附結，已平韋氏，乃啓屬內坊，擢內給事。先天中，以誅蕭岑等功爲右監門衞將軍知內，侍省事。於是四方奏請皆先省後進，小事即專決，雖洗沐未嘗出，眠息殿帷中，徼倖者願一見如天人然，帝曰：「力士當上，我寢乃安。」當是時，宇文融、李林甫、蓋嘉運、韋堅、楊愼矜、王鉷、楊國忠、安祿山、安思順、高仙芝等雖以才寵進，然皆厚結力士，故能踵至將相，自餘承風附會不可計，皆得所欲。中人若黎敬仁，林昭隱、尹鳳翔、韓莊、牛仙童、劉奉廷、王承恩、張道斌、李大宜、朱光輝、郭全、邊令誠等，並內供奉，或外監節度軍，修功德，市鳥獸，皆爲之使，使還，所裒獲，動巨萬計，京師、甲第、池園、良田、美產占者什六，寵與力士略等，然悉藉力士左右輕重乃能然。肅宗在東宮兄事力士，它王、公主呼爲翁，戚里諸家尊爹帝，或不名而呼將軍。（頁 2346）

由此可見玄宗時宦官權勢之盛，范祖禹謂「唐室之禍，基於開元。」〔註 2〕，實爲至論。唐初對於宦官的限制很嚴，員額不多，官階最高不過四品，而且只充內廷的使喚而已，不足影響朝政。玄宗時，宦官的員額大量增加，地位亦相對提高，高力士位居中宿衞、拜驃騎大將軍，楊思勗因平蠻有功，拜輔國大將軍，宦官爲害朝政，從此萌芽。

肅宗即位靈武，實爲李輔國所策劃預謀，因此，肅宗一朝，李輔國「勢

南《唐代宦官權勢之研究》第二章「唐代內侍省之組織與職掌」註 4，頁 17。

〔註 2〕見商務版叢書集成簡編本唐鑑卷八，〈玄宗上〉，冊一，頁 68。

傾朝野」。〔註 3〕寶應元年十月，李輔國爲盜所殺，宦官程元振、魚朝恩繼起代之，程元振掌禁兵，魚朝恩統神策兵，權勢更盛，大臣對宦官之態度極爲恭敬。至大曆五年三，魚朝恩被殺，不再使宦官典兵，宦官氣焰暫時趨於低沉。

德宗建中四年十月，發生涇原兵變，德宗倉卒自京師出奔，當時宦官竇文場、霍仙鳴等護衛左右。德宗還京，遂以竇文場、霍仙鳴分統禁兵，宦官權勢遂再度強盛。

考宦官之所以能取得權勢，其立足點乃是在於君主對宦官的信賴心理。宦官因得君主的信賴是以能獲得權勢，進而取得握兵權、財政權、管樞密、監軍或干涉外朝政務，〔註 4〕於是造成亂政，據王壽南《唐代宦官權勢之研究》一書裏，謂宦官得勢對政治之影響有下列各點：〔註 5〕

1. 中央政府之政治危機。從安史之亂以後，中央政治危機，皇帝離京逃難，其關鍵常在宦官弄權，在中國古代君主專制政體下，皇帝是一個王朝的表徵，全國人民對皇帝有著無比的仰慕與尊敬，可是皇帝在宦官擺佈之下，離京逃亡，屢遭危難，威嚴全失，跋扈強藩取於不受詔命，兵逼長安，而勤王無。因此宦官得勢強橫，造成中央之政治危機，削弱了王朝的威信。

2. 政風。唐代政風之敗壞，主要由於貪污，而貪污成爲普遍現象，與宦官得勢後之招權納賄有密切的關係。

3. 虐害百姓。宦官只貪圖私利，致虐害百姓之事層出不窮。在宦官虐害百姓事件中，最爲唐人指責者，則爲宮市。所謂宮市，即宮中向外採購物資，初以官吏主其事，及德宗時，以宦官任宮中採購，於是宦官藉宮市而掠奪百姓。宦官之虐害百姓，一方面是宦官本身人格卑下，不講操守，唯利是圖，另一方面是依附宦官的小人常狐假虎威而欺凌百姓。

4. 軍事。宦官常利用神策中尉與監軍之地位，干涉軍事。致使事權不能統一。

5. 藩鎮。宦官本任職宮中，但與藩鎮的關係却甚爲密切，其原因，一是宦官以監軍之身份得以干預藩鎮內部之事務。二是遇有藩鎮糾紛，宦官常受

〔註 3〕見粹文堂版《資治通鑑》卷二二〇肅宗乾元元年二月癸卯條，冊十，頁 7052。

〔註 4〕詳見王壽南《唐代宦官權勢之研究》第四章「唐代宦官權勢獲得之原因分析」，頁 53～111。

〔註 5〕詳見王壽南《唐代宦官權勢之研究》第六章「唐代宦官之得勢對政治之影響」。頁 145～167。

命「察曲直」。而宦官品德低下，不識大體，欺凌藩鎮，最易使藩鎮改變其對中央之態度，唐代藩鎮中許多跋扈、叛逆之造成，一部分即是由宦官所引起者。

（二）順宗政績

德宗不知生民疾苦，又不採納忠言諫諍，只任宦官和佞臣的欺蒙，造成經濟蕭條，百姓怨聲載道。順宗在東宮時，對這些腐敗的政治，看得很清楚。曾屢次進諫，仍然不受德宗的採納。因此，順宗即位（貞元二十一年）後，任用以東宮的僚屬王叔文爲翰林學士，參預政治，力圖革新。

王叔文用事後，引用翰林學士韋執誼爲宰相，而其本人則在幕後策劃，同時又引進一批朝中名士：陸淳、呂溫、韓曄、韓泰、柳宗元、劉禹錫等人共同改革朝政。順宗在位祇短短的六個月，對於政治的改良，可見者如下：

1. 廢除宮市，五坊小兒等爲害民間的弊政。宮市、五坊小兒等爲害良民的弊政，順宗即位後，首先廢除，《順宗實錄》卷第二：

> 舊事，宮中有要市外物，令官吏主之，與人爲市，隨給其直，貞元末，以宦者爲使，抑買人物，稍不如本估，末年不復行文書，置白望數百人於兩市並要鬧坊，閱人所賣物，但稱宮市，即斂手付與，眞僞不復可辨，無敢問所從來，其論價之高下者，率用百錢物買人直數千錢物，仍索進奉門户並腳價錢，將物詣市，至有空手而歸者，名爲宮市，而實奪之，常有農夫有以驢負柴至城賣，遇宦者稱宮市，取之，纔與絹數尺，又就索門户，仍邀以驢送至內，農夫涕泣，以所得絹付之，不肯受，曰：須汝驢送柴至內，農夫曰：我有父母妻子，待此然後食，今以柴與汝，不取直而歸，汝尚不肯，我有死而已，遂毆宦者，街吏擒以聞，詔黜此宦者，而賜農夫絹十匹，然宮市亦不爲之改易，諫官御史數奏疏諫，不聽，上初登位，禁之。至大赦，又明禁。（世界版《韓昌黎文集》校注本，文外集下卷，頁407～408，以下所引《順宗實錄》皆同）

又：

> 貞元末，五坊小兒張捕鳥雀於閭里，皆爲暴橫以取錢物，至有張羅網於門，不許人出入者，或有張井口者，使不得汲水，近之，輒曰：汝驚供奉鳥雀，痛毆之，出錢物求謝，乃去，或相聚飲食於肆，醉飽而去，賣者或不知，就索其直，多被毆罵，或時留蛇一囊爲質，

曰：此蛇所以致鳥雀而捕之者，今留付汝，幸善飼之，勿令飢渴，賣者愧謝求哀，乃攜而去，上在春宮時則知其弊，常欲奏禁之，至即位，遂推而行之，人情大悅。（頁 408）

2. 舉用賢良，黜退污吏。順宗即位後，大赦天下，並廣開思路，舉用賢良，《順宗實錄》卷二：

諸色人中，有才行兼茂，明於理體者，經術精深，可爲師法者，達於吏理，可使從政者，宜委常參官各舉所知，其在外者，長吏精加訪擇，具名聞奏，仍優禮發遣。（頁 407）

進而追詔陸贄，詔鄭餘慶、韓皐、陽城等人回京，《順宗實錄》卷二：

追故相忠州刺史陸贄，郴州別駕鄭餘慶，前京兆尹杭州刺史韓皐，前諫議大夫道州刺史陽城赴京師。德宗自貞元十年已後，不復有赦令，左降官雖有名德才望，以微過忤旨譴逐者，一去皆有復敘用，至是人情大悅，而陸贄、陽城皆未聞追詔，而卒於遷所，士君子惜之。（頁 408～409）

又當時京兆尹李實橫征暴斂，欺蒙主上，不問生民疾苦，順宗即位後，貶爲通州長史，並免畿內歷年的欠稅，《順宗實錄》卷一：

辛酉，貶京兆尹李實爲通州長史，詔曰：實素以宗屬，累更任使，驟升班列，遂極寵榮，而政乖惠和，務在苛厲，比年旱歉，先聖憂人，特詔逋租悉皆蠲免，而實敢肆誣罔，復令徵剝，頗紊朝廷之法，實惟聚斂之臣，自國哀以來，增毒彌甚，無辜斃踣；深所興嗟，朕嗣守洪業，敷弘理道，寧容蠹政，以害齊人，宜加貶黜，用申邦憲，尚從優貸，俾佐遠，……至譴市里讙呼，皆袖瓦礫遮道伺之，實由間道獲免。（頁 406～407）

3. 廢止鹽鐵使進敬。德宗貞元年間，對於鹽鐵的稅收，都納入國庫，以彌補經費；後來經理稅收的人，有時便購買珍玩、古董進獻上級，以博長官歡心，後來漸成規矩，順宗即位，下令禁止。《順宗實錄》卷二：

乙丑，停鹽鐵使進獻，舊鹽鐵錢物悉入正庫，一助經費，其後主此務者，稍以時市珍翫時新物充進獻，以求恩澤，其後益甚，歲進錢物，謂之羨餘，而經入益少，至貞元末，遂月有獻焉，謂之月進，至是乃罷。（頁 408）

4. 遣放後宮女樂。順宗禁止強索民女，並遣放後宮女樂，《順宗實錄》卷二：

> 又貞元中要乳母皆令選寺觀婢以充之，而給與其直，例多不中選，寺觀次當出者，賣產業割與地買之，貴有資貌者以進，其徒苦之，至是亦禁焉。（頁 408）

又：

> 癸酉，出後宮並教坊女妓六百人，聽其親戚迎于九仙門，百姓相聚，讙呼大喜。

5. 廢止閩中萬安監，並焚燬容州所進的殺人毒藥。《順宗實錄》卷三：

> 景寅，罷閩中萬安監，先是福建觀察柳冕久不遷，欲立事迹，以求恩寵，乃奏云，閩中南朝放牧之地，畜羊馬可使孳息，請置監，許之，收境中畜產，令吏牧其中，羊大者不過十斤，馬之良者，估不過數千，不經時輒死，又斂，百姓苦之，遠近以爲笑；至是觀察閻濟美奏罷之。丁卯，命焚容州所進毒藥可殺人者。（頁 411～412）

（三）永貞內禪

順宗朝，力圖革新，雖有不少善政，但終不得人望。當時王叔文雖用事，但仍須倚賴宦官，〔註 6〕而宦官之中又有派系之分，李忠言與俱文珍爲不同之兩派，王叔文想利用宦官爲奪權之工具，遂於永貞元年五月，起用右金吾大將軍范希朝爲左右神策、京西諸鎮行營節度使，以韓泰爲行軍司馬，企圖奪取宦官兵權，消滅宦官權勢，宦官大爲不滿。〔註 7〕六月，王叔文因母喪丁憂，宦官乘機施以反擊，宦官首領俱文珍、劉光琦等，聯絡外藩韋皋以武力作爲後盾，利用太子純想早日做皇帝的心理，先後上表，以順宗病重未癒爲理由，請太子監國，順宗在內外脅迫下，不得已傳位太子，自稱太上皇。《順宗實錄》卷四：

> 乙未，詔，軍國政事，宜權令皇太子某勾當，百辟群后，中外庶僚，悉心輔翼，以底于理，宣布朕意，咸使知聞，上自初即位，則疾患不能言，至四月，益甚，時扶坐殿，群臣望拜而已，未嘗有進見者，天下事皆專斷於叔文，而李忠言王伾爲之內主，執誼行之於外，朋

〔註 6〕詳見《順宗實錄》卷五：「叔文既得志，與王伾、李忠言等專斷外事……見李忠言、牛昭容等，故名有所主。」頁 421。

〔註 7〕詳見《順宗實錄》卷五：「……謀奪宦者兵，……乃大怒，從其謀吾屬必死其手。密令……計無所出。」（頁 421～422）

黨誼譁，榮辱進退，生於造次，惟其所欲，不拘程度，既知內外厭毒，慮見摧敗，即謀兵權，欲以自固，而人情益疑懼，不測其所爲，朝夕伺候，會其與執誼交惡，心腹內離，外有韋皐、裴垍、嚴綬等牋表，而中官劉光奇、俱文珍、薛盈珍、尚解玉等，皆先朝任使舊人，同心怨猜，屢以啓上，上固已厭倦萬機，惡叔文等，至是遂詔翰林學士鄭絪、衛次公王涯等入至德殿，撰制詔而發命焉，又下制以太常卿杜黃裳爲以下侍郎，左金吾衛大將軍袁滋爲中書侍郎、並平章事，又下制，吏部尚書平章事鄭珣瑜，刑部尚書平章事高郢，並守本官，罷相，皇太子見百寮於東朝，百寮拜賀，皇太子涕泣，不答拜。（頁 419）

又《新唐書》卷二〇七〈宦官劉貞亮（俱文珍）傳〉：

貞元末，宦人領兵，附順者益眾。會順宗淹痼弗能朝，惟李忠言、牛美人侍。美人以帝旨付忠言，忠言授之王叔文，叔文與柳宗元等裁定，然後下中書，然未得縱欲，遂奪神策兵以自彊，即用范希朝爲京西北禁軍都將，收宦者權，而忠言素懦謹，見叔文與論事，無敢異同，唯貞亮乃與之爭，又惡朋黨熾結，因與中人劉光琦、薛文珍、尚衍、解玉、呂如全等同勸帝立廣陵王爲太子監國，納其奏，貞亮召學士衛次公、鄭絪、李程、王涯至金鑾殿，草定制詔。太子已立，盡逐叔文黨。（頁 2351）

太子純即位，是爲憲宗，第一件大事，便是貶謫王叔文，第二年賜死。韓泰、韓曄、柳宗元、劉禹錫、程异、凌準、陳諫、韋執誼等人都坐王叔文黨貶逐到偏遠的地方當司馬，此事即所謂「永貞內禪。」憲宗之得位，實由俱文珍等人擁戴。

（四）新黨失敗的原因

王叔文用事之後，力求圖新，但因急於求功，舉動不免操之過急，是以雖有許多值得贊美的善政，却不得人望，而導致失敗。分析其失敗的原因，就導火線而言，是王叔文圖謀剝奪宦官的兵權所引起，而在這緊要關頭時，王叔文又因母喪丁憂，遂使宦官乘機施以反擊。除外，其失敗原因又有下列數點：

1. 順宗短命。順宗本人雖「慈孝寬大，仁而善斷」（《順宗實錄》卷一，頁 404）但他在貞元二十年九月，患了中風，即位後，不能親理朝政。不能做改革者的有力後盾，更不幸是他享國日淺。《新唐書》卷七〈順宗本紀・贊〉曰：

> 昔韓愈言順宗在東宮二十年，天下陰受其賜，然享國日淺，不幸疾病莫克有爲，亦可以悲夫。（頁 119）

2. 王叔文出身低賤。順宗不能親理朝政，政事都由王叔文等人掌握，其中非僅有宦官掣肘，且王叔文出身低賤，《順宗實錄》卷一：

> 上學書於王伾頗有寵，王叔文以碁進，俱待詔翰林，數侍太子碁。（頁 405）

王叔文雖得順宗寵信，但他並不是進士出身，〔註 8〕政治勢力與聲譽終嫌不足，雖然他引用翰林學士韋執誼爲宰相，並起用當時朝中的名士，而其本人則在幕後策畫，但仍遭遇反對。

3. 新黨內部不合。在新黨內部本身，亦有不協調，韋執誼處處表示不是王叔文的同黨，時常意見不合。《順宗實錄》卷三甲申，以萬年令房啓爲容州刺史，兼御史中丞，初啓善於叔文之黨，因相推致，遂獲寵於叔文，求進用，叔文以爲容管經略使，使行，約至荊南授之，云脫不得荊南，即與湖南，故啓宿留於江陵，久之方行，至湖南，又久之，而叔文與執誼爭權；數有異同，故不果，尋聞皇太子監國，啓惶駭，奔馳而往。（頁 412）

《順宗實錄》卷四：

> 六月己亥，貶宣州巡官羊士諤爲汀州寧化縣尉，士諤性傾躁，時以公事至京，遇叔文用事，朋黨相煽，頗不能平，公言其非，叔文聞之，怒，欲下詔斬之，執誼不可，則令杖殺之，執誼又以爲不可，遂貶焉，由是叔文始大惡執誼，往來二人以下者皆懼。（頁 414）

又《順宗實錄》卷五：

> 日引其黨，屏人……無幾而母死，執誼益不用其語，叔文怒，與其黨日夜謀起復，起復必先斬執誼，而盡誅不附己者，聞者皆恟懼。（頁 422）
>
> 謝叔文云，非敢負約爲異同，蓋欲曲兄弟爾，叔文不之信，遂成仇

〔註 8〕新興版，《文獻通考》卷二十九〈選舉二〉云：「唐眾科之目，進士爲尤貴，而得人亦最爲盛。歲貢常不減八九百人，縉紳雖位極人臣，而不由進士者，終不爲美。其推重謂之白衣公卿，又曰一品白衫。其難謂之三十老明經，五十少進士。」（冊一，頁 275）又關於唐科舉之事。中華版李樹桐《唐史新論》裏有〈唐代的科舉制度與士風〉一文，論之頗爲詳盡。（頁 01～68）

怨。（頁 422）

觀此段所記，宦官之所以能適時反擊，雖因叔文丁母憂所致，但當與新黨本身內部不合有關。

4. 新黨本身徇私用事。就《順宗實錄》可見者如下：

景午，罷翰林陰陽，星卜醫相覆碁諸侍詔三十二人，初，王叔文以碁待詔，既用事，惡其與己儕類相亂，罷之。（卷一，頁 406）

初，皐自以前輩舊人，累更重任，頗以簡倨自高，嫉叔文之黨，謂人曰：吾不能事新貴人，皐從弟曄幸於叔文，以告，叔文故出之。（卷三，頁 412）

又《新唐書》卷一百六十八〈劉禹錫傳〉：

時王叔文得幸太子，禹錫以名重一時與之交，叔文每稱有宰相器，太子即位，朝廷大議神策多出叔文，引禹錫及柳宗元與議禁中，所言必眾，擢屯田員外郎，判度支鹽鐵案，頗馮藉其勢，多中傷士，若武元衡不爲宗元所喜，自御史中丞下除太子右庶子，御史竇群劾禹錫挾邪亂政，群即日罷，韓皐素貴，不肯親叔文等，斥爲湖南觀察使，凡所進退，視愛怒重輕，人不敢指其名號。（頁 1987）

叔文等人用此用事，自引起朝中老臣杜黃裳、武元衡等人的不滿，而杜黃裳又是韋執誼的岳父。《新唐書》卷一百五十二〈武元衡傳〉：

順宗立，王叔文使人誘以爲黨，拒不納。（頁 1835）

又《新唐書》卷百六十九〈杜黃裳傳〉：

時王叔文用事，黃裳未嘗過其門。（頁 1995）。

在叔文本人，亦有某些舉動令人失望，如唐朝的規矩，宰相宴客時，百官不得謁，而王叔文却強行謁見，致使多人掛冠而去。《順宗實錄》卷二：

丁酉，吏部尚書平意事鄭珣瑜稱疾去位，其日，珣瑜方與諸相會食於中書。故事，丞相方食，百寮無敢謁見者，叔文是日至中書，欲與執誼計事，令直省通執誼，省以舊事告，叔文叱直省；直省懼，入白執誼，執誼逡巡慙赧，竟起迎叔文，就其閤語良久，宰相杜佑、高郢、珣瑜皆停筋以待，有報者云叔文索飯，韋相已與之同餐閤中矣，佑、郢等心知其不可，畏懼叔文、執誼莫敢出言，珣瑜獨嘆曰：吾豈可復居此位，顧左右取馬徑掃，遂不起，前是，左僕射賈耽以疾掃第，未起，珣瑜又繼去，二相皆天下重望，相次掃臥，叔文執

誼等無所顧忌，遠近大懼焉。（頁 410）

除外，王叔文等人行事雖不徇私，但却嫌不知權變，如劍南度副使韋皋派親信劉闢示意王叔文，要求兼領三川，而被王叔文所拒。因此韋皋才上表請太子監國，失去武力的支持。《順宗實錄》卷四：

劉闢以劍南節度副使將韋皐之意于叔文，求都領劍南川，謂叔文曰：「太尉使某致微誠於公，若與其三川，當以死相助，若不用，某亦當有相酬。」叔文怒，亦將斬之，而執誼固執不可，闢尚遊京師未去，至聞士諤，遂逃歸。（頁 414）

（五）對新黨的一般批評

史家對於王叔文等人的批評，約可分爲三類：

1. 韓愈等人的傳統看法。傳統的看法，是責備多於同情。他們不否認王叔文等人當政時所推行的善政，也不承認他是君子，而是嚴厲的指責他們是沾沾自喜的小人集團，這派的看法以韓愈的《順宗實錄》爲主。而後的《舊唐書》根據《順宗實錄》，《新唐書》又根據實錄及《舊唐書》而來，《資治通鑑》仍是根據上述三書而來。他們的共同點是：王叔文等人是盜竊國柄，擾亂朝政。今就《順宗實錄》列舉有關對新黨王叔文等人的批評如下：

上學書於王伾，頗有寵，王叔文以碁進，俱待詔翰林，數侍太子碁，叔文詭譎多計。上在東宮，嘗與諸侍讀并叔文論政，至宮市事，上曰：寡人方欲極言之，眾皆稱贊，獨叔文無言。既退。上獨留叔文，謂曰：「向者君奚獨無言，豈有意邪。」叔文曰：「叔文蒙幸太子，有所見，敢不以聞，太子職當侍膳問安，不宜言外事，陛下在位久，如疑太子收人心，何以自解。」上大驚，因泣曰：「非先生，寡人無以知此，遂大愛幸，與王伾兩人相依附，俱出入東宮，聞德宗大漸，上疾不能言，伾即入，以詔召叔文入，坐翰林使決事，伾以叔文意入言於宦中李忠言，稱詔行下，外初無知者。」（卷一，頁 405）

初，叔文既專內外之政，與其黨謀曰：「判度支則國賦在手，可以厚結諸用事人，取兵士心，以固其權……」（卷二，頁 409）

時上即位已久，而臣下未有親奏對者，內外盛言王伾，王叔文專行斷決，日有異說，又屬頻雨，皆以爲群小用事之應。（卷三，頁 410～411）

叔文，越州人，以棊入東宮，頗自言讀書知理道，乘間常言人間疾苦，上將大論宮市事，叔文說中上意，遂有寵，因爲上言，某可爲將，某可爲相，幸異日用之，密結韋執誼，並有當時名欲僥倖而速進者，陸質、呂溫、李景儉、韓曄、韓泰、陳諫、劉禹錫、柳宗元等十數人，定爲死交，而凌準，程异等又因其黨而進，交遊蹤跡詭秘，莫有知其端者……叔文既得志，與王伾，杅忠言等專斷外事，遂首用韋執誼爲相，其常所交結，相次拔擢，至一百除數人，日夜群聚，伾以侍書幸，寢陋吳語，上所褻狎，而叔文頗任事自許，微知文義，好言事，上以故稍敬之。（頁 421）

韓愈認爲他們是「交遊蹤跡詭秘」「日夜群聚」的小人朋比集團。事實上這種論點頗有可疑，試說明如下：

（1）韓愈修史所持的態度問題。《順宗實錄》並不是很有史識的著作，屢經更改，信度可疑，此乃所持態度所致，《舊唐書》卷一百五十九〈路隨傳〉曾論及修《順宗實錄》云：

初韓愈撰《順宗實錄》，說禁中事頗切直，內官惡之，往往於上（憲宗）前言其不實。累朝有詔修改，及隨進憲宗實錄後，文宗復令改正永貞時事，隨奏曰：「臣昨面奉聖旨，以順宗實錄頗非詳實，委臣等重加刊正。……伏望條示舊記長錯誤者，宜付史官委之修正。……詔曰：「其實錄中所書德宗、順宗禁中事，尋訪根柢，蓋起謬傳，諄非信史，宜令史官詳正刊去，其他不要更修。」（頁 2091～2092）

又柳宗元曾經和韓愈討論修史的問題。元和八年，韓愈任史官，有劉秀才寫信給韓愈，以修史事勉勵他，韓愈覆信云：

夫爲史者，不爲人禍，必有天刑，豈可不畏懼而輕爲之哉？（見世界本《韓昌黎文集》注、外集上卷〈答劉秀才論史書〉，頁 388）

而柳宗元對韓愈的論調，頗不以爲然，曾嚴厲予以駁斥，〈與韓愈論史書〉裏云：

又言不有人禍，必有天刑，若以罪夫前古之爲史者，然亦甚惑，凡居其位思其直道，道苟直，雖死不可回也，如回之，莫若極去其位。孔子之困于魯、衛、陳、宋、蔡、齊、楚者，其時暗，諸侯不能行也，其不遇而死，不以作春秋故也，當其時，雖不作春秋，孔子猶不遇死也。若公史佚，雖記言書事，猶遇旦顯也，又不得以春秋爲孔子累。范曄悖亂，雖不爲史，其宗族亦誅。司馬遷觸天子怒，……是以退之宜守中道不忘其直，無以他事自恐，退之之恐，唯在不直不中道，刑禍非所恐也，……又凡鬼神事渺茫荒惑無所准，明者所不道，退之之智而猶懼於此，今學如退之，辭如退之，好議論如退之，慷慨自謂正直行；焉如退之，猶所云若是，則唐之史述其卒無可託乎。（頁 332）

柳宗元這些話很值得玩味，可以了解韓愈撰述順宗實錄所持的態度是很畏縮不直。何況在當時宦官得勢的環境限制下，有許多的顧忌，不能暢所欲言。

（2）韓愈的政治立場問題。以政治立場而論，韓愈與俱文珍等人是一派。德宗貞元十三年，董晉爲汴州陳留節度使，俱文珍爲監軍，韓愈爲觀察推官。俱文珍到京師，韓愈於〈送汴州監軍俱文珍序〉一文，〔註 9〕極爲贊美俱文珍。是以在《順宗實錄》裏，記述永貞內禪的經過時，偏袒俱文珍，並極力詆譭王叔文等新黨人，此乃因政治立場所致。

綜觀以上所述，《順宗實錄》的可信程度，似乎有重新估價的必要。而《舊唐書》、《新唐書》依據《順宗實錄》，〔註 10〕既謂新黨是「當代知名之士」，爲什麼會「欲僥倖而速進。」是很值得疑問。至於司馬光撰《資治通鑑》時，正值王安石變法，新舊黨爭最烈的時代，從司馬光反對新法的觀點出發，加

〔註 9〕見世界版《韓昌黎文集校注》外集上卷，頁 391～392。

〔註 10〕試列史評如下：

《舊唐書》卷一百三十五史臣曰：「執誼、叔文乘時多僻，而欲斡運六合，斟酌萬幾，劉柳諸生逐臭市利，何狂妄之甚也。」（頁 1862）。

《新唐書》卷一百六十八贊曰：「叔文沾沾小人，竊天下柄，與陽虎取大弓，春秋書爲盜無以異，宗元等橈節從之，徼倖一時，貪帝昏，抑太子之明，規權遂私，故賢者疾不肖者娼，一僨而不復宜哉！彼若不傅匪人，自勵材，猷不失爲明卿才大夫，惜哉！」（頁 1994）

《資治通鑑》卷二百三十六永貞元年正月壬戌條云：「蘇州司功王叔文爲起居舍人，翰林學士，伾寢陋吳語，上所褻狎，而叔文頗任事自許，微知文事，好言事，上以故稍敬之，不得如伾出入無阻。叔文入至翰林，而伾入至柿林院，見李忠言，牛昭容計事，大抵叔文依伾，伾依忠言，忠言依牛昭容，轉相交結。每事先下翰林，使叔文可否，然後宜于中書，韋執誼承而行之。外黨則韓泰、柳宗元等主采聽外事。謀議唱和，日夜汲汲如狂，互相推獎，曰伊，曰周、曰管、曰葛，僩然自得，謂天下無人；榮辱進退，生於造次，惟其所欲，不拘程式。士大夫畏之，道路以目，素與往還者，相次拔擢，至一日除數人，其黨或言曰：『某可爲某官。』不過一、二日，輒已得之。於是叔文及其黨十餘家之門，晝夜車馬如市。」（《粹文堂本》，冊十一，頁 7610）

上傳統的束縛，斥責王叔文等人是「日夜汲汲如狂」的小人，也就不値得奇怪了。

2. 王安石的折衷看法。王安石把王叔文和八司馬的爲人，截然分開，於〈讀柳宗元傳〉一文裏云：

> 余觀八司馬，皆天下奇材也，一爲叔文所誘，遂陷於不義。至今士大夫欲爲君子者，皆羞道而喜攻之。然此八人者，既困矣無所甲於世，往往能自強以求列於後世，而其名卒不廢焉。而欲爲君子者，吾多見其初而已，要其終，能毋與世俯仰以自別於小人者少耳，復何議彼哉？（見世界版《王臨川全集》卷七十一頁 452～453）

王安石贊美八司馬的才能，以爲他們「能自強於求列於後世」，但仍指王叔文爲沾沾小人，並不贊同他們推行的新措施。

3. 范仲淹等人的新看法。能夠眞正認清史實，嚴厲批評當時作史的人對於王叔文八司馬事件評述不當，進而肯定新政措施的積極地方，說明他們被陷害以及失敗的原因，首推范仲淹。范氏於〈述夢時序〉裏云：

> 劉（禹錫）與柳宗元、呂溫數人，坐王叔文黨，貶廢不用。覽數君子之述，而禮意精密，涉道非淺，如叔文狂甚，義必不交，叔文以藝進東宮，人望素輕。然傳稱知書，好論理道，爲太子所信，順宗即位，遂見用，引禹錫等決事禁中。及議罷中人兵權，牾俱文珍輩。又絕韋皐私請，欲斬劉闢，其意非忠乎？皐銜之，會順宗病篤，皐揣太子意，請監國而誅叔文，憲宗納皐之謀而行內禪。故當朝左右謂之黨人者，豈復見雪。唐書蕪駁，因其成敗而書之，無所裁正。孟子曰：「盡信書，不如無書」。吾聞夫子褒貶不以一疵而廢人之業也。因刻三君子之詩而傷焉。至於柳、呂文章、皆非常之士，亦不韋之甚也。（商務四部叢刊初編本《范文正公集》卷六，頁 53）

而後，有嚴有翼、趙彥衞、劉克莊、王世貞、焦竑、全祖望、王鳴盛等人，〔註 11〕亦主范氏之說。至於王叔文想奪兵權事，王鳴盛認爲是爲國家着想，

〔註 11〕詳見明倫版《柳宗元資料彙編》所引：
嚴有翼：見《河東全集》附錄下〈柳文序〉頁 96～97。
趙彥衛：見《雲麓漫鈔》卷十，頁 132～133。
劉克莊：見《後村詩話》續集卷二，頁 153。
王世貞：見《讀書後》卷三〈書王叔文傳後〉，頁 256～257。
焦竑：見《焦氏筆乘》卷二〈小司馬〉，頁 264。

《十七史商榷》卷七十四順宗紀所書善政條：

> 其意本欲內抑宦官，外制方，鎮攝天下財富兵力而盡掃之朝廷。……統計叔文之謬，不過在躁進，……若求其實罪名，本無可罪。（廣文本，頁506）

事實上，王叔文除犯了強行謁見宰相的禁忌外，其他並沒有眞正的大罪。是以當代史學家亦皆主范氏之說。傅樂成於《中國通史》一書裏，曾就「宦官與外廷的衝突」的觀點論及永貞內禪一事。傅氏云：

> 由於宦官政治勢力的日益膨脹，難免與外廷士大夫發生權力的衝突。若干士大夫，想從宦官手中奪回政權，使他們自身重新成爲政治的中心。但敢與宦官衝突的，只限於少數有膽識的人；大多數朝臣，則怵於宦官的淫威，俯首聽命而已。宦官既握有軍政大權，又處於「挾天子」的優勢地位，因此在與外廷的鬥爭中，佔盡便宜。代、德以後，宦官與士大夫的最大衝突，共有兩次，一是「永貞內禪」，一是「甘露之變」。這兩次事變的勝利者都是宦官。「永貞內禪」發生於順宗時，順宗於貞元二十一年（805年）即位後，以舊日東宮僚屬王叔文爲翰林學士參預大政，叔文好言治道，用事後，宓結另一翰林學士韋執誼，以之爲相，其本人則於幕後策畫。他並汲引了一批朝中的名士陸淳、呂溫、韓曄、韓泰、柳宗元、劉禹錫等。叔文得志後，急於求功，舉動不免操切，因此雖有不少善政，但終不得人望。繼而叔文想奪取宦官的兵權，以韓泰等統率中央諸軍，宦官大爲不滿。同年，叔文以丁母憂去職，宦官乃乘機施以反擊。宦官首領俱文珍利用太子純想早日作皇帝的心理，外結藩鎮韋皋等，先後上表，以順帝有疾不能視事爲辭，請太子監國。順宗不得已傳位太子，自稱太上皇，並改元永貞。太子即位是爲憲宗。他即位後的第一件事，便是貶逐王叔文，於次年賜死；韓泰、韓曄、柳宗元、劉禹錫等，皆坐叔文黨貶放遠州。這是宦官與外廷鬥爭的第一次勝利。（見大中國本，《中國通史》第十六章第三節第二小節「宦官與外廷的衝突」頁438～439）

傅氏所論可謂持平且公允。爲使更能了解新黨起見。試列表以見新黨有關人

全祖望：見《鮚埼亭集》外編卷三十七〈韓柳交情考〉，頁405～406。
王鳴盛：見《十七史商榷》卷七十四〈順宗紀所省善政〉，頁447～450。卷七十四〈程异復用〉，頁450，卷八十九〈王叔文謀奪內官兵柄〉，頁450～451。

物履歷如下：

姓名	籍貫	出身	事蹟所見	史傳美譽
王叔文	越州山陰人	以碁待詔	舊唐書卷一百三十五、頁 1857～1859 新唐書卷一百六十八、頁 1985～1980	
王伾	杭州人	以書待詔翰林	舊唐書卷一百三十五、頁 1858～1859 新唐書卷一百六十八，頁 1986～1987	
韋執誼	京兆人	進士擢第，應制策高等	舊唐書卷一百三十五，頁 1857 新唐書卷一百六十八，頁 1985	幼聰俊有才
柳宗元	河東人	登進士第，應舉宏辭	舊唐書卷一百六十，頁 2103 新唐書卷一百六十八，頁 1989～1994	少聰警絕眾，尤精西漢詩、騷，下筆構思，與古爲侔，精裁密緻、璨若珠頁，當時流輩咸推之。
劉禹錫	彭城人	擢進士第，又登宏辭科	舊唐書卷一百六十，頁 2101～2103 新唐書卷一百六十八頁 1987～1989	精古文、善五言詩、公體文章、復多才麗
程异	京兆長安人	明經及第	舊唐書卷一百三十五，頁 1859～1860 新唐書卷一百六十八，頁 1994	嘗侍父疾，鄉里以孝悌稱。异性廉約，歿官第家無餘財，人士多之
韓泰			新唐書卷一百六十八，頁 1986	能決大事
韓曄			新唐書卷一百六十八，頁 1986	有俊才
凌準	富陽人		新唐書卷一百六十八，頁 1986	有史學
陳諫			新唐書卷一百六十八，頁 1986	性警敏，一閱籍終身不忘
呂溫	河東人	登進士第	舊唐書卷一百三十七頁 1875 新唐書卷一百六十，頁 1904～1905	天才俊拔，文彩贍逸
陸質	吳郡人	傳啖助、趙匡學，由是知名	舊唐書卷一百八十九下頁 2487～2488 新唐書卷一百六十八，頁 1987	有經學，尤深於春秋
李景儉		登進士	舊唐書卷一百七十一，頁 2228 新唐書卷八十一，頁 1204	性俊朗，博聞強記，頗閱前史，詳其成敗，自負王霸之略，於士大夫間無所屈降

（六）柳宗元與政爭

綜上所論，可知王叔文等新黨並非盜竊國柄，擾亂朝政的小人集團。相反的，却是有膽識的革新份子，不可以成敗論人。

柳宗元在新黨裏是重要的一頁，〔註 12〕柳氏參加新黨的政治革新，是抱滿腔的熱忱，是想要「興堯舜孔子之道，利安元元爲務。」並非想貪圖個人的榮利，這可從柳氏的自述中，了解他參加新黨的情形，他對自己只有責備，沒有怨尤，只說明他早年對政治的抱負和理想，以及被詆譭的情形。〈寄許京兆孟容書〉云：

> 宗元早歲，與負罪者親善，始奇其能，謂可以共立仁義，裨教化，過不自料，懃懃勉勵，唯以中正，信義爲志，以其堯舜孔子之道，利安元元爲務，不知愚陋，不可力彊，其素意如此也。末路孤危，阨塞臲卼，凡事壅隔，很忤貴近，狂疏繆戾，蹈不測之辜，群言沸騰，鬼神交怒，加以素卑賤，暴起領事，人所不信，射利求進者塡以排户，百不一得，一旦快意，更造怨讀，以此大罪之外，記訶萬端，旁午搆房，盡爲敵讎，協心同攻，外連強暴失職以致其事，此皆丈人所聞見，不敢爲他人道說，懷不能已，復載簡牘，此人雖下被誅戮，不足塞責，而豈有賞哉！公其黨與，幸獲寬貸，各得善地，無分毫事，坐食俸祿，明德至渥也，尚何敢更俟除棄廢痼，以希望外之澤哉，年少氣鋭，不識幾微，不知當否，但欲一心直遂，果陷刑法，皆自所求取得之，又何怪也。（頁 320）

〈裴塤書〉云：

> 僕之罪，在年少好事，進而不能止，儔輩恨怒，以失得官，又不幸早嘗游者居權衡之地，十薦賢幸乃一售，不得者譸張排根，僕可出而辯之哉，性又倨野，不能摧折，以故名益惡，勢益險，有喙有耳者，相郵傳作醜語耳，不知其卒云何？（頁 326）

從柳氏的自述裏可知，宗元和叔文定交在叔文用事之前，而不在叔文得志以後，《新唐書》168〈柳宗元傳〉亦云：

> 貞元十九年爲監察御史，裏行善，王叔文、章執誼二人者奇其才，

〔註 12〕《舊唐書》卷 160〈柳宗元傳〉：「王叔文、韋執誼用事，尤奇待宗元」藝文版（頁 2103）。又《新唐書》卷 168〈劉禹錫本傳〉：「……凡所進退，視愛怒重輕，人不敢指其名，號二王劉柳。」藝文版（頁 1987）。

及得政，引內禁與計事，擢禮部員外郎，欲大用。（頁 1989）

又一支新政治力興起以後，必有許多登門求進的人。柳氏謂「射利求進者塡以排戶，百不一得。」「十薦賢幸乃一售」可見用人十分謹慎。柳宗元等人，只因失敗了，所以各種罪過都加在他們頭上。韓愈把他們在政治上的革新措施，指爲「小人乘時盜國柄」，把宦官擁兵權認爲「天子自將非他師」，把他們提拔的人比爲「狐鳴梟噪爭署置。」〔註 13〕

韓愈的批評抹煞了他們在政治上改革的成就。以韓愈和柳宗元兩人的交情，韓愈對於柳宗元參與王叔文的政治改革不表示同情，韓愈於〈柳子厚墓誌銘〉裏云：

> 子厚前時年小，勇於爲人，不自貴重顧藉，謂功業可立就，故坐廢退，既退，又無相知有氣力得位者推挽，故卒死於窮裔，材不爲世用，道不行於時也。使子厚在台省時，自持其身，已能如司馬刺史時，亦自不斥，斥時有人力能舉之，且必復用不窮。（《韓昌黎文集校注》卷七，頁 296）

所謂「不自貴重顧藉」「自持其身」，表面上好像對宗元的貶謫寄予婉惜和同情，實際上是以敵對的立場，毫不容情的責難，韓愈如此，何況他人，遂使柳宗元在歷史上有百口莫辯的冤屈。而當時不能客觀論事，純以成敗論人，更是柳宗元在永州長久不能心靜的主因。

二、永州地理之考察

有關永州地理，試考查如下：

（一）永州的沿革

唐代地方行政區，有州、縣、府、道之建置，而其中以州、縣爲主。永州，屬江南西道，位置在今湖南、廣東交界的地方。其沿革就《古今圖書集成》卷第一千二百七十一卷〈方輿彙編・職方典〉，永州府部彙考一云：

> 禹貢荊州之域，唐、虞、夏、商並爲荒服，春秋、戰國時，爲楚南境，秦屬長沙郡，漢元鼎中，析長江置零陵郡，隸荊州，三國時屬蜀，後并于吳，孫皓分零陵南部始安，北部爲邵陽，晉初屬湘州，至穆帝分零陵，南部立營陽，而道州實其地也。劉宋改零陵郡爲國，

〔註 13〕見世界版《韓昌黎詩繫年集釋》卷三〈永貞行〉，頁 151～156。

> 南齊復爲郡，梁改營陽爲永陽，隋罷零陵、永陽，置永州總管府，大業初，改零陵郡，唐初復置永州，隸江南道，天寶初爲零陵。宋爲永州，隸荊湖南路，元爲永州路，隸湖廣行省，明洪武初，改爲府，轄二州、八縣。二十四年割全州、清湘、灌陽隸廣之桂林府，崇禎十二年分寧遠一十三里，另立新田縣，隸湖廣承宣布政使司。（文星版冊 20，〈職方典〉（十一），頁 597）

又《舊唐書》卷四十〈地理志〉三云：

> 隋零陵郡，武德四年，平蕭銑置永州，領零陵、湘源、祁陽、灌陽四縣。七年省灌陽。貞觀元年省祁陽縣，四年後置。天寶元年改爲零陵郡，乾元元年復爲永州，舊領縣三，户六千三百四十八，口二萬七千五百八十三。天寶户二萬七千四百九十四，口十七萬六千一百六十八。在京師南三千二百七十四里，至東都三千六百六十五里。（頁 798）

依記載而論，永州確實是荒涼。又就嘉慶重修一統志所記永州形勢，風俗轉錄如下：

> 形勢：南接九疑，北接衡嶽，背負九疑，面傃瀟湘，環以群山，延以林麓，後環列嶂，前瞰重山。
>
> 風俗：地極三湘，俗參百粵，左袵居椎髻之半，可墾乃石田之餘（唐《柳宗元永州謝表》），瀟湘間無土山，無濁水，民乘是氣，往往清慧而文（唐《劉禹錫集》），家閑禮義而化易孚，地足漁樵而人樂業（唐《曹中永州謝表》）。（商務本冊七，頁 4795）。

以上所記風俗，乃是唐時所見。

（二）永州的地理考查

柳宗元被貶永州，永州即是指府治零陵而言，以下就零陵地理考查如下：

1. 沿革：在唐時，永州領有四縣，零陵即是其中之一，《舊唐書》卷四十〈地理志〉三記載云：

> 零陵，漢泉陵縣地，屬零陵郡，漢郡治，泉陵縣。故城在今州北二里，隋平陳，改泉陵爲零陵縣，仍移於今理。梁、陳皆爲零陵郡，隋置永州，煬帝復爲零陵郡，皆治此縣（頁 798）。

而其疆域，就《古今圖書集成》永州府部彙考記載如下：

> 東至寧遠縣石流舖界一百三十里

西至廣西全州黃沙河界九十里

南至道州單江界八十里

北至祁陽縣王公嶺界六十里

自縣至本省一千八里至

京師水師六千八百八十里

東西廣一百三十里，南北袤二百七十里。（文星本20，頁599）

2. 位置僻遠。零陵位處僻遠，交通不便。據柳集中可見記載如下：

余囚楚越之交極兮，邈離絕會中原。（〈閔生賦〉、頁27）

徒播癘土，醫巫藥膳之不具以速禍。（〈先大夫河東縣太君歸祔誌〉，頁136）

自吾居夷，不與中州人通書。（〈讀韓愈所著毛穎傳後題〉，頁247）

居夷獠之鄉，卑濕昏霧。（〈寄許京兆孟谷書〉。頁320）

惟楚南極海，玄冥所不統，炎昏多疾，氣力益劣（〈與裴塤書〉，頁326）。

居蠻夷中久，慣習炎毒，昏眊重膇。（〈與蕭翰林俛書〉，頁328）

永州於楚爲最南，狀與越相類。（〈與李翰林建書〉，頁329）

居窮阨……今懼老死瘴土。（〈與顧十郎書〉，頁331）

不意吾子自京師來蠻夷間。（〈答韋中立論師道書〉，頁358）

由上可知，零陵是個僻遠未闢之地。

3. 地形。零陵地形，可見柳集記載如下：

山喁喁以巖立兮，水汩汩以漂激。（〈夢歸賦〉，頁27）

零陵城南，環以群山，延以林麓，其崖谷之委會，則泓然爲池，灣然爲溪。（〈陪永州崔使君遊宴池序〉。頁273）

余既謫永州，以法華浮圖之西臨陂池丘陵，大江連山，其高可以上，其遠可以望，遂伐木爲亭，以臨風雨，觀物初，而遊乎顥氣之始（〈法華寺西亭夜飲賦詩序〉，頁275）。

永州實惟九疑之麓，其始土者，環山爲城，有石焉翳于奧草，有泉焉伏于土塗。（〈永州韋使君新堂記〉，頁304）。

臨于荒野聚翳之隙，見怪石特出。度其下必有殊勝，步自西門以求其墟，伐竹披奥，欹側以下，鯀谷跨谿，皆大石林，渙若奔雲，錯若置棋，怒者虎鬥，企者鳥瘼，抉其穴則鼻口相呀，搜其根則蹄股交峙，環行卒愕，疑若搏噬，於是刳闢朽壤，翦焚榛薉，決澮溝，導伏流，散爲踈林，洄爲清池，寥廓泓停，若造物者始判清濁効奇於兹地。(〈永州崔中丞萬石亭記〉，頁305)

零陵縣東有山麓，泉出石中，沮洳污塗。(〈零陵三亭記〉，頁306)

可見零陵雖多山多水，但却非崇山俊嶺與大江。試略述零陵山水如下：〔註14〕

高　山：在城東隅，一名東山，上有寺，即古法華寺。山上多林木，皆百餘年間物，西北一石，丈濶，有泉如壑，味如雪。山之崖巘高低，前後布置，山石皆青色，惜被苔蘚，掩沒未得洗，人跡往還，自朝自暮，雖晦明風雨不間也。

萬石山：在城內府治北，多怪石，下瞰碧沼，有萬石亭在山之北。跨溪，迴澗傍皆大石，若倚立然，今已廢。

香零山：在縣東四里，山中所產草木，當春皆有香氣襲人，衣袂數日不散，山之左右前後皆瀟水。

陽和山：在縣東南一里，山形如虹，草木經冬不枯，故名。

雞冠山：山多石，在瀟水西，從愚溪入四五里許，有石如雞冠，土人以形似呼爲鷄冠山。

石角山：在縣東北十里，山有小洞，極深遠，連屬十餘小石峯，奇峭如畫。

華嚴巖：在縣南三里，唐爲石門精室，據法華寺南隅崖下。

朝陽巖：在縣南三里，下臨瀟湘，亂石插空，巨碣結頂，穿巖下徑，人在危湍危壁之間，可謂幽絕。

以上所記，以去縣距離十里以內爲限。以下所記者爲河流。

湘江：在城北十里，流至湘口，與瀟水合，水至清，雖十丈見底。

瀟水：在城外，源自九疑山，水清深。

愚溪：舊名冉溪，柳宗元改名愚溪，有愚丘、愚泉、愚溝、愚池、愚堂、愚亭、愚島等八景。在縣西，源自�山，其水徹底皆石，源自戴花山，分二派。一東合賢水，一北徑鈷鉧潭入瀟水。

〔註14〕參考資料有：文星版《古今圖書集成》第一千二百七十二〈永州府部考〉二，冊20，頁603～614。商務版喜慶重修一統志第三七〇卷，冊七，頁4796～4806。

4. 氣候：零陵地處南方，氣候異於北方的京城，大致說來，零陵氣候炎熱，氣溫較爲潮濕。可見柳集記載如下：

炎暑熇蒸，其下卑濕。（〈先太夫人河東縣太君歸祔處〉，頁136）

卑濕昏霧（〈寄許京兆孟容書〉，頁320）。

炎昏多疾，氣力益劣。（〈與裴塤書〉，頁327）

今懼老死瘴土（〈與顧十郎書〉，頁331）。

5. 物產。零陵雖屬荒蠻，天然資源却是豐富：

其上多楓柟竹箭哀鳴之禽，其下多芡芰蒲蕖騰波之魚。（〈陪永州崔使君遊宴南池序〉，頁273）。

虵虺之所蟠，狸鼠之所游，茂樹惡木，嘉葩毒卉，亂雜而爭植，號爲穢墟。（〈永州韋使君新堂記〉，頁304）。

群畜食焉，牆藩以蔽之。（〈零陵三亭記〉，頁306）

涉野有蝮虺大蜂……近水即畏射沙蝨。（〈與李翰林建書〉，頁329）。

6. 風俗民情，零陵風俗民情，於永州沿革處已述及，今就柳集所見引錄如下：

永之氓咸善游。（〈哀溺文〉，頁222）

永州居楚越間，其人鬼且機。（〈永州龍興寺息壤記〉，頁308）

惟是南楚，風浮俗鬼。（〈唐故朝散大夫永州刺史崔公墓誌〉，頁911）

又永州多火災，柳宗元有逐畢方文並序。（頁219～220）

永州地處南方，是以又「多謫吏」（見〈送南涪州景移澧州序〉，頁262）

（三）永州八記

永州，就柳集中所見名勝有：零陵三亭、復乳穴、龍興寺、新亭、法華寺、萬石亭、南池、百家瀨、鐵爐步。尤以八記最爲有名。試略述八記如下：〔註15〕

1. 西山：在零陵縣西。易三接山水記：「自朝陽巖赴自黃茅嶺北長亙數里，皆西山也。」又王元弼名勝記：「零有西山，在河之西二里許，高萬餘丈，大不能量，起伏曲折，如龍欲騰空，有澗有溪有洞，石皆青間有白色如玉者，

〔註15〕同註1。並參見永州八記本文。

與雲相屯伏，四時花木，陰翳濃翠，若九月天登之，楓葉黃紅，人立樹下，衣裳如染黃紅色，更有白沙如銀，與日光相奪目。」

2. 鈷鉧潭：在零陵縣西三里，亦即在西山西，中有小泉，合愚溪入瀟水。

3. 鈷鉧潭西小丘，在鈷鉧潭西二十五步。

4. 小石潭，在縣西，從鈷母潭西小丘西行百二十步。

5. 袁家渴，在縣南，山玉記：「瀟水多折，每折必有曲岸危石以束之，水與石遇，欲順反逆，楚人言水之反流者渴也，而袁家渴之石獨異，蓋水勢怒走眾小石，小石無所逃迫，而聚爲一大石，朝湍夕湃，漸久漸堅，萬百千年而渴中之山多山焉，其狀斑駁，其色蒼古，或高或低，散布水中，西岸復有高峯，峯色蔭石，石色蔭水，而渴之勝特備。」

6. 石渠，在石澗之南，亦即在袁家渴西南方百步。

7. 石澗，在袁家渴上。曹能始名勝志：「石澗在湃西北，其水之大倍渠之三，亙石爲底，達於兩崖，水平布其上，流若織紋。」黃佳色紀云：「澗之石較渠更密，水之澗亦倍之，娟潔覲美，有自然之質。」

8. 小石城山，在縣西，山與石城山相似。（案石城山其石如林中空，外方如城，城外怪石纍纍，無徑可通，從石上走入，則煙雲草樹，景物萬狀。）而差小，故名。

事實上，八記已有多處不存在。以下試列所見永州地形圖三幅以爲參考。

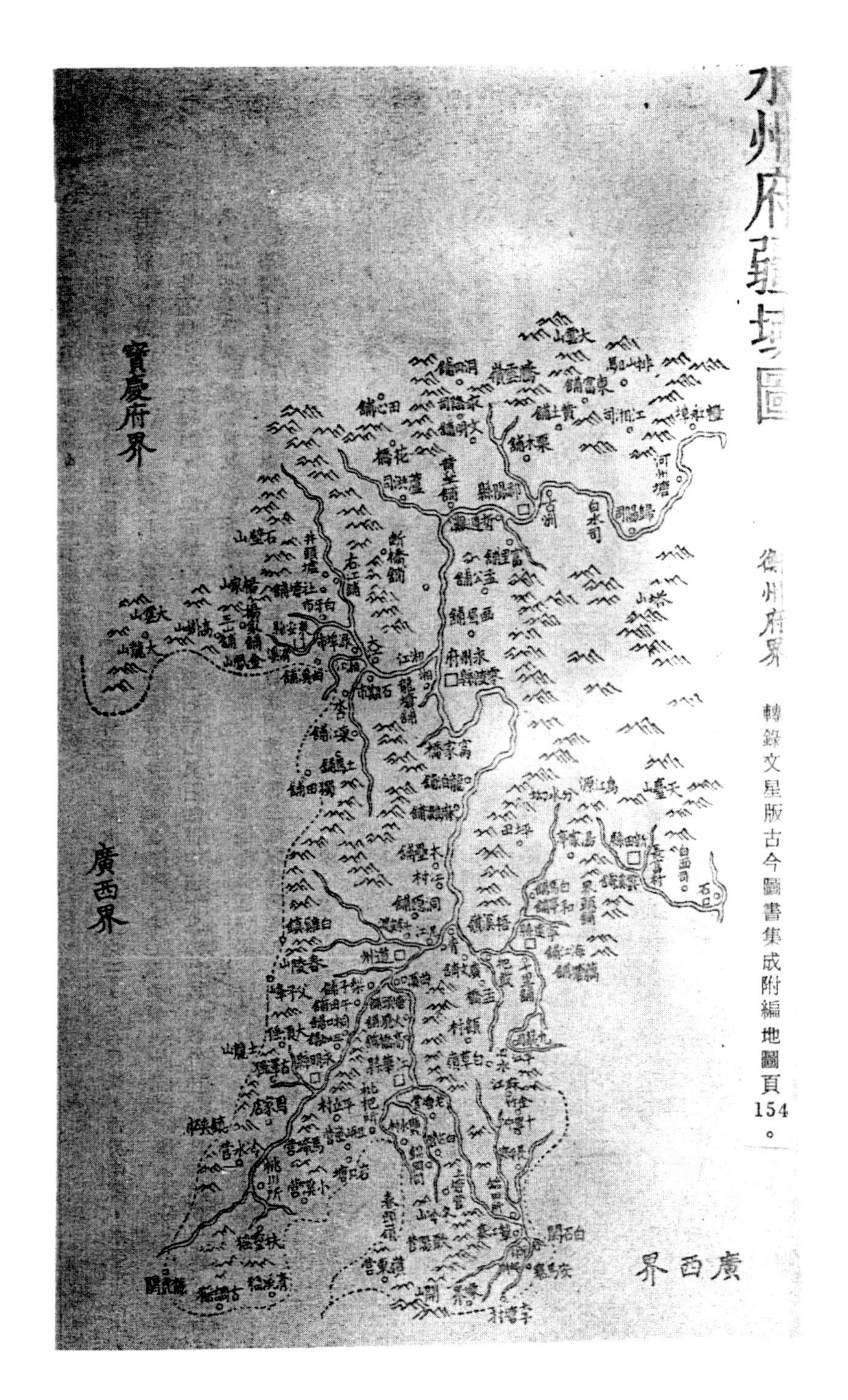

轉錄文星版古今圖書集成附編地圖頁 154。

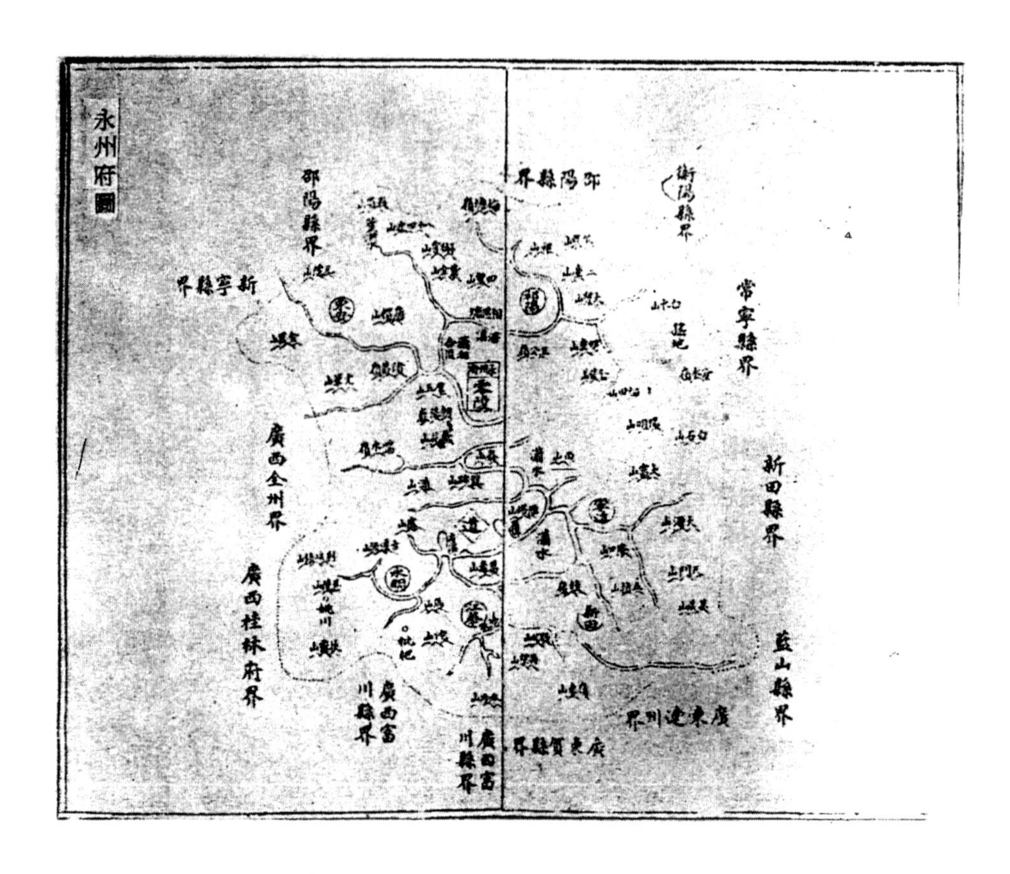

轉錄自商務版一統志冊七，頁 4791。

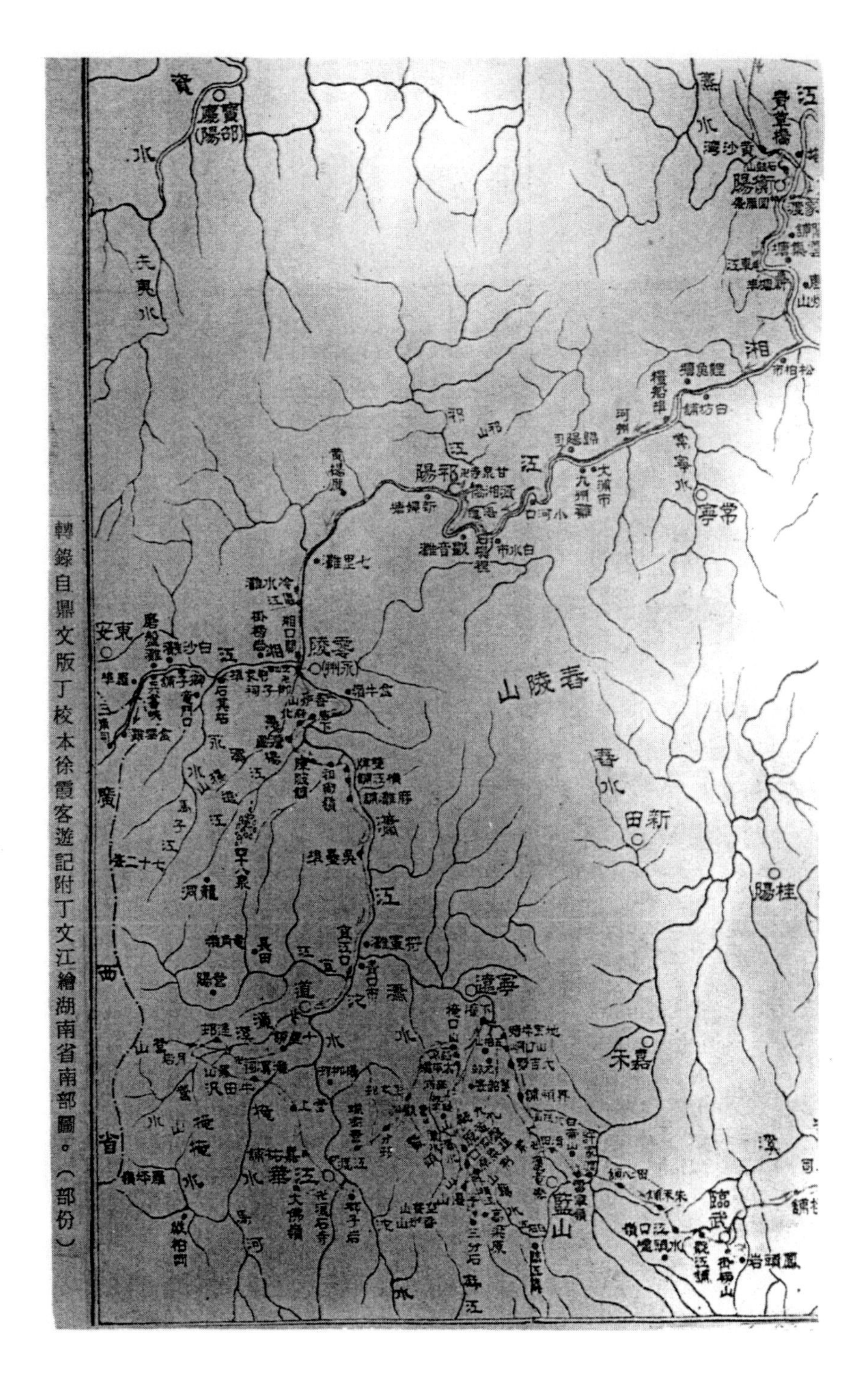

轉錄自鼎文版丁校本徐霞客遊記附丁文江繪湖南省南部圖。(部份)

（二）綜　論

永州，即今湖南省零陵縣，其位置約在：東經 26°38’，北緯 111°15’。

就今日的地學觀點考之。

以地形區而言，零陵是屬華中區，此區由於丘陵與湖泊錯綜複雜散佈。地形上又分爲六副區，而零陵即屬大湖盆地區。此區湖泊最多，全區又以洞庭、鄱陽二大湖爲中心。

以水系而言，零陵有湘水入洞庭湖，是屬長江流域。

以氣候而言，零陵屬副熱帶華中區，全區位於溫帶，月均溫在攝氏 20 度以上者占五個月，全年不見零下氣溫，平均雨量在壹千貳佰公釐左右。

零陵與北方的京城，在自然上自有顯著的差異，而在人文上亦因之而不同。這種的不同，在唐朝當時乃屬先天的，因此就其不同的觀點觀之，則成名勝，而在當地則不自覺。柳宗元於永州崔中丞萬里亭記有云：

> 明日，州邑耋老雜然而至曰：吾儕生是州，藝是野，眉厖齒鯢，未嘗知此，豈天墜地出，設茲神物以彰我公之德歟？」（頁 305）

零陵多石，且怪石，又河中亦多水清見底，在零陵人看來是自然現象，而在北方人看來，則屬怪異名勝。持之，所謂的永州八記，在今日地學的觀點透視下，實在算不上名勝山水。所謂的八記亦皆已湮沒，再已算不上名勝山水。如張其昀著《中國區域志》第二章「大湖區域」所列今日名勝中，已無永州八記。〔註 16〕又地球版「細說錦繡中華彩色珍本」中，亦無八記。申言之，八記的不可求，非始於今日。在「古今圖書集成」的時代，已有四處不可求，其中鈷鉧潭西小丘已不列入文中，而另三處亦已失考。今據卷一千二百七十二卷永州府部彙考二轉錄如下：

> 小石潭：案府志在小丘西百步許。（冊 20，頁 608）
>
> 石渠：在袁家渴西，柳宗元有記。（冊 20，頁 609）
>
> 鈷鉧潭：蔣本厚山水記曰：「今所記在柳祠前者非是。柳記云：鈷鉧潭在西山西；又得西山後八日，尋山上西北道二百步，又得鈷鉧潭，今潭在柳祠前數步。柳記所云云耶，大抵愚溪之妙愈入愈奇，橋頭一帶居民涵擾，寧有佳趣耶。」田山玉記云：「柳侯祠前有鐫鈷鉧潭三字於溪石上者，蔣本厚辨其非，多嘗與友人同遊，求其是者而不

〔註 16〕中華文化出版事業委員會出版，《中國區域志》，甲編一，見第二章「大湖區域」頁 120～124，「大湖區域之名勝」。

可得，即得，亦不敢信也。」(冊20，頁608)。

其實早在宋代，已有荒廢的感覺，在汪藻於永州〈柳先生祠堂〉云：

先生以永貞元年冬，自尚書郎出爲邵州刺史，道貶永州司馬。至元和九年十二月，詔追赴都，復出爲柳州刺史。蓋先生居零陵者將十年。至乃言先生者必曰零陵。言零陵者亦必曰先生。零陵去長安四千餘里，極南窮陋之區也，而先生辱居之，零陵徒以先生之之故。遂名聞天下，在先生謂不幸可也，而零陵獨非幸歟？先生始居龍興寺西序之下，間坐法華西亭，見西山，愛之。命僕夫過瀟水，翦薙榛蕪，搜奇選勝，自放於山水之間。入冉溪二、三里，得尤絕者家焉。因結茅樹蔬，爲沼沚爲台榭，目日愚溪，而刻八愚詩於谿石之上。其謂之鈷鉧潭西小丘、小石潭者，循愚溪而出也。其謂之南澗、朝陽巖、袁家渴、蕪江、百家瀨者，泝瀟水而上也。皆在愚谿數里間，爲先生杖履徜徉之地，唯黃谿爲最遠，去郡城七十餘里，游者未嘗到，豈先生好奇，如謝安樂伐木開徑，窮山水之趣，而亦游之不數耶？紹興十四年，予來零陵，距先生三百餘年，求先生遺跡，如愚谿、鈷鉧潭、南澗、朝陽巖之類皆在，獨龍興寺并先生故居曰愚堂、獠愚亭者，已湮蕪不可復識。八愚詩石，亦訪之無有，黃溪則爲峒僚侵耕，嶝危徑塞，無自而入，郡人指高山寺，曰此法華亭故處，而龍興者，今太平寺西瞰大江者是也，其果然歟。(見世界本《柳河東全集》附錄卷下，頁568)

又范成大驂鸞錄亦云：

二十日行郡山間，時有青石如雕鎪者，叢臥道傍，蓋入零陵界焉。晚宿永州，泊光華館，郡治在山坡上，山骨多奇石，登新堂及萬石亭，皆柳子厚之舊。新堂之後，郡石滿地，或臥或立，沼水浸碧荷，亂生石間，萬石堂在高坡，乃無一石，恐非其故處，然前望眾山，回合如海，登覽甚富，子城腳有蒼石崖，圍一小亭，又有瀟湘摟，下臨瀟水，不葺。二十二日渡瀟水，即至愚溪，亦一澗泉，瀉出江中，官路循溪而上，碧流淙潺，石瀨淺澀不可杭，春漲時或可，所謂「舟行若窮，忽又無際」者，必是汎一葉舟耳。溪上愚亭，以祠子厚，路旁有鈷母潭。鈷鉧、熨斗也。潭狀似之。其地如大小石渠、石礀之類，詢之，皆蕪沒篁竹中，無能的知其處者。(見新興本《筆

記小說大觀》四編冊三，頁 1567）

持此，更可確信八記並非名勝，祗因柳宗元妙筆生花而得以轉世。正是汪藻所謂：

然零陵一泉石，一草木，經先生品題者，莫不爲後世所慕，想見其風流，而先生之文載集中，凡環奇絕特者，皆居零陵時所作。（世界本，《柳河東全集》附錄卷下，〈永州柳先生祠堂記〉，頁 569）。

徐霞客遊記卷四楚游日記云：

（丁丑年三月）十三日四十里至湘口關；湘江自西南、瀟江自東南、合於其前。予舟由瀟入、十里爲永郡西門之浮橋。已一舟從後來，予移附其中，蓋以明日向道州者。下午舟過浮橋、泊小西門。隔江望西岸石甚森幻，中一溪自西來注、石梁跨其上，心異之。循城而北、西越浮橋、則浮橋西岸、異石張翕。執土人問愚溪橋、即浮橋南畔溪上跨石者是；鈷鉧潭則直西半里、路旁嵌溪者是。始知潭即愚溪上流；潭從西、橋從南也。乃遵通衢直西去，路左人家隙中，時見小溪流石間。半里過柳子祠、祠南向臨溪。再西抵茶菴，則溪自南來，沿石東轉、轉處石勢尤森特，但亦溪灣一曲耳，無所謂潭也。求小丘小石潭，俱無能識者。是水發源永州南百里之鴉山、有「冉」「染」二名，柳子易之以「愚」。按文求、小邱當即茶菴也。菴去潭西數十步、叢邱之上、爲此中鼎剎。求西山、亦無知者。後讀芝山碑，謂芝山即西山、亦非也、芝山遠在北；當即柳子祠後圓峰高頂，今爲護珠菴者是。聞菴間有柳子崖，則爲西山信矣。予覓道其間、西山登山、崖已蕪，竟不得道。乃西南繞茶菴前，復東返柳子祠前渡溪、南越一岡、東轉出愚溪橋；橋兩端架瀟江之上，即前所望異石也。因搜踞石竇、上下穿眺尤幻。橋內一菴曰通圓、北向俯溪，有竹木勝。時舟在隔江城下，以舟子遲待，予乃返。（鼎文版校本《徐霞客遊記》頁 208～209）

申言之，永州八記並非名勝山水，而柳宗元却刻意在描繪它，其心境頗爲複雜，要言之，乃在描繪被人遺棄的美的發現，及其價值的認識，日人清水茂於〈柳宗元的生活體驗及其山水記〉一文裏有所闡釋，特引述如下，並做爲本小節的結束：

柳宗元的山水記，是對於被遺棄的土地之美的認識的不斷的努力，這同他的傳記文學在努力認識被遺棄的人們之美是同樣性質的東西。並且，由於柳宗元自己也是被遺棄的人，所以這種文學也就是他的生活經驗的反映，是一種強烈的抗議。強調被遺棄的山水之美的存在，也就是等於強調了被遺棄人們的美的存在，換言之，柳宗元自身之美的存在。隨伴著這種積極的抗議，其反面則依於自己的孤獨感對這種與他的生涯頗爲相似的被遺棄的山水抱著特殊的親切感，以及在這種美之中得到了某種安慰的感覺。〔註17〕

三、柳宗元在永州的心境變化

順宗即位，子厚授禮部員外郎，未及見用，而隨貶逐，出爲邵州刺史，又道貶爲永州司馬。憲宗元和元年，子厚奉母至永州。這種無情的挫折與衝突，在子厚的內心自是產生無比的變化，以下試描述子厚在永州的心境變化。

（一）自我的選擇

以社會學觀點而論，個人碰上巨大社會變遷而難以適順，可能採取途徑有五：

1. 回至業已建立的行爲規範。
2. 創造自己的行爲方式，設法爲社會所採用。
3. 用各種反社會行爲，如非行和犯罪，以攻擊現存的社會秩序。
4. 退出社會，隱匿避難（各種精神病即是內心的退卻）。
5. 以自殺解脫一切。〔註18〕

事實上，不論選擇哪一種，都是痛苦的決定。當柳宗元因政治因素，被貶到永州，他所採取的途徑是：接受事實，順應已建立的行爲規範，我們揣測他的理由有下列二點：

1. 就個人立場而言。柳宗元少聰警絕倫。貞元九年（793）二十一歲，登進士第，貞元十二年二十四歲，應博學宏辭科；又二年，乃以博學宏辭授集賢殿正字，可謂才會傾動一時，且性格剛正不阿，非普通文士可比。而後爲政治因素被貶，在他來說，自是感慨多端，他不願意死得不明不白，他確信自己是無辜，希望有一天能還其清白。所以他選擇面對現實的途徑。此種情

〔註17〕見學生書局《中國文學史論文選集》（三）頁1065。
〔註18〕見版志版，柯尼格博士著，朱岑樓譯《社會學》第六章「社會中的個人」，第三節「個人解組」。頁59。

境可從柳集中見到：

僕未冠，求進士。(〈送婁圖南秀才遊淮南將入道序〉，頁 278。)

吾長京師三十三年，遊鄉黨，入太學，取禮部吏部科，校集賢秘書，出入去來，凡所與言，無非學者，蓋不啻百數，然而莫知所謂學而爲己者。(〈送賈山人南遊序〉，頁 281)

宗元自小學爲文章，中間幸聯得甲、乙科第，至尚書郎，專百官章奏。(〈楊京兆憑書〉，頁 335)

吾年十七，求進士，四年乃得舉，二十四年求博學宏辭科，二年乃得仕，其間與常人爲群輩數十百人，當時志氣類足下，時遭訕罵詬辱，不爲之面，則爲之背，積八九年，日思摧其形鋤其氣，雖甚自折挫，然已得號爲狂疏人，及爲藍田尉，留府庭，旦暮走謁於大官堂下，與卒伍無別，居曹則俗吏滿吏，更說買賣商算贏縮，又二年爲此，度不能去，益學老子，和其光，同其塵，雖自以爲得，然已得號爲輕薄人矣。及爲御史郎官，自以登朝廷，利害益大，愈恐懼思欲不失色於人，雖戒勵加切，然幸不免爲連累廢逐，猶以前時遭狂疏輕薄之號，既聞於人，爲恭讓未洽，故罪至而無所明之。(〈與楊誨之第二書〉，頁 352)

由上可知其自視。更由此可見其當年的氣宇。〈與呂恭論墓中石書書〉云：

僕蚤好觀古書，家所蓄晉魏時尺牘甚具，又二十年來，徧觀長安貴人好事者所蓄，殆無遺焉，以是善知書，雖未嘗見名氏，亦望而識其時也，又文章之形狀，古今特異，弟之精敏通達，夫豈不究於此，……(頁 338)。

又韓愈〈柳子厚墓誌銘〉云：

儁傑廉悍，議論證據今古，出入經史百子，踔厲風發，率常屈其座人，名聲大振，一時皆慕與之交；諸公要人爭欲令出我門下，交口交薦譽之。(世界版《韓昌黎文集校注》卷七，頁 295)

可想見其飛揚之狀，豈可因一時挫折而毀一世英名？

2. 就家世而論。柳家是書香門第，父親柳鎮爲人正直，精通經史，富有學識，官至侍御史，居官剛正廉明。母親盧氏，出身名門大族，亦富學識，但柳家至宗元成名之時，已門戶凋零，〔註 19〕因此宗元身負重建家門的責任。

〔註 19〕詳見《台北商專學報》第三期，段醒民〈柳子厚家世考述〉一文，頁 439～470。

當宗元身遭巨變，而不能身死，此即是理由之一。

> 人咸言吾宗宜碩大，有積德焉，在高宗時，並居尚書省二十二人，遭諸武以故衰耗，武氏敗，猶不能興，爲尚書吏，間十數歲乃一人。……（〈送解序〉、頁 271）

> 柳氏以文雅高於前代，近歲頗乏其人，百年間無爲書命者，登部科，數年乃一人，後學小童以文儒自業者又益寡，今有文郁師者，……（〈送文郁師序〉，頁 287）。

又柳宗元的元配弘農楊氏，也是當時仕宦名流。貞元十二年（796）結婚，當年宗元二十四歲，而楊氏於貞元十五年（799）八月一日去世，享年才二十三歲。楊氏死後，宗元一直沒有再娶，及身遭巨變，更使宗元憂心不已，這種傳宗接代的觀念，是促使宗元活下去的最大理由：

> 嗚呼！宗元不謹先君之教以陷大禍，幸而緩於死，既不克成先君之寵贈，又無以寧太夫人之飲食，天殛荐酷，名在刑書，不得手開玄堂以奉安附，罪惡益大，世無所容，尚顧嗣續，不敢即死，支綴氣息，以嚴邦刑，大懼祭祀之無主，以忝盛德。（〈先侍御史府君神道表〉，頁 124）

> 宗元於眾黨人中，罪狀最甚，神理降罰，又不能即死，猶對人言語，求食自活，迷不知恥，日復一日，然亦有大故，自以得姓來二千五百年，代爲家嗣，今抱非常之罪，居夷獠之鄉，卑濕昏霧，恐一日塡委溝壑，曠墮失緒，以是怛然痛恨，心腸沸熱。（〈寄許京兆孟容書〉，頁 320）

> 宗祀所重，不敢死亡，偷視累息，已逾歲月。（〈上廣州趙宗儒尚書陳情啓〉，頁 367）

由上述可知宗元之所以不死，乃是有他的理由，他希望有一天能重新得到社會的認同，進而光耀門楣，同時再要個名門閨秀，以傳繼柳家。

（二）期待心理

當個人遇到社會巨變，採取了採受事實，而走上適應的途徑，則其適應亦是一段艱苦的過程。所謂適應是個人習得社會行模式並採用新的行爲方式，以適應環境的需要。這裏所說的適應，包括適應新的自然情況和適應新

有關柳氏家世考述頗爲詳盡。

的社會情況。前者指適應新的氣候、土壤等；後者指適應新的社會環境。至於適應的方式約有：

1. 屈伏於強制
2. 妥協。
3. 仲裁和調解。
4. 容忍。
5. 突轉。
6. 昇華。
7. 合理化。〔註20〕

這種適應，就人格心理學的觀點來說，即是人格適應機構。適應機構是個體滿足動機，減少緊張，解決衝突的習慣。從廣義的含義說，每一種行動或思想只要可以滿足自我的需求，以致於採取直接的行動突破生活的阻礙，或與他人密切合作以滿足自我的需要，這些直接的針對問題，滿足動機的行爲都是適應機構。而狹義的適應機構則指間接性與代替性的適應習慣而言，個人遇到挫折與衝突的困境，由於本身能力的缺乏或外界環境的限制，事實上無法對阻礙的目標一一加以攻擊性的破壞，因此產生代替性的適應。這種適應的防衛機構，主要的功能在維持自我表面的統一。企圖解決即時緊張，虛假的滿足自我動機。

個人爲維持自我採取防衛機構，不外有兩種方式：

一種是重新組織環境以適應自我的要求。

另一種是改變自我的觀點以符合環境的條件。〔註21〕

總之是採取代替妥協的方式，企圖挽回自己的面子。就前者重新組織環境以適應自我的要求而言，其重點在于修正刺激。其方式有：

1. 移位　以相等的刺激代替另一刺激。
2. 壓抑　否認事實的存在，實際上個人內在的驅迫力量仍未消除。
3. 曲解　又稱合理化，事情失敗之後，以許多與事實無因果的關係加以解釋，所謂維持面子。

〔註20〕見協志版朱岑樓譯《社會學》第七節「順應」，頁261～267。朱氏原譯文作順應，本文爲求統一，皆改作適應。

〔註21〕本節所論有關人格適應機構部分，皆取自台灣省教育廳編印，李序僧編著《人格心理學》第八章「挫折與衝突的適應」。頁229～272。

4. 比擬　即個人把自我的中心擴大，以與團體或其他個人的榮辱與共。

5. 投射　比擬是自我附屬於團體，而投射則是將團體附屬於自我，以解釋堅持自己的理由。

個人認爲柳宗元在採取接受事實後，其順應的心理，似可以「防衛機構」的觀點解釋。

本節首論重新組織環境以適應自我的要求的防衛心，姑且名之曰期待心理。試分述如下：

1. 自責。這種的自責，事實上並非眞實，其目的或在博得同情。柳宗元處處以罪臣自居，但在內心是否眞有罪過之感，則屬疑問，於〈上西川武元衡相公謝撫問啓〉裏云：

> 某愚陋狂簡，不知周防，失於夷途，陷在大罪，伏匿嶺下，于今七年，追念往愆，寒心飛魄。（頁 368）。

又〈與裴塤書〉云：

> 僕之罪，在年少好事，進而不能止，儔輩恨怒，以先得官。……（頁326）

所謂「不知周防」「年少好事，進而不能止。」事實上並不能算是罪過，而宗元以此自責，實有不滿之意，且兼有反諷的味道。

2. 希望被赦免。宗元被貶以後，雖然在元和元年曾降旨謂八司馬縱逢恩赦不在量移之限。〔註 22〕同時他也曾在給他的岳父信中，表示不敢存有重調回京師重用的希望。〔註 23〕這或許是一時心靜的眞心話，而事實上他却抱有很大的希望，總以爲他的罪，並不是不可原諒，或是在國家喜慶大典時頒赦天下，也許會得到赦免。因此他曾努力上表，上陳情啓，〔註 24〕希望博得君王，或當朝大員的垂憐，並盼望能稍加北遷。於〈寄許京兆孟容書〉云：

> 姑遂少北，益輕瘴癘。（卷三十，頁 322）

又〈與蕭翰林俛書〉：

> 一釋廢痼，移數縣之地，則世必曰：罪稍解矣。（卷三十，頁 328）

宗元所以貽書翰林學士蕭俛、李建、許孟容等人，其目的乃在請除罪移官。當元和五年十月，憲宗下詔說在六年正月十四日要在東效籍田，他很高興的

〔註 22〕見《舊唐書》卷十四，〈憲宗本紀〉八月壬午條。頁 238。
〔註 23〕見〈與楊京兆憑書〉頁 323～326。
〔註 24〕柳氏所上表與陳情啓，可參見柳表。

說：

> 喜聖朝舉數十年墮典，太平之路果辟，則吾昧昧之罪，亦將有時而明也。（卷三十三，〈與楊誨之書〉，頁348）

宗元對於籍田，一者興奮；再者亦興起了無限的感傷，宗元有「聞籍田有感」詩：

> 天田不日降皇輿，留滯長沙歲又除。
>
> 宣室無由問釐事，周南何處託成書。（卷四十三，頁491）

不過在十一月九日，憲宗又下詔取消籍田的計劃，宗元的希望成爲泡影。

3. 自我解說。柳宗元對於加黨爭事，雖不像劉禹錫極力解說塞責，但他仍有所解說，且持一貫的原則，即是不後悔自己參與新黨。就柳集中可見者如下：

> 僕之罪，在年少好事，進而不能止，儔輩恨怒，以先得官，又不幸早嘗與游者居權衡之地，十薦賢幸乃一售，不得者譸張排根，僕可出而辯之哉。性又倨野，不能摧折，以故名益惡，勢益險，有喙有耳者，相郵傳作醜語耳，不知其卒云何，中心之愆尤，若此而已。既受禁錮而不能即死者，以爲久當自明，今亦久矣，而嗔罵者尚不肯已，堅然相白者無數人。（〈與裴塤書〉，頁326）
>
> 然僕當年年三十三，甚少，自御史裏行得禮部員外郎，超取顯美，欲免世之求進者，怪怒媢嫉，其可得乎，凡人皆欲自達，僕先得顯處，才不能踰同列，聲不能壓當世，世之怒僕宜也。與罪人交十年，官以是進，辱在附會，聖朝弘大，貶黜甚薄，不能塞眾人之怒，謗語轉侈，囂囂嗷嗷，漸成怪民；飾智求仕者，更署僕以悅讎人之心，日爲新奇，務相喜可，自以速援引之路，而僕輩坐益困辱，萬罪橫生，不知其端，伏自思念，過大恩甚，乃以致此。（〈與蕭翰林俛書〉，頁327～328）
>
> 吾雖少時，與世同波，然未嘗翦翦拘拘也。（〈與楊誨之第二書〉，頁350）

（三）補償心理

本節所論的是：改變自我的觀點以符合環境的條件，亦即是修正反應，人格適應以修正刺激的方法維持自我的平衡，並不能澈底。因爲很多解釋的方法，仍然是屬於知覺情景或思想上的轉移，個體內在的緊張狀態並未消失，可能引起新的騷擾，因此有機體往往改變「自我」觀念，以便在環境中求得合理的出路，此即爲修正反應。在理論上說，修正反應的自衛發生在後，但在實際上却很難判定其先後，或當謂並存出現。至於修正反應的方式，大致說來有下列四種：

1. 補償　補償原是「失之東隅，收之桑榆」以求平衡自我的身心狀態。
2. 代替　代替是轉移目標，集中精力於另一目標。
3. 昇華　昇華是指一個人在人生主要目標或興趣上遭遇失敗，因此轉移理想於另一更有價值或倫理道德的事業上去。
4. 退回　退回是一種逃避的趨向。

依前節所敘，柳宗元採用修正刺激的自我防衛，並不一定有效，因此更進一步的改變自我，以求適應環境，本節所述者即是這種自我防衛的心理，且稱爲補償心理，其方式有二：

1. 不爲人師。柳宗元在永州的後期，雖有後學之士，或以人來，或以書進，皆欲以爲師，但宗元深患之。於〈答韋中立論師道書〉云：

> 辱書云，欲相師。僕道不篤，業甚淺近，環顧其中，未見可師者。雖常好言論爲文章，甚不自是也，不意吾子自京師來蠻夷間，乃幸見取。僕自卜固無取，假亦有取，亦不敢爲人師。（頁 358）

又於〈報袁君陳秀才避師名書〉云：

> 僕避師名久矣。往往在京都，後學之士到僕門，日或數十人，僕不敢虛其來意，有長必出之，有不至必惎之，雖若是，當時無師弟子說。（頁 361～362）

考柳宗元不爲人師的理由有二：〔註 25〕

（1）自視以爲不足爲。

（2）世久無師弟子，決爲之，且見非，且見罪，懼而不爲。

關於「懼而不爲」的眞象，在〈答韋中立論師道書〉中頗有說明：

> 度今天下不吠者幾人，而誰敢衒怪於群目，以召鬧取怒乎。僕自謫過以來，益少志慮，居南中九年，增腳氣病，漸不喜鬧，豈可使呶呶者，早暮咈吾耳，騷吾，則固僵仆煩憒，愈不可過矣。平望居外遭齒舌不少，獨欠爲人師耳。……（頁 358）

這種畏縮的心境實大異於往時。〈答貢士廖有方論文書〉中，可見當日的氣概：

〔註 25〕見〈報袁君陳秀避師名書〉頁 362。

吾在京師時，好以文寵後輩，後輩由吾文知名者，亦爲不少焉。（頁363）

2. 置產娶妻。柳宗元在「期望」不能如意之下，祇好退而求其次，做個農夫，在連患的悲傷失望交織之時，不由得引起對於子嗣的盼望。自貞元十五年（799），元配楊氏去世後，並未再娶，且沒有兒子，徒增貶逐生活的無聊。柳集中可見對「家室」渴求的記載有：

一釋廢痼，移數縣之地，則世必曰：「罪稍解矣。」然後收召魂魄，買土一廛爲耕甿。……（〈與蕭翰林俛書〉，頁327）

唯欲爲量移官差輕罪累，即便耕田藝麻，取老農女爲妻，生男育孫，以供力役。（卷三十，〈與李翰林建書〉，頁329～330）

自以得姓來二千五百年，……煢煢孤立，未有子息，芽陬中少士人女子，無與爲婚，世亦不肯與罪大者親昵，以是嗣續之重，不絕如縷，每當春秋時饗，孑立奉奠，顧眄無後繼者，惸惸然欷歔惴惕，恐此事便已摧心傷骨，若受鋒刀，此誠丈人所共憫惜也。（〈寄許京兆孟容書〉，頁320）

進取之志息矣，身世孑然，無可以爲家，雖甚崇寵之，孰與爲榮，獨恨不幸獲託姻好，而早凋落，寡居十餘年，嘗有一男子，然無一日之命，至今無以託嗣續，恨痛常在心目，孟子稱不孝有三，無後爲大，今之汲汲於世者，唯懼此而已矣，天若不棄先君之德，使有世嗣，或者猶望延壽命以及大宥，得歸鄉閭，立家室，則子道畢矣，過是而猶競於寵利者，天厭之，天厭之。（〈與楊京兆憑書〉，頁326）

方築愚溪東南爲室，耕野田圃堂下以詠至理，吾有足樂也。（〈與楊誨之書〉，頁348）

考柳宗元在永州並沒有再娶，這是重門第觀念所至，但柳集中卻有〈下殤女子墓傳記〉一文，文云：

下殤女子，生長安善和里，其始名和娘，既得病，乃曰：「佛我依也，願以爲役。」更名佛婢，既病，求去髮爲尼，號之爲初心。元和五年四月三日死永州。凡十歲，其母微也，故爲父子晚，性柔惠。（頁143）

從「其母微也」的話，可見和娘是宗元的妾所生，宗元住長安時也在善和里，謫永州時，和娘母女跟隨到永州。而所以會「爲父子晚」，是門第觀念在作祟，但終於認領，乃是出於渴望「家室」的心理。

3. 寄情山水。柳宗元在重重的壓抑下，心情頗爲沈重，最後以遊山玩水與進德修業做爲合理的排遣。本處專論寄情山水。

柳宗元自〈始得西山宴遊記〉一文後，始可謂寄情于山水，元和五年（810），在愚溪之上築室爲居，並有八愚之景，〈陪永州崔使君遊宴南池序〉云：

> 余既委廢於世，恒得與是山水爲伍，而悼茲今不可再也。（頁 273）

又〈序飲〉云：

> ……於以合山水之樂，成君子之心。（頁 276）

又〈法華寺西亭夜飲賦詩序〉云：

> 余既謫永州，以法華浮圖之西臨陂池丘陵大江連山，其高可以上，其遠可以望，遂伐木爲亭，以臨風雨，觀物初，而遊乎顥氣之始，間歲元克己由柱下史亦謫而來，無幾何，以文從余者多萃焉。（頁 275）

又〈遊南亭夜還敘志七十韻〉：

> 投跡山水地，放情詠離騷。（頁 477）

由此可見其心情，有時雖不免自我解嘲說：

> 邑之有觀游，或者以爲非政，是大不然，夫氣煩則慮亂，視壅則志滯，君子必有游息之物，高明之具，使之清寧平夷，恒若有餘，然後理達事成。（零陵三亭記，頁 306）

是耶！非耶！只有明眼人心理明白。申言之，柳宗元在永州只是個司馬小官，只有俯首聽命，並沒有統籌全局，處理政務的大權。因此，柳宗元有足夠的時間去遊山歷水。永州的各地幽美風光，都是也尋訪的對象，而寄情山水，是否能醫治心靈的創傷？

4. 進德修業。柳宗元除寄情山水，亦專心於進德修業，柳集中可見記載者如下：

> 吾自幼好佛，求其道，積三十年，世之言者罕能通其說，於零陵，吾獨有得焉。（〈送巽上人赴中丞叔父召序〉，頁 284）
>
> 余雖不合於俗，亦頗以文墨自慰，漱滌萬物，牢籠百態，而無所避之。（〈愚溪詩序〉，頁 224）

自貶官來，無事，讀百家書，上下馳騁乃少得知文章利病。(〈與楊京兆憑書〉，頁 325)

僕近求得經史諸子數百卷，常候戰悸稍定時，即伏讀，頗見聖人用心，賢士君子立志之分。(〈與李翰林書〉，頁 330)

至永州七年，早夜惶惶，追思咎過，往來甚熟，講堯舜孔子之道亦熟，益知出於世者之難自任也。(〈與楊誨之第二書〉，頁 352)

宗元無異能，獨好文章，始用此以進，終用此以退。(〈上李丞相獻所著文啓〉，頁 379)

以上可見柳宗元進德修養一般。是以在永州後期，已有後學之士不遠千里向他請教。

（四）失望心理

柳宗元雖然利用種種的防衛，可是對自我的維持，人格的統一，並未達到最高的效果，因此長期處於無法解決的衝突情景中。

讓他感到失望的是：世態的炎涼。〈與裴塤書〉云：

比得書示勤勤，不以僕罪過爲大故，有動止相憫者，僕望已矣，世所共棄，惟應叔輩一二公獨未耳。(頁 326)

又〈寄許京兆孟容書〉云：

伏念得罪來五年，未嘗有故舊大臣，肯以書見及者，何者，罪謗交積，群疑當道，誠可怪可畏也。(頁 320)

又〈答貢士廖有方論文書〉云：

……後輩由吾文知名者，亦爲不少焉，自遭斥逐禁錮，益爲薄小兒譁囂群朋增飾無狀，當途人率謂僕垢汙重厚，舉將去而遠之。(頁 363)

想當年「一時皆慕與之交；諸公要人爭欲令出門下」，相較之下，實令人寒心。再加上重重期望的不如意，遂使柳宗元產生了怨言。或謂寓言便是這種心境下的產物。所謂：

且天下熙熙，而獨呻吟者四五人（卷三十，〈與裴塤書〉，頁 327)

今天子興教化，定邪正，海內皆欣欣怡愉，而僕與四五子者獨淪陷如此豈非命歟，命乃天也。(〈與蕭翰林俛書〉，頁 328)

更含有多少的怨言。

柳宗元在永州，非但在心理未得平衡，同時水土亦不服，他在元和二年即患拘攣病（見集二，〈懲咎賦〉，頁 25），又柳集中有關疾病的記載有：

余病痞具悸。（〈辨伏神文並序〉，頁 220）

余病痞，不能食酒，至是醉焉。（〈序飲〉，頁 275）

又嬰恐懼痼病。（〈寄許京兆孟容書〉，頁 322）

末以愚蒙剝喪頓瘁。（〈與楊京兆憑書〉，頁 323）

一、二年來，痞氣尤甚，……雖有意窮文章，而病奪其志，每聞人大言，則蹶氣震怖，撫心按膽，不能自止。（〈與楊京兆憑書〉，頁 325）

僕自去年八月來，痞疾稍已，往時間一、二日作，今一日乃二，三作，……行則膝顫，坐則髀痺……。（〈與李翰林建書〉，頁 329）

居南中九年，增腳氣病。（〈答韋中立論師道書〉，頁 358）

柳宗元患病，雖與水土不服有關，但亦有非關水土者，〈寄許京兆孟容書〉云：

伏念得罪來五年，未嘗有故舊大臣，肯以書見及者。何則，罪謗交積，群疑當道，誠可怪而畏也，以是兀兀忘行，尤負重憂，殘骸餘魂，百病所集，痞結伏積，不食自飽，或時寒熱，水火互至，內消肌骨，非獨瘴癘爲也。（頁 320）

如此身心折磨交加，致使人格破碎，精神失常，豈能不短命而死。申言之，宗元雖放情于山水，而亦不能得到快樂，於〈與李翰林建書〉云：

永州於楚爲最南，狀與越相類，僕悶即出游，游復多恐，涉野有蝮虺大蜂，仰空視地，寸步勞倦，近水即畏射工沙蝨，含怒竊發，人中形影，動成瘡痏，時到幽樹好石，暫得一笑，已復不樂，何者，譬如囚拘圜土。一遇和景，負牆搔摩，伸展支體，當此之時，亦以爲適，然顧地窺天，不過尋丈，終不得出，豈復能久爲舒暢哉。明時百姓，皆獲歡樂，僕士人，頗識古今理道，獨愴怡如此，誠不足爲理世下執事。（頁 329）

可見其放情山水的心情。其實柳宗元所採取的種種自我防衛的適應方式，未必不正確。問題是在柳宗元並不願意放棄自我的觀念。雖然他的適應方式能取得部分社會人士的認同，但却不能達到自己的理想標準。而這種自我的觀念却是致命的絕症，不幸多少文人都患上這種病症。余光中〈象牙塔到白玉樓〉一文中有所說明：

> 中國文人最大的矛盾，是一面熱衷於政治，另一面又自命清高，至少傳統的用世觀念使他們幻覺，天才而不用於政治，是可悲的浪費。考試失敗，仕宦失意，就悲觀厭世，以賈誼或屈原自命。這種誤會做詩就應做官的觀念，形成了藝和政治不分的混亂心理。（文星版，〈逍遙遊〉，頁67）

這種病姑且稱之為「政治鬱結症」。雖時以賈誼、屈原自擬，但却不悲觀厭世，於答周君巢餌藥九壽書云：

> 宗元以罪大擯廢，居小州，與囚徒為朋，行則若帶纆索，處則若關桎梏，彳亍而無所趨，拳拘而不能肆，槁然若枿，隤然若璞，其形固若是，則其中可得矣，然猶未嘗肯道鬼神等事。今本人乃盛譽山澤之臞者，以為壽且神，其道若與堯舜孔子似不相類焉何哉？（卷三十二，頁344）

「未嘗肯道鬼神等事。」即是儒者的精神，這是一種擇善的固執，因此當宗元奉詔追赴都至灞亭上時，却唱出：

> 十一年前南歸客，四千里外北歸人。
> 詔書許逐陽和至，驛路開花處處新。

好個「驛路開花處處新」，可見其痛苦的根源所在。往昔的文論家皆謂宗元文章至永州益工，謂得之永州山水，事實是否如此，寧能不思之再三？這祇是一種皮毛之見。

為使更明白柳宗元在永州的心境變化，試列柳宗元在永州簡譜於左，此譜摘自羅聯添著《柳子厚年譜》：

柳宗元在永州簡譜

紀元	年歲	記事	繫文	繫詩
德宗永貞元年（八月～十二月）（805）	三十三歲	八月九日改元永貞，十四日憲宗即位。九月子厚貶邵州刺史。十一月道貶永州司馬，同貶者有韋執誼、韓泰、陳諫、劉禹錫、韓曄、凌準、程異等人，合稱八司馬。攜母至永州，居龍興寺。	潭州楊中丞作東池戴氏堂記（卷二十七，頁301～302）	

憲宗元和元年（806）	三十四歲	正月二日改元大赦。十九日順宗崩。五月十五日母盧氏卒于永州。八月二十日制左降官八司馬縱逢恩赦不在量移之限。	送文暢上人遊河朔序（頁282～284）	
元和二年（807）	三十五歲	子厚母歸祔於京兆萬年棲鳳原先侍御史之墓，患拘攣病，自傷不得召內，悔念往咎，作懲咎賦、上廣州趙昌尚書陳情啓請爲之攘除罪籍。	先太夫人河東縣太君歸祔誌（頁136～137） 先侍御史神道表（卷十二，頁122～124） 先君石表陰先友記（卷十二，頁124～131） 懲咎賦(卷二，頁24～26） 上廣州趙昌尚書陳情啓（頁367）	
元和三年（808）	三十六歲	吳武陵坐事流永州。有婁圖南僑寓永州，與子厚甚密。七月子厚臥疾，連州司馬凌準卒。	送婁秀才遊淮南入道序（卷二十五，頁278～279） 凌君權厝誌（卷十頁110～112） 非國語六十七篇（卷四十四，頁498～526） 龍安海禪師碑（卷六，頁68～69） 南嶽般舟和尚第二碑（卷七，頁71～73） 上楊州李吉甫獻所著文啓（卷三十六，頁376～377）	遊南亭還敘志七十韻（卷四十三，頁477） 器連州凌員外司馬詩（卷四十三，頁）
元和四年（809）	三十七歲	彬州司馬程異擢爲楊子留後。子厚有書遺翰林學士蕭俛，李建，京兆尹許孟容等陳情，請除罪移官。 子厚抑鬱憫悼，日惟登山涉水爲事。九月二十八日始遊西山。後八日又得鈷鉧潭，鈷鉧潭西小丘，同遊者有李深源、元克己。不日又遊小石潭、有吳武陵、龔古、柳宗玄同遊。	寄京兆孟容書（卷三十，頁319） 與蕭翰林俛書（卷三十，頁327～328） 與李翰林建書（卷三十，頁329～330） 始得西山宴遊記鈷母潭記 鈷鉧潭西小丘記至小丘西小石潭記永州法華寺新作西亭記（卷二十八，頁309）	溝法華寺西亭詩（卷四十三，頁476）

元和五年（810）	三十八歲	子厚在愚溪之上築室爲居	與楊京兆憑書（卷三十，頁323） 送從弟謀歸江陵序（卷二十四，頁270～271） 與楊誨之書（卷三十三，頁347～348） 讀韓愈所著毛穎傳後題（卷二十一，頁346～347） 謝李吉甫相公示手札啓（集三十六，頁377）	
元和六年（811）	三十九歲	子厚從兄寬卒	祭從兄文（卷四十一，頁441） 上西川武元衡謝撫問啓（卷三十五，頁367～368） 與楊誨之第二書（卷三十三，頁348～352）	聞籍田有感詩（卷四十三，頁491） 獻宏農公左官歲復爲大僚五十韻詩（卷四十二，頁449～452）
元和七年（812）	四十歲		武岡銘（卷二十，頁239～240） 袁家渴記 石渠記 石澗記 小石城記 上嶺南鄭相公獻所著文啓（卷三十六，頁379） 永州韋使君新堂記（卷二十七，頁304～305） 送元暠師序（卷二十五，頁286～287）	與崔策登西山詩（卷四十三，頁475～476）
永和八年（813）	四十一歲	元和七、八年夏，永州時發大火，子厚作逐畢方文。 五月十六日遊黃溪。 子厚在永州居間刻苦，務記覽，爲詞章；汎濫停畜，爲深博無涯矣。是以後進之士，或以人來，或以書進，皆欲以爲師，然子厚深患之。	逐畢方文（卷十八，頁219～220） 游黃溪記（卷二十九，頁313～314） 答韋中立論師道書（卷三十四，頁357） 答嚴厚輿論爲師道書（卷三十四，頁360） 報袁君陳秀才避師名書（卷三十四，頁361）	

永和九年（814）	四十二歲	十二月詔追叔文黨赴都	與韓愈論史官書（卷三十一，頁 331～333） 與韓愈致段秀實逸事書（卷三十一，頁 333） 段太尉逸事狀（卷八、頁 75～77） 囚山賦（卷二，頁 29） 起廢答（卷十五，頁 193～194） 毀鼻亭神記（卷二十八，頁 307～308） 上河陽烏尚書獻所著文啓（卷三十六，頁 380） 南嶽大明寺律和尚碑（卷七，頁 72～73）	奉酬楊侍郎丈因送八叔拾遺戲贈詔追南來諸賓二首（卷四十二，頁 463）
元和十年（815）	四十三歲	正月子厚登程赴都，過衡山、長沙、漢陽、灞亭。皆有詩感懷。其中「詔追赴都二月至灞亭上」詩云：（卷四十二，頁 463） 十一年前南渡客， 四千里外北歸人， 詔書許逐陽和至， 驛路開花處處新。 子厚與劉夢得等至京師，執政者欲漸用之，諫官爭言不可，三月遂再貶。子厚授柳州刺史。		

第三節　永州八記的本文研究

本節就八記逐篇分析，至於分析原則的說明，並見首篇。

一、始得西山宴遊記

八記原文，並見附錄，分析形式如下：

（一）寫作時間

本文寫明是：元和四年九月二十八日（即西元 809 年），寫作時間的確定，對文章的分析，頗有助益。

（二）長　度

三百零玖字，不含標點符號。

（三）語言結構

所謂語言結構，即是指意象與節奏的安排而言。〔註 26〕語言本身有兩大機能：表義與形聲。通常語言的意義是訴之於人的知性，具有認知的作用；而語言的聲音則訴之人的情緒，顯示意義的態度。所以，意義必須通過聲音的音響效果，意義才能眞正明確的完全顯示出來。語言所能引導人自意義所指的方向，走向超越普通意識世界，這種機能是依賴語言的意義與聲音才能產生的；而文人發揮語言的效能，使之變成文學的語言，就是將這兩種機能加以發揮。尤其是詩的語言，更是把這兩種機能加以發揮，使之成爲詩的兩種性格，在詩裡面，一發展爲的繪畫性，一發展爲詩的音樂。詩的繪畫性也就是詩的意象表現，是由語言的意義能最高的發揮所構成；詩的音樂性則是節奏的表現，意味著語言聲響機能的最高發揮。意象是一種空間性的視覺效果，而節奏則是時間性的聽覺效果。雖然，散文的語言，不能像詩的語言具有多向性，但仍脫離不了意象與節奏。況且短篇的散文，時常具有詩的韻味在。特此，在語言結構部分，亦以意象和節奏爲主，而意象本身兼論意象結構，又語言結構不離修辭，是以本小節包括：意象、節奏、修辭。

1. 意　象

意象一辭，本是屬於心理學的術語，他的意思是指對於透過感情，或知覺經驗的一種心理再生，也是一種記憶，而不必是眞實可見。用在文學上，意象非僅是爲圖畫之代表，同時也是呈出瞬間智慧和情感的情意結，所謂「由作者的意識所組合的形相，用來表現他的意識。」〔註 27〕由此可知，意象是一種具體的概念，因其具體可觸，是以能給人一種可感的形象，意象是文人在空間所欲描繪的意識形態，具有繪畫性的意味，一個詞或片語，都可以形成意象。又所形成的意象，是否統一、鮮明、具體與生動，則端視雕塑的功夫，文人非但能見意象，且要能夠用文字把意象顯現出來。

就意象形成而論，名詞所產生的意象應是具體性的，應以物象爲本位的

〔註 26〕見葉維廉〈現代中國小說的結構〉一文（晨鐘版，頁 1～26）現收存於晨鐘版《中國現代小說的風貌》一書。

〔註 27〕見李辰冬《文學與生活》第二輯，第一講「什麼叫文學」，牛水版，頁 5。

意象，因為不是具體的意象是無法「意象」的，而名詞通常用以指涉具體的人、事、物等象。如本文的：僇人、高山、深林、迴溪、幽泉、西山、法華西亭、湘江、洴溪、榛莽、茅筏、衽席、培塿等。當稱為以名詞為主的詞組。這是為求意象的具體，是以和形容詞、副詞連用。

再就意象而言，名詞往往衹能造成「靜態意象」，呈露一種存在的現象。而動詞却時常能造成「動態意象」，使意象生動活潑，能把靜物的美以擬人的動態暗示出來。如本文：上高山、入深林、窮迴溪、過湘江、緣染溪、砍榛莽、焚茅筏、傾壺而醉，相枕以臥等，加一動詞，則意象生動。

又色彩是造成意象的視覺效果非常重要的一環，顏色的視覺效果最強烈，能賦予意象以具體感，也造成了意象的物性傾向，尤其是遊記文學，更當有色彩的畫面，本文有關色彩用字如下：縈青繚白、幽泉、倉然暮色。

以上所述皆屬單純意象，而就文章整體而論，意象與意象之間當有所關聯。亦即所謂「意象結構。」意象結構是「意象語聯成的一個格局，甚至全篇的意象語都攏括其中，要組成一個意象結構，納入其中的成員必須互相呼應關聯。」〔註 28〕意象結構的探討，目的就在於運用綜合歸納的方法，把意象放在一個完整的結構系統之中，考察其整體的融合效果，有時候，把一個單純的意象孤立起來看，覺得很不錯，但在整體意象的格局中，就不一定產生很好的效果，因此，意象除了必須服役於其本身所欲投射的情感之外，也必須與全文其他意象共同構成一個恰能與全文的意義互相應合的結構，就如顏元叔先生說：

> 意象與其形容或比喻之物的關係，可以看成橫面的關係。意象與文義格式（包括其他意象語）的關係，是縱深的關係，兩層關係愈多愈能使某個意象語恰切。（志文版《文學經驗》頁 73）〔註 29〕

持此，意象結構的探索，可以使我們對永州八記的意象作縱橫的全面性觀察。

〈始得西山宴遊記〉一文，就表面而言，似在寫景，而實質上卻另有寄託。全文以「始得」貫串，而始得本身又有情感與理智的雙重冲擊，故「始得」本身即含有多少的辛酸與無奈。就情感而言，「以為凡是州之山水有異態者，皆我有也。」「凡數州之土壤，皆在衽席下」「然後知是山之特出，不與培塿為類，而不知其所窮。」皆屬主觀的認同而已，亦衹是一種情感的昇華

〔註 28〕見志文版顏元叔《文學經驗》頁 72。
〔註 29〕同上，頁 73。

而已。

又就理智結構而言，事實上他衹是一個「僇人」，必須時時「恒惴慄」。

二者冲擊之下，衹能以「遊」「窮」「醉」「歸」等語義類型來達其心思，質問之：何所遊？何所窮？何所醉？何所歸？所謂的「心凝形釋」，亦衹是一種自我麻醉而已。何以能達「心凝形釋」之境界，無非借助「遊、窮、醉、歸」而已！

由上可知本文的意象結構或當屬「悲壯」。或謂悲壯是外來語，中國一向缺少悲壯的藝術，但就廣義而言，則「悲壯係來自吾人自覺或不自覺地在面對生存環境與諸般與人類爲敵的勢力之間的衝突中所產生的行爲或反應。而此種的特質中含有災難、破壞的成份，給予吾人情緒之刺激爲痛苦而非歡娛；同時此種行爲必具現實義，即對於人生之態度與哲學，如借用烏拉穆（Miguel de Unamuno）的語彙，乃『人生的悲壯感』」（見《文學論集》三集，姚一葦〈悲壯藝術的時空性格〉，頁 290），就廣義悲壯而言，則「始得西山宴遊記」實能符合，若套用司空圖詩品的術語，當屬「悲慨」。司空圖釋悲慨：〔註 30〕

大風捲水，林木爲摧，意苦若死，招憩不來。

百歲如流，富貴冷灰，大道日往，若爲雄木。

壯士拂劍，浩然彌哀，蕭蕭落葉，漏雨蒼苔。

因屬悲壯，是以其內心動盪不已。因此其意象語多屬動態。若靜態則屬內心表態，或參雜情緒用語，以與內心之動盪相互襯托。

2. 節　奏

丁邦新先生說：

文學是一串音節，以音節的韻律襯托其涵意來表現人生。或者，說得具象化一點：文學像一個風鈴，其中長短不同的音高管經過巧匠的安排，在風過時傳來悅耳的玲琅。〔註 31〕

這段話衹是從聲韻學的角度看文學。但他卻告訴我們一件事：聲韻在文學裡的重要性。我國語言的特質是單音節，文字的特質是單形體。由於單音而產生聲律，由單形體而形成對偶。聲律與對偶便構成我國文學的內外形式。對偶的運用可以使意象凝重平穩，聲律的運用可以烘托意象，激動情感，從而

〔註 30〕藝文版何文煥訂《歷代詩話》頁 26。

〔註 31〕見《中外文學》第四卷第一期（64 年 6 月 1 日出版）丁邦新〈從聲韻小學看文學〉頁 128。

使人觸發多方面的聯想，獲得豐富的情趣，這皆是所謂的節奏現象。全同全異不能有節奏，節奏生於同異相承相續，相錯綜，相呼應。

一般說來，構成節奏的要素有四：長短、高低、強弱、平仄。長短亦稱音長，起於音波震動時間的久暫，久生長音，暫生短音。高低亦稱音高，起於音波震動的快慢，快則音高，慢則音低。強弱或稱輕重，亦稱音勢，起於音波震幅的大小，大就強，小則弱。平仄起於聲調的平與不平。在這四個要素中，文學中所講求的規律能眞正掌握的，只有長短與平仄；其他高低和強弱則只能訴之詞意的感受。感受不同，則高低強弱自然有別。

從聲韻上說，我國文學中有兩種規律：一種人工音律，一種自然暗律。人工音律亦稱明律，用在詩詞曲方面，明白規定一首詩或詞有多少字，那些字該是平聲、仄聲，甚至更清楚地規某些字該是上聲或去聲。這種明律是創作者每一個人都要遵守的，如果不遵守就是不合律。規律太嚴格難免使創作的形式顯得呆板，所以就有拗救、襯字等辦法作爲補救，這些辦法慢慢形成明律的準則，也可以說是明律的一部分了，大致說來，明律的因素有：平仄、韻協、句式等。至於暗律是指明律以外，完全是訴諸於感悟，丁邦新先生〈從聲韻看文學〉一文中，對於暗律有極精闢的見解：

> 暗律是潛在字裡行間的一種默契，藉以溝通作者與讀者的感受，不管散文、韻文，不管是詩，暗律可以說無所不用，它是因人而異的藝術創造的奥秘，每個作家按照自己的造詣與穎悟來探索這一層奥秘。有的成就高，有的人成就低。〔註32〕

一般說來，暗律的因素有：雙聲疊韻、疊字、襯字。以上所謂明律暗律，是針對韻文而言。

永州八記雖不是韻文，但因其簡短，頗適分析，又散文本身亦有其節奏，朱氏于〈散文的聲音節奏〉一文裡說：

> 從前人做古人，對聲音節奏却也很講究。朱子說：「韓退之、蘇明允作文，敝一生之精力，皆從古人聲響處學。」韓退之自己也說：「氣盛則言之短長，聲之高下皆宜。」清朝桐城派文學家學古文，特重朗誦，用意就在揣摩聲音節奏。劉海峯談文說：「學者求神氣而得之音節，求音節而得之字句，思過半矣。」姚姬傳甚至謂：「文章精妙不出字句聲色之間，舍此便無可窺尋。」此外古人推重聲音的話還

〔註32〕同註31，頁131。

很多，引不勝引。（開明版、《談文學》，P96～P97）朱氏又說古文節奏的要素有：虛字、段落的起伏開合，句的長短，字的平仄，文的駢散等。

綜上所述，永州八記的節奏分析有五：虛字、聲調、句型、聲韻、叠字等，試列述如下：

（1）虛　字

虛字或稱虛詞，凡本身不能表示一種概念，但爲語言結構的工具的，是虛詞。虛詞的分類，當以在句中的職務爲根據。可分爲關係詞與語氣詞兩類。朱氏在〈散文的聲音節奏〉裡說：

古文難於用虛字，重要的虛字外承轉詞（如而字），肯否助詞（如「視之石也」的「也」字）以及驚歎疑問詞（如「獨吾君也乎哉？」句尾三虛字）幾大類，普通說話聲音所表現的神情也就在承轉，肯否、驚歎、疑問等地方見出，所以古文講究聲音，特別在虛字上做工夫。」（開明版《談文學》頁98）。

朱氏所謂承轉即屬關係詞，肯否、驚歎、疑問等詞即屬語氣詞，以下略論本文主要的虛字。

而　而字本文的用法有：

（1）關係詞，表示加合關係，如「則施施而行，漫漫而遊。」

（2）上下兩個動詞，地位並不平等，上一行動表示一行動的手段、方式等，如「攀援而登，箕踞而遨。」

（3）「而」字連接上下兩句，以時間先後關係構成的複句，是一種順接。如「則披草而坐，傾壺而醉，覺而起，起而歸。」「窮山之高而止。」

（4）表示轉折關係。如「而未始知西山之怪特。」「而莫得其涯。」

之　之字在本文除「始指異之」當指稱詞，與「故爲之文以志」做「之文」這個詞組的加詞外，〔註33〕皆做連接用，和白話「的」相當。

則　爲關係詞，上下兩件事情，先後相繼，可以在第二句的頭上，這種用法的「則」字和白話的「就」「便」相當，如「則披草而生」「則更相枕以臥」「則凡數州之土壤，皆在衽席之下。」

〔註33〕見開明版許世瑛《中國文法講話》附錄五：從『爲之』說到『始得西山宴遊記』裏的「爲之文以志」。頁42～420。

（2）聲　調

聲調分平上去四聲，平聲不升不降，上聲先抑後揚，去聲由升而降，入聲短促急藏。四聲有平與不平，長與短的特質，所以在文學中巧爲運用，便會產生極爲諧美的節奏，在韻文裡所講求的平仄就是在運用聲調的平與不平，使之產生抑揚的節奏。因此韻文的平仄形式是固定的，明律即是，至於散文亦有聲調的節奏，這種節奏感亦由平仄而來，其平仄雖非固定，但亦可感悟，這種聲調的節奏感，即是長短的對比與別「字調」而得。平上去三聲是長，入聲是短，長短的調配對作品節奏的快慢有很大的影響，可增加韻律上的變化，而聲調的選用又時有示意作用，試將本文聲調標示於附錄原文旁邊，並以廣韻爲根據。其間可多音者，則依上下文意斷定之，以下各篇聲調並見附錄。

（3）句　型

或稱句式，是指句子的形式，王忠林於《中國文學之聲律研究》第四節「詩之聲律」第一節「概論」裡曾說：

> 四言音節短促，宜於表現質實之情，而五、七言則音節較舒緩，宜於表現跌宕之情，各因其所表現情緒之需要，而產生音節不同之形式。」（見師大國文研究叢書第二種《中國文學之聲律研究》下冊頁249～350）

一般說來，句型與情景是相關的，感情嚴肅時用嚴整等長的句型，感情激動時用特長或特短的句型，總結的說，句型有單雙兩式。單式先抑後揚，故聲情健捷激裊；雙式先揚後抑，故聲情平穩舒徐。句式單雙的配合，是韻文學以聲調之長短快慢見節奏之抑揚頓挫的要素。一調如純用單句，則節奏流利快速；如純用雙句，則節奏重墮緩慢；單雙配合均勻，則節奏屈伸變化，韻致諧美。試依段落分析本文句型如下：

5 3 3 3 5 4 7 3 3 4 4 6 4 7 3 4 4 3 3 12 4 9

8 6 3 4 6 3 3 3 6

4 4 7 6 5 2 2 2 2 4 4 4 4 4 4 8 6 7 5 8 6 4 4 5 4 4 4 5 4 5 9 5 6 2 5

本文首段有 22 句，其中單式句有 13 句，雙式句有 9 句而末句爲單式句。單式句特多，可見其內心之激盪，並見登山之莽撞，而後兩長句，更見其無奈之感傷。

次段單式雖略少（四比五），但單式集中，且爲排句，可見其追尋之急迫。

又首末句爲雙式，所以自能與本身文意配合，（窮高山而後止），並爲下段過度。

末段雙式特多，概皆爲靜態之描述，或爲內心之感受。但末句爲單式，一般說來，一段裡的末句爲單式，其間雙式句雖多，也要受末句的影響，而有快速的趨勢。又本段單式多集中在後邊。可見其內心仍是未平，而其中長句，則有委婉深遠之感。

總之，本文就句型而論，非但與登山的呼吸、步伐、景觀配合，並更見其內心之動盪。

(4) 聲　韻

聲指雙聲，韻指叠韻。雙聲本來是指凡聲相同的字，叠韻則指凡韻母相同的字；所以聲韻學上同聲組的都屬雙聲，同類部的都屬叠韻。劉勰聲律篇有謂「雙聲隔字而每舛，叠韻雜句而必睽。」可見劉勰已感悟到一句內如雜用兩同聲母的字，則聲情重複，乏於變化；如雜用二同韻之字，則聲情破折，不能和順；所以他主張要避忌，這種主張是介於明律和暗律之間，且又無明確的規則可尋，所以後來發展完成的暗律並沒有將它納入。

這裡所指的雙聲叠韻則是狹義的，即兩字所構成的複詞，其聲母相同的就叫聲母，如清秋、綠柳等；其韻母相同的就叫叠韻，如高鳥、天邊。雙聲給人的感覺是和諧而快速；叠韻給人的感覺則是優美而和緩。而雙聲叠韻的運用，早見於詩經、楚辭，以及兩漢、漢晉的詩歌。試將本文可見雙聲叠韻如下：

叠韻有：

深林　平聲二十一侵

培塿　上聲四十五厚

(5) 叠　字

叠字是衍聲複詞的一種構造方式，如蕭蕭，因爲它是單音節的延續，所以它的音昔聲長度比起兩個異字所構成的複詞要來得短暫，它的節奏感就顯得快速。

本文叠字有：施施、漫漫、悠悠、洋洋。

3. 修　辭

夏丏尊說：「修就是調整，辭就是語言，修辭就是調整語言，使牠恰好傳達出我們的意思。」（見開明版《文心》頁 212。）可謂簡明之至，而黃慶萱先生在《修辭學》裡更有詳細的說明：

修辭的內容本質，乃是作者意象。

修辭的媒介符號，包括語辭和文辭。

修辭的方式，包括調整和設計。

修辭的原則，要求精確而生動。

修辭的目的，要引起對方的共鳴。（見三民版《修辭學》頁4～8。）

並且認爲修辭是藝術的一種。總之，修辭是一種技巧，亦即是對「材料」的剪裁配置之能力。

就修辭的方式，包括「表意方法的調整」和「優美形式的設計」，而我們所論則以「優美形式的設計」爲主，亦即是以「章句之修辭」爲主，以下試分析本文的修辭。

黃慶萱先生在〈始得西山宴游記析評〉一文裡，對本文修辭曾有詳細的解說：

此篇以短句爲基調，或駢或散，或頂眞，或錯綜。而萬變不離其宗。一言而蔽之曰：內外協和。

篇中除「以爲凡是州之山有異態者，皆有我也；而未始知西山之怪特。」「然後知是山之特出，不與培塿爲類。悠悠乎與灝氣俱，而莫得其涯；洋洋乎與造物者游，而不知其所窮。」數句外，盡屬短句。最典型的句法是：「遂命僕過湘江，緣染溪，斫榛莽，焚茅茷，窮山之高而止。攀援而登，箕踞而遨。」其音節分別爲：六、三、三、三、六、四、四。而「過湘江，緣染溪、斫榛莽、焚茅茷」爲排句；「窮山之高而止」爲單句；「攀援而登，箕踞而遨爲對句。簡短有力，中寓變化。」「幽泉怪石，無遠不到；到則披草而坐，傾壺而醉；醉則更相枕以臥；臥而夢，意有所極，夢亦同趣；覺而起；起而歸。」五複句中，「到；到」「醉；醉」「臥；臥」「起；起」，凡上句結以某字，下句必以某字接。句句頂眞，十分緊湊。「縈青繚白」句中成對，縈繞皆爲動詞，青白皆由形容詞轉品爲抽象名詞。「岈然洼然，若垤若穴」上下對對；句句中立對。前句虛字「然」字在二、四節；後句虛字「若」一、三音節。錯綜成趣。這一切，莫不與登山的呼吸、步伐、景觀相配合：簡短的句法與登山時短促的呼吸相配合：頂眞的句法與登山時緊湊的步伐相配合；駢散錯綜的句法與登山所見之自然景觀相配合。像這種文學作品的結構和内容密合的形式，謂之「内外協和」。

仔細的讀者也許會反問我一句話：然則篇中長句如前段開頭所引者，又作何說？答案依然是爲了「内外協和」。只是所配合者不是登山的行爲和自然的景觀，而是時空悠遠的心靈感受，天人合一的神秘經驗，以及指物自譬的隱晦含意。這些，都需要長句才能表達得恰如其分。（見六十五年二月十一日中央日報副刊）

（四）主題結構

主題的結構是指意義階層的安排。任何創作者都知道作品的生命正在該思想蛻變的過程本身，而不在哲理思維固定化的那個思想，引申的說，主題的結構不祇是意義階層的安排，而且是意義採取不同的方式所展開的態勢。以下所論包括「篇章層次」與「主題含義」。

1. 篇章層次

所謂篇章層次，即是篇章結構，或謂章法、佈局。有人說作者着手寫的時候叫佈局，已寫成的作品稱爲結構。總之，結構是使文章有系統、有組織、有重心的一種生動的變化和藝術的安排的配合。文章是否寫得生動感人，端賴結構，換言之，結構的作用，是在使文章有順序，增加之勢的貫達，而發揮出文章的力量，在統一、緊湊、貫達中呈現出美好的意象，至於如何來結構？前人講求起、承、轉、合，但如何的起承轉合？事實上又無一定的標準，一言以蔽之，文章不外首尾起結，中間議論等三部分，至於結構是否完整，層次是否分明，則在於匠心的運用。

黃慶萱先生對本文的篇章層次說明如下：

我必須先借宋文蔚《文法律梁》上評〈始得西山宴游記〉之語作引子：「此篇題目只六個字，皆係眼前事實。若在庸手，敘西山，則林壑泉石；敘宴游，則賓朋絲竹。題首始字，容易略過；文偏於此著眼。前段反跌始字，後段拍到題面。正收始字。此作者手眼與眾不同處。」

詳細地說：首段先敘平日遊蹤，無遠不至，而以「未始知西山之怪特」結，次段接言今年九月廿八日（案即西元 809 年 11 月 9 日），因坐法華寺西亭，「望西始指異之」，由「未始」而「始」，這是第一個反覆。後段之末的「嚮之未始游」下，繫接以「游於是乎始」，兩次反覆，終點出「始得西山」之意。而兩段中「披草而坐，傾而醉」，關「宴」字；「施施而行，漫漫而游」「攀援而登，箕踞而遨」關「游」字。然後導出「身凝形釋，與萬化冥合」的境界。末句「故爲之文以志，是歲元和四年也」，更補充「記」字。可說題目「始得西山宴游記」，無一字無着落。這種結構，在中國文學史上，幾乎找不出類似的例子。（六十五年二月十一日中央日報副刊）

就結構而言，本文是以「始」字爲主脈。關於此點前人已論及。諸欣《唐宋八大家類選》評語卷十：

前後將「始得」二字，竭力翻剔，蓋不爾，則爲西山宴游五字題也。可見作文，凡題中虛處，必不可輕易放過。其筆力矯拔，故是河東本來能事。（據明倫版《柳宗元資料彙編》頁 691～3。）

但就形式結構而言，胡懷深選注「柳宗元文」本作四段，即：

首段：「自余爲僇人」至「而未始知西山之怪特。」

二段：「今年九月二十八日」至「窮山之高而止。」

三段：「攀援而登」至「游於是乎始。」

末段：「故爲之文以志。是歲，元和四年也。」

而古今文選第二十五期的三段，即合胡本三段，末段爲第三段，又黃慶萱《古文新探》之二〈始得西山宴游記析評〉，則合二、三末爲一段，全文做兩段。就結構而論，當以做三段爲佳。胡本分四段，但末段參句，就意思的連貫而言，顯然無法獨立。至於黃氏分兩段，在形式美上雖有對稱與平衡的論點，但就本文而論，卻不能有對稱與平衡之感。又在「窮山之高而止」處分段，更可對動態登游做一完結，而後所述皆屬「始游」。總之，本文分段，可使內容與形式更臻「內外協和。」

2. 主題含義

主題，或稱主旨、意念。就藝術而言，是藝術的精神；就作者而言，是作者的思想和人生觀。因此所謂主題係指藝術家通過藝術品而傳達出來的思想或意念。但主題並非單獨存在，他必須依附一個完整的動作，〔註 34〕動作與主題的關係是相互依存的，有完整的動作便能有主題，有時動作雖非完整，但主題並不一定明確，讀者勢必從一片逆離奧妙之中找出它的寄託所在。

〔註 34〕所論主題、動作，請參見開明版姚一韋《藝術的奧秘》一書，第四章「論意志」頁 69～91。

本文就題目而言是遊記，因此有人就遊記立場批評。清人孫琮《山曉閣選唐大家柳柳州全集》評語卷三：

……後寫得遊之樂，又是極意賞心。（據明倫版《柳宗元資料彙編》頁 496～499）

汪基〈古文喈鳳新編評語〉云：

生意始得，頓覺耳目一新，摹寫情景入化，畫家所不到。（據明倫版《柳宗元資料彙編》頁 397 引）

又陳衍於《石遺室論文》卷四：

記云：「自余爲僇人，……四望如一。」又云：「蒼然暮色，自遠而至，至無所見，而猶不欲歸。」此篇氣格不高。（據明倫版《柳宗元資料彙編》頁 558 引）

以上就遊記立場來論斷本文，正似隔靴搔癢。又林雲銘《古文析義》初編卷五：

全在「始得」二字着筆，語語指畫如畫。千載而下，讀之如置身於其際。非得游中三味，不能道隻字。（廣文版，頁 257）

林氏所論「始得」頗爲中肯，至於「非得游中三昧，不能道隻字」，則似未必。何焯於《義門讀書記》云：

中多寓言，不惟寫物之功。「傾壺而醉」，帶出宴字。而「未始知西山之怪特」，反呼「始」字。「始指異之」，虛領「始」字。「然後知是山之特出」下有「不與培塿爲類」六字，「蒼然暮色」三句「始」字神理。「心凝神釋」破惴慄。「然後知向之未始遊」二句上，上句帶前一段，下句正收「始」字。李云：羈憂中一得曠豁，寫得情景俱眞。（商務四庫全書珍本二集。卷三十六，頁 19～20。冊六）。

何氏雖能見出「中多寓書」，但他卻着重在結構上。持平的說？欲探討本文的主旨，正當自「始得」入手。從首段的「而未始知西山之怪特」，至第二段的「始指異之」，而後以「然後知吾嚮之未始游，游於乎始」爲結束。始得在本文具有「景」「情」雙重的意義。而最後達「情景」交融合一的境界，其中「情景」合一的境界，黃慶萱先生曾以「心靈感受」「神秘經驗」釋之。事實上所謂的「心靈感受」「神秘經驗」雖有美學的理論根據，但卻不能加以檢驗，缺少共相。我們不能由此認爲這是「暗示其學問修養與人生經驗上所獲得的一個新認識，這就是認識了聖人之道。」〔註35〕如此則引申太多。進一步的說，這種「心靈感受」「神秘經驗」的始得，乃是來之於：游、窮、醉、歸。就心理學而論，是種自我防衛的心理，可見隱藏山水游記背後的那段傷心人別有的懷抱。所謂「然後知是山之特出，不與培塿爲類」即是。這兩句是「情景」合一的情緒語言，這是對人格的一種肯定，而這種的肯定非關修養與學問，更不論是非，衹是個人肯定而已，最後透過實際「情景」的衡量，所謂的「心靈感受」「神秘經驗」自成幻覺，進而達到「反諷」的效果。

二、鈷鉧潭記

（一）寫作時間

依〈鈷鉧潭西小丘記〉謂「得西山後八日，尋山口西北道二百步，又得鈷鉧潭。」則柳氏發現鈷鉧潭，與鈷鉧潭西小丘的時間，當是元和四年十月六日。

（二）長　度

全文長壹佰柒拾貳字

1. 語言結構

（1）意　象

動態意象有：奔注、屈折東流、流沫成輪，有泉懸焉、款門、崇其台、延其檻、行其泉、墮之潭、有聲潨然等。視覺意象有：旁廣而中深、清而平、有樹環焉等。一般說來，意象用字以奇特爲主，刻畫景物，頗爲形肖，如寫鈷鉧潭「其顛委勢峻盪擊，益暴齧其涯，故旁廣而中深，畢至石乃止。」寥寥數語，寫貴鈷鉧形貌。申言之，因動態意象以見景物之撩人，又因視覺意象（即靜態意象）以見景物之宜人。由一動一靜的意象群，構成悲壯之氣勢。正是鍾惺所謂的：

> 點綴小景，遂成大觀。（《山曉閣評點柳柳州全集》卷三記，據明倫版《柳宗元資料彙編》頁287引）

點綴小景即是指獨立的意象，遂成大觀，雖未明言何種的大觀，但我們可以確立他是指整體的意象結構而言。

〔註35〕見65年3月28日中央副刊黃得根〈我讀始得西山宴游記〉一文。

（2）節　奏

虛字、本文主要虛字其、有、之等字。

（1）其　其字的用法有兩種：一作指稱用。另一作語氣詞用，本文其字用語有：其始、其顚、其涯、其清、其上、如其言、崇其台、延其檻、行其泉等。皆作指稱用。

（2）有　本文有字用語有：有樹環焉、有泉懸焉、有聲潨然等。就語法的立場言，皆屬帶詞的衍聲複詞，這個有字表無定性，而以介紹爲主要作用。

（3）之　本文「之」字用語有：以予之亟游也、墮之潭、天之高、地之迥。案虛字「之」有兩種作用：指稱用、連接用。其中除「墮之潭」作連接用，其餘皆作指稱用。

以上「其」「有」「之」等虛字，在本文裡除了發揮節奏上的效果外，並承担起修辭的責任。

（3）句　型

本文句型如左：

7、9、3、4、5、4、3、6、5、4、4、8、4、4

5、6、2、5、9、6、10

6、4、3、9、4、8、6、3、11、5

首段有拾肆句，其中單式句有陸。雙式句有捌。末句爲雙式。就形式而論，節奏緩慢。就內容而言，配合著「其清而平者且十畝」的景象。

次段有柒句，其中單式句有參，雙式句有肆。末句爲雙式。案此段所記是地主款門售地事，本屬靜面的敘述，但卻以長句爲多，其用意當是：一者以見作者內心之不平；再者以形式強化內容。

末段有拾句，全段雖單雙式句各半，但末句屬單式，且多長句，可見其激盪之心態。

（4）聲　韻

雙聲字有「環」「懸」

環　戶關切　二十七刪　匣母

懸　胡涓切　一先　　　匣母

3、修　辭

本文最善刻畫，寫出鈷鉧潭記形貌。陳衍《石遺室論文》卷四：

> 案寫鈷鉧形頗肖，又極大方。鈷鉧，圓而有柄者也。自「盪擊暴齧至有樹環焉」，言其圓也。既云「有泉懸焉」
> 又云：「行其泉於高者墜之潭，」言其柄也。結跌宕有神。（據明倫版《柳宗元資料彙編》，頁 558～559）

又本文用字頗爲精確，林舒於〈春覺齋論文〉裡云：

> 鈷鉧潭，非勝概也。但狀冉水之奔迅，工夫全在一「抵」字，以下水勢均從「抵」字出生。水勢南來，山石當水之去路，水不能直瀉，自轉而東流，故成爲曲折。「屈」字，即抵不過山石，因折而他逝耳。其所以「盪擊」之故，又在「顛委勢峻」四字。「勢」者，水勢也：「委」者，潭勢也。水至而下迸，注其全力，趨涯如天，中深者爲水所射。「涯」字似土石雜半，故土盡至石，著一「畢」字，即年久水齧石成深槽，至此不能更深，乃反而徐行也。其下買潭上田而觀水，語亦修潔；惟由寫潭狀，煞費無數力量，非柳州不復能道。（據明倫版《柳宗元資料彙編》頁 607 引）

又就形式之優美而論，則以排句爲主，而這些排句又皆以虛字爲構架：

> 有樹環焉，有泉懸焉。
> 崇其台、延其檻、行其泉。
> 天之高、氣之迴。

前者以雙式句結束首段，描繪出「其清而平者」的美景。「崇其台、延其檻、行其泉」則爲單式句，文勢明快，用以修飾「予樂」。同時做爲「非茲潭也歟」的反諷。至於「天之高，氣之迴」雖屬單式句，但因「之」字屬陰平調，文勢並不明快，相反的，卻有遲緩落拓之感。而其心思亦正是神馳於千里外的明月鄉情。

（一）主題結構

1. 篇章層次

本文胡懷琛選本作三段。《古今文選》新 58 期亦作三段。首段寫潭的位置與形勢。次段寫當地土人把潭賣給柳宗元。末段敘自己整治環境。孫琮於《山曉閣評點柳柳州全集》卷三記：

> 此篇：第一段，敘潭中形勢；第二段，敘土人鬻潭；第三段，敘己增置。妙在第一段中：寫「清而平者且十畝」一句，便是描盡此潭。第三段中：寫「中秋觀月爲宜」，便是賞鑑盡此潭。結處：「樂居夷而忘故土」一句，便是知已盡此潭，筆墨之閒；聲調情倍至。（據明倫版《柳宗元資料彙編》頁 499 引）

又盧元昌云：

> 潭字起，潭字住，瀟然灑然。（《山曉閣評點柳柳州全集》卷三記，據明倫版《柳宗元資料彙編》頁 300 引）

本文一開始就寫潭的來龍去脈、形狀流勢，並以「清而平者且十畝」一句，描盡鈷鉧潭。下面「中秋可以觀月」，也就是因爲有這十畝的潭。前後呼應，斐然成篇。

2. 立題含意

「鈷鉧潭記」是寫水，而其主題含意當在潭水之外，時人徐善同云：

> 此篇以民生爲念！「樂」者：樂解民困！所居則夷，欲觀乎月：豈是眞忘故土！「於以見：天之高，氣之迥。」寓言深長，無限感慨！結語：與始得西山宴遊記發端之言，同其旨趣。（長春山房藏版徐善同《柳宗元永州游記校評》頁 106）

申言之，本文首段寫景，富有動態之感，意象以奇特爲主，亦有靜態之描繪，如「其清而平且十畝，有樹環焉，有泉懸焉」，其靜出奇，有不奈人居之感。次段記事，寫主人鬻潭上田，文中「不勝官租」「貿財以緩禍」，或謂有弦外之意。末段抒寫情懷，鈷鉧潭景色，尤以中秋最佳，何以佳？蓋「於以見：天之高，地之迥」，所謂天高氣迥，實際上是秋高氣爽，在秋高氣爽的中秋夜裡，明月千里，是悲秋？是思鄉？此時良辰美景應是虛設，如此正呼應首段的「不奈人居之感」，與次段的「不勝官租」。持此，所謂「孰使予樂居夷而忘故土，非茲澤也歟！」就語法而言，是疑問語氣，此間消息可自「也歟」兩字得知。就表現效果而言是反諷，借懷疑語氣以達反諷，更加深內心的激盪與不滿。

三、鈷鉧潭西小丘記

（一）寫作時間

依原文「得西山後八日，尋山口西北道二百步，又得鈷鉧潭，西二十五步，常湍而浚者爲魚梁，梁之上有丘焉。」可見鈷鉧潭西小丘的發現，當是略後鈷鉧潭。

（二）長　度

全文共參佰肆拾個字。又本文人物除作者外，另有深遠、克己兩人。

（三）語言結構

1. 意　象

本文記石，內容尋常，而立名造語，自有別趣，可謂變幻百出。就意象而論，是具現且突奇。如前邊以擬人手法描繪潭處向上向下之石，栩栩如生，工妙絕倫：「其石之突怒偃蹇，負土而出，爭爲奇狀者，殆不可數，其嶔然相累而下者，若牛馬之飲於溪；其衝然角列而上者，若熊羆之登于山。」正是眼前景物，幻出奇趣。而次段寫購得之後，神采亦頗飛揚，「即更取器用，剷刈穢草，伐去惡木，烈火而焚之，嘉木立，美竹露、奇石顯、由其中以望，則山之……淵然而靜者與心謀。」又於奇趣中，出生靜機。除外，本文雖無顯明色彩用字，但卻有明確的視覺色彩。然而就整體意象結構觀之，則不作如此觀，何焯云：

> 「唐氏之棄地」，棄地，比遷客。「則清泠之狀與目謀」；四「與謀」字，爲「遭」字起體，「心神」二句，寓己之可貴。爭買愈不可得，爭買下有「者日增千金而」六字。「所以賀茲丘之遭也。」茲丘猶有遭逐客，所以羨而賀，言表，殊不自得耳！（見商務四庫全書珍本二集，《義門讀書記》，卷三十六，頁 20，冊六）

申言之，就獨立意象而言，頗爲具現與突奇，但配合「丘之小不能一畝」「唐氏之棄地」及末段之感慨等合而觀之，則其意象結構，自屬悲壯無疑。

2. 節　奏

（1）虛字　主要虛字如下：

其……若　「其…若」的用法類似片語，其字做指稱用，若字做準繫詞用，表示物和兩事之間的類似關係。「若」字與「如」「猶」意思同，但讀起來總不及用「若」字來得好聽。

（2）句型　句型如下：

6、9、5

5、8、6、3、7、4、5、4、8、7、8、7、3、4、6

3、1、5、4、3、1、3、5、9、3、4、5、4、4、5、3、3、3、5、4、3、3、5、8、6、4、8、7、8、8、9、6、5

1、5、6、8、9、5、8、3、5、11、6、3、8

首段三句。單式二，雙式一。末句爲單式。

二段十五句，單式有七，雙式有捌，末句是雙式。而七字句有參、八字句有三。且長句大皆集中在後邊。一揚一抑，節奏舒暢。

三段共 23 句，其中「曰」字自成一句，頓號不獨立成句，單式有 21，雙式有 12。末句爲單式。而八字句有 4，九字句有 2，仍集中在後面。短句集中在前面，節奏明快，可見其「籠而有之」與剷除的補償心理。後邊則抒寫所見之情懷。節奏緩慢，具有無限深情。

四段 13 句，雙式有 5，單式有 8，而八字以上的長句有 4，情緒高昂。雖末句爲雙式，卻仍餘波盪漾。

案本文頓處頗多，頓處有加速節奏的作用。

（3）聲韻　叠韻字有

偃　於幰切　二十阮

蹇　居偃切　二十阮

（4）叠字　疊字有：熙熙、瀯瀯

3. 修　辭

陳衍《石遺室論文》卷四論本文云：

> 警語云：「其石之突怒偃蹇，負土而出，爭爲奇狀者，殆不可數。其嶔然相累而下者，若牛馬之飲於溪；其衝然角列而上者，若熊羆之登於山。丘之小不能一畝，可以籠而有之。」又云：「剷刈穢草，伐去惡木，烈火而焚之。嘉木立，美竹露，奇石顯。由其中以望，則山之高，雲之浮、溪之流，鳥獸之遨遊，舉熙熙然迴巧獻技，以效茲丘之下。枕席而臥，則清泠之狀與目謀，瀯瀯之聲與耳謀，悠然而虛者與神謀，淵然而靜者與心謀。」末云：「噫！以茲丘之勝，致之灃、鎬、鄠、杜則貴游之士爭買者，日增千金而愈不可得。今棄是州也，價四百，連歲不能售；而我與深源（李）克己（元）獨喜得之，是其果有遭乎？書於石，所以賀茲丘之遭也。」案：「嶔然相累」四句，狀潭處向上向下之石，工妙絕倫，殆即從無羊詩「或降於阿，或飲於池」名句悟出，後「清泠之狀」四句，與此相映帶，

用考工記「進與馬謀，退而人謀」句法，可謂食古能化。（據明倫版《柳宗元資料彙編》頁 559）

柳氏非僅措辭明確，且能相互呼應，汪基云：

淋漓感慨，具無限深情；不徒以雕繪景色爲工。至於埋伏照應，針鏤細密，作家原自不苟。此特妙在布置自然，渾化無迹。（〈古文喈鳳新編〉評語，據明倫版《柳宗元資料彙編》頁 397 引）

案首段末句下一「又」字，雖可見欣喜之況，更見無賴之心情，而末句的「所以」，又見無可奈何之態。又就形式論，本文修辭以排偶爲主。如：

其嶔然相累而下者，若牛馬之飲於溪，其衝然角列而上者，若熊羆之登于山。

嘉木立，美竹露，奇石顯。

山之高，雲之浮，溪之流。

清冷之狀與目謀，瀯瀯之聲與耳謀。悠然而虛者與神謀，淵然而靜者與心謀。

（四）主題結構

1. 篇章層次

本文胡本作五段，《古今文選》新三六〇期作四段，把「書於石，所以賀茲丘之遭也。」置入第四段。

本文層次分明，結構流動自然，孫琮謂：

此篇平平寫來，最有步驟。一段先敘小丘，次敘買丘，又次敘鬭蕪刈穢，又次敘遊賞此丘，末後從小丘發出一段感慨；不攙越一筆，不倒用一筆。妙！妙！（山曉閣選《唐大家柳州全集》評語卷三記，據明倫版《柳宗元資料彙編》頁 499 引）

又朱宗洛曰：

凡前後呼應之筆，皆文章血脈貫通處。然要周匝，又要流動；要自然，又要變化，此文後一段可法。有兩篇聯絡法：如此文起處是也。有取勢歸源法：如此文先言竹樹及石之奇，而以「籠而有之」句勒住是也。有有意無意默默生根法：如此文中下一「憐」字，爲末段伏感慨之根；下一「喜」字，爲結處「賀」字作張本也。（〈古文一隅〉評語卷中，據明倫版《柳宗元資料彙編》頁 703 引）

申言之，首段記時地。「又」字下引第二段，並呼應「不匝旬而得異地二」，更見柳氏心情，身為朝廷命官，何以遊樂山水？次段記小丘之石，意象顯明生動。「丘之小不能一畝，可以籠而有之」，一方面點明柳氏所能擁有者僅一畝的悲涼心態；另一方面做為次段的過渡。第三段敘買丘，闢蕪刈穢及遊賞小丘。「余憐而售之」的「憐」字，為次段伏感慨之根。又「日謀、耳謀、神謀、心謀」，以外虛成內徹，似有見道之意，但綜觀全文卻頗有反諷的效果。第四段從丘上發出一段感慨，所謂「獨喜得之，是其果有遭乎？」祇能於言外求之！而末段「所以賀茲丘之遭也。」給人有種頹然而廢的感覺。

2. 主題含意

本文純粹寫景處不多，或謂「寓言至遠，令人殊難為懷」（儲欣語，見〈唐宋八大家類選〉評語卷十，據明倫版《柳宗元資料彙編》頁 691 引）林雲銘《古文析義》初編卷五：

> 子厚游記：篇篇入妙，不必復道。此作：把丘中之石，及既售得之後，色色寫得生活，尤為難得！末段：以賀茲丘之遭，借題感慨，全說在自己身上。蓋小厚向以文名重京師，諸公要人，皆欲令出我門下：猶致茲丘於灃、鎬、鄠、杜之間也！公謫是州，為世大僇；庸夫皆得詆訶！頻年不調，亦何異為農夫、漁父所陋：無以售於人乎？乃今茲丘有遭，而己獨無遭。賀丘，所以自弔：亦猶起廢之答無躄足涎顙之望也！嗚呼！英雄失路：至此亦不免氣短至！讀書：當於言外求之！（廣文版，頁 256）

或謂！本文的主題在第四段的感慨。若想了解其主題含意，自當透視全文，又僅就各段末句考察，似可得其主題含意於七、八。申言之，所謂「我與深源，克己獨喜得之，是其果有遭乎？書于石，所以賀茲丘之遭也。」並不是單純地記述其喜悅的心情，可能也包含著欣羨和對自己的希望之期待的意義。總之，包含著強烈的不滿和其他許多複雜的心理狀態。

四、至小丘西小石潭記

（一）寫作時間

寫作時間，原文並未交待，就題目而言，其地理位置是以小丘為主，而小丘又以鈷鉧潭為主，則其寫作時間，或謂與前三篇同時期。

（二）長　度

全文共壹佰玖拾參字。人物除作者外，另有吳武陵、龔古、柳宗玄、崔恕己、崔奉壹。

（三）語言結構

1. 意　象

意象頗爲繁富，且奇突。如篁竹、珮環、小潭、爲坻、爲嶼、爲巖、清冽、蒙絡搖綴、參差披拂、佁然、寂寥、斗折蛇行、下澈、犬牙差互、淒神寒骨、悄愴幽邃。又色彩有：青樹翠蔓。而其所用形容詞更是情味盎然。如形容「水」聲，衹用「如鳴珮環」四字，讓你隨着「聞水聲」三字後，接着就有一位妙齡女郎從你面前走過，發出一陣悅耳的珮環的響聲，讓你感到它的悅耳。《石遺室論文》卷四：

> 小石潭記：極短篇，不過百許字；亦無特別風景可以出色，始終寫水竹淒清之景而已。而前言「心樂」；中言潭中魚與遊者相樂；後「淒神寒骨」，理似相反；然樂而生悲，遊者常情，大而汾水，小而蘭亭；此物此志也。其寫魚云：潭中魚，可百許頭，皆若空遊無所依；日光下徹，影布石上，怡然不動，俶爾遠逝，往來翕忽。」工於寫魚，工於寫水清也。（據明倫版《柳宗元資料彙編》頁 559 引）

又徐善同謂：

> 小石潭記云：潭中魚，可百許頭，皆若空遊無所依；日光下澈，影布石上；怡然不動，俶爾遠逝；往來翕忽，似與遊者相樂！」寫景；未見有如是之工者。黃溪記：「有魚數尾，方來會石下。」以「方」字「會」字傳神。一瞬間耳！此則：由盡魚遊水中之狀，而富生趣！其「似與遊者相樂。」溝通人魚間。一「似」字，高出莊生之上？而「空遊無所依」，以空靈之胸襟，寫水中之遊魚、描繪之肖，境界之高；無以尚之，尤其妙絕者也，「坐潭上，四面竹樹環合，寂寥無人。淒神寒骨，悄愴幽邃，以其境過清；不可久居」極盡荒陬之幽冷！而其情，又極其愴楚之至。（長春山房藏版〈柳宗元永州遊記校評〉頁 123～124）

綜觀全文，前雖有「心樂之」，「似與遊者相樂」，但後段有「以其境過清，不可久居，乃記而去，」是以其意象結構乃是淒涼中帶有悲壯。

2. 節　奏

（1）虛字　主要虛字有「爲」字，相當與白話的「是」字講，它是做繫詞用，如「爲坻、爲嶼、爲嵁、爲巖」等。又「全石以爲底」的「以爲」，兩字是合用，只能把它當做一個動詞看。

（2）句型

9 3 3 4 3 4 4 4 5 2 5 2 2 2 2 4 4 4

7 7 4 4 4 4 4 6

5 4 4 7 5

3 6 4 4 4 5 4 5

3 9 4 5 3 3

首段 18 句，單式有 6，雙式有 12 句。但卻顯得隱重輕快。

二段有捌句，雙式陸，單式有二，雙式多爲對句，仍屬平隱。

三段五句，首末句爲單式，雙式有二。節奏稍爲加快。

四段有八句，雙式句有五，單式有三，首末皆爲單式，其中多對句，自有愴然淒迷之氣氛。

末段有六句，首尾皆爲單式，雙式僅一。

本文句式皆屬短句，變化絕妙，有惆然不堪回首之感。

3. 修　辭

本文寫潭、寫魚、寫石、寫日光，用字精簡、巧奪天工，何焯於《義門讀書記》裡對本文修辭略說如下：

> 「聞水聲，如鳴珮環」，水激石而成聲，一句中：將下兩層都暗領。「全石以爲底。」敘明「石」字。先寫四面竹樹，「潭中魚，可百許頭」六句；透出清冽，始然不動，怡作佁。其岸勢犬牙差互」二句：石岸差互，故水流皆作斗折蛇行之勢。爲岸所蔽，雖明滅可見，莫窮其源也。（見商務四庫珍本二集，卷三十六，頁 920，冊六）

又林舒於〈韓柳研究法〉裡說：

> 小石潭記：則水石合寫，一種幽僻冷艷之狀，頗似浙西花隖之藕香橋，坻、嶼、嵁、巖，非眞有是物。特石自水底挺出，成此四狀。其上加以清樹，翠蔓、蒙絡、搖綴、參差、披拂，是無人管領。草木自爲生意。爲溪中魚百許頭，空游若無所依，不是寫魚，是寫日光，日光未下澈，魚在樹陰蔓條之下，如何能見，其怡然不動，俶

> 爾遠遊，往來翕忽之狀，一經日光所澈，了然俱見，澈字，即照及潭底意，見底即似不能見水，所謂空游無所依者，皆潭水受日光所致，一小小題目，至於窮形盡相，物無遁情，體物直到精微地步矣。潭西南而望，斗折蛇行，明滅可見，此中不必有路，特借之爲有餘不盡之思，至行樹環合，寂寥無人，文有詩境，是柳州本色。（廣文版，頁 119～120）

本文體物狀形，妙在淡描輕抹。如「心樂之」「怡然不動，俶爾遠逝，往來翕忽」「似與游者相樂」「明滅可見」「不可知其源」「其境過清」，是輕抹淡描，皆頗能耐人尋味。又就形式設計而論，可說絕妙，形式變化與作者情思合一。前兩段各有雙式句重疊，本屬輕快，且能打動讀者的內心，正是游者愉快情思，而後幾段皆以單式句收尾，大有江河日下，悲從胸中生的感覺。

又本文對句特多：伐竹取道、下見小潭、水尤清冽、青樹翠蔓、蒙絡搖綴、參差披拂、日光下澈、影布石上、怡然不動、俶爾遠逝，往來翕忽、寂寥無人、淒神寒骨、悄愴幽邃。對句字數相等，句法相似，平仄相對，句式優美，辭彩豐贍。

又排句有：隔篁竹、聞水聲。

類疊有：爲坻、爲嶼、爲嵁、爲巖。

（四）主題結構

1. 篇章層次

本文依《古今文選》本作五段，胡本作四段，即把胡本第一段分成兩段，自「潭中魚可百許頭……似與遊者相樂。」本文水石合寫，層次分明，孫琮謂：

> 古人遊記：寫盡妙景，不如不寫盡爲更佳；遊盡妙境，不如不遊盡爲更高！蓋寫盡遊盡，早已境味索然；不寫盡不遊盡，便見餘興無窮。篇中遙望潭西南一段，便是不寫盡妙景；潭上不久坐一段，便是不遊盡妙境。筆墨悠長，情興無極。（山曉閣選《唐大家柳柳州全集》評語卷三，據明倫版《柳宗元資料彙編》頁 499 引）

正因不遊盡妙境，所以「筆墨悠長、情興無極」。柳氏在首段裡寫盡水石形相，未能入骨，在直覺上有「心樂之」的感覺，而這祇是表面上的玩樂山水。因此柳氏筆法一轉。二段換寫潭中魚，筆至「怡然不動，俶爾遠逝，往來翕忽，似與遊者相樂」，則有此景非人間所有的驚覺，文意至此，已見轉折意。

三段遙望潭西南，始見「斗折蛇行，明滅可見其岸，勢犬牙參互，不可知其源。」此時剛要進入心遊神會的領域，卻見妙景又一片，徒增傷感。

四段坐潭上，已無心觀賞景物，眼前盡見「不可知其源」的一片景象，再如上「四面竹樹環合，寂寥無人，淒神寒骨，悄愴幽邃。」的清境，自有不盡寒之感，是以不如歸去。末段承上「乃　記之而去」記同遊者。

2. 主題結構

本文旨意當於第四段求之：「坐潭上，四面竹樹環合，寂寥無人。淒神寒骨，悄愴幽邃。以其境過清，不可久居，乃記之而去。」至於何謂「不可久居」，祇能於言表之外求之，其實這種不堪寂寞與冷落之情，人人皆有，祇是程度與感受之不同而已。

又本文旨意，是由「心樂之」，「似與遊者相樂」、「不可知其源」等襯托，而後乃有「不可久居」之悽楚。

五、袁家渴記

（一）寫作時間

本文未說明寫作時間，但從〈石渠記〉裡：「自渴西南行，不能百步，得百渠。」「元和七年正月八日蠲渠至大石，十月十九日踰石得石泓小潭。」等兩段記載，則袁家渴記的寫作時間，當是在元和七年正月八日以前往。

（二）長　度

計貳佰陸拾陸字。

（三）語言結構

1. 意　象

本文意象顯明具體，可見作者體物很深，頗能把握住袁家渴最重要景物的印象，如「山皆美石，石上生青叢，冬夏常蔚然。」簡單幾筆，寫出山的青蒼可愛。」如「振動大木，掩苒眾草，紛紅駭綠」，寫盡山風起後，山中那種草木搖曳，落花繽紛，眾葉亂飛的意象。

本文專有名詞特多：冉溪、鈷鉧潭、西山、朝陽巖、蕪江、袁家渴、永中、楚、越、南館、高嶂、百家瀨、袁氏等。

色彩繽紛，色彩明顯者有：平者深黑，峻者沸白，上生青叢，白礫、紛紅駭綠。又色彩雖不顯明，但所稱事物卻有色彩者有：山皆美石、冬夏常蔚、其樹多楓、柟、石楠、楩、櫧、樟、柚、蘭芷、類合歡、掩苒眾草、蓊葧香氣、搖颺葳蕤。

又本文景色，亦富動態。孫琮謂：

讀袁家渴一記，只如一幅小山水，色色畫到。其間：寫水，便覺水有聲；寫山，便覺山有色；寫樹，便覺枝幹扶疎；寫草，便見花葉搖曳。眞是流水飛花，俱成文章者也。（山曉閣選《唐大家柳柳州全集》評語卷三，據明倫版《柳宗元資料彙編》頁 497 引）

寫山水遊記，能狀難寫景物於日前，自是成功作品，但本文景物雖美，僅限於袁家渴一帶，是以其意象結構近乎幽麗。

2. 節　奏

（1）虛字　主要虛字有：

莫若：「莫若」相當於白話的「不如」。當二者有高下優劣得失的差別時，表示可取的一端。

其：其字用法有二：一作指稱用，二作語氣詞用。本文作指稱用，和白話「他的」相當。

（2）句型：

5 4 7 5 5 2 5 4 6 2 3 4 5 8

6 8 6 1 7 6 4 2 2 2 4 4 4 4 4

3 3 4 4 5 5 5 11 4 4 6 4 7 4 4 4 4 4 4 4 4 5 6

7 3 4 5 6 4

首段共 14 句，單式、雙式各有七句，末句爲雙式。

二段有 15 句，單式有 2，雙式有 13 句，末句爲雙式。

三段 23 句，單式有 8 句，雙式有 15 句，末句爲雙式。

末段有六句，單式、雙式各有三句，末句爲雙式。

總之，本文句型平隱，不卑不亢。

3. 修　辭

本文描繪細膩生動，饒有情趣。時人徐善同曾解析說：

袁家渴：處高山下。山多石，而勢甚峻。故其寫水也，則曰：「渴，上與南館高幛合，下與百家瀨合。其中重洲小溪，澄潭淺渚：閒廁曲折。平者，深黑：峻者，沸白。舟行若窮，忽又無際。」曰：「有小山：出水中。山皆美石，上生青叢；冬夏常蔚然。其旁：多巖洞。

其下：多白礫。其樹：多楓、柟、石楠、楩、櫧、樟、柚。草：則蘭、芷。又有異卉，類合歡，而蔓生；轇轕水石。」寫山中小山也。「每風，自四山而下：振動大木，掩苒眾草；紛紅駭綠，蓊葧香氣；衝濤旋瀨，退貯谿谷；搖颺葳蕤，與時推移。」山高，谷深，草木茂盛。風甚嚴，景至奇，而文極生動！此文顛峯，甚在斯乎！山水：山靜而水動。而水之與風：風之動又甚於水矣！物性如此。作爲文章：寫風，易見生動。此寫山水而及風：所以成其顛峯，遂其生動之致也！（長春山房藏版〈柳宗元永州游記校評〉頁130～131）

申言之，本文對句特多，自是古文寫景的慣用手法，但卻與遊者心思配合。

首段以烘托手法，點出鈷鉧潭、西山、袁家渴等景色之突出。以此三者錯綜成段，而以「皆永中幽麗奇處也」結束。又描寫袁家渴靜態景色，則用擴延筆法，亦即從多方面下手，如「上與」、「下與」、「其中」、「其旁」、「其下」和「其樹」。至於描寫動態，則用排比手法，即是以結構相似的句法，接二連三的表示同範圍同情質的意象，如「振動大木，掩苒眾草，紛紅駭綠，蓊葧香氣，衝濤旋瀨，退貯谿谷，搖颺葳蕤，與時推移。」此處用八句對句來描繪「每風自四山而下」的動態景色。

（四）主題結構

1. 篇章層次

本文胡本作三段，《古今文選》本作四段，即分割胡本第二段爲兩段。（從「有小山，出水中」另成一段）。本文依《古今文選》本作四段。

首段以鈷鉧潭、西山爲陪襯，托出袁家渴。

二段釋「渴」字的音與義，以及渴的水流形狀。

三段描繪渴中小山的景物，及風自四山而下，草木搖曳的景象。

末段說明作記的緣由，並補出所以命名袁家渴的原因。

2. 主題含意

本文純屬山水遊記，亦即是以描寫自然景物爲主，理當別無旨意，其描繪色色畫到，眞是景奇，而遊者興緻亦奇，林紓於韓柳文研究法裡分析此文說：

袁家渴記，於水石容態之外，兼寫草木，每一篇，必有一篇中之主人翁，不能謂其漫記山水也。舟行若窮，忽又無際，此景又甚類浙之西溪，大抵南中溪流，多抱山，山趺入水，兩山夾之，則溪流狹，山趺一縮，則溪面即宏闊，初行若窮，舟未繞山而轉也，忽又無際，則轉處見溪矣，大木楓柟，小草蘭芷，在文中點綴，却亦易寫，妙在拈出一個風字，將草木收縮入風字，總寫紛紅駭綠。蓊葧香氣，衝濤旋瀨，退貯谿谷，搖颺葳蕤，與時推移等句，均把水聲花氣樹響作一總束，又從其中渲染出奇光異采，尤覺動目，綜而言之，此等文字，須含一股靜氣，又須十分畫理，再著以一段詩情，方能成此傑構。（廣文本，頁 120～121）

六、石渠記

（一）寫作時間

就原文所說，當寫於元和七年十月十九日，踰石得石泓小潭歸後。

（二）長　度

全文計貳佰貳拾伍字。

（三）語言結構

1. 意　象

本文意象顯明生動，頗富聲色動態之美。就聲音而言：「有泉幽幽然，其鳴乍大、乍細」「北墮小潭」「風搖其顛，韻動崖谷，視之既靜，其聽始遠。」就色彩而言：「昌蒲被之，青鮮環周」「清深，多儵魚」

至於其用字，仍不免以奇制勝：如「曲行紆餘」「睨若無窮」「詭石、怪木、奇卉、美箭」「坐而庥焉」「攬去翳朽」「既釃而盈」「齺渠至大石」。時人徐善同曾評本文：

石渠記，以「風搖其顛，韻動崖谷。視之既靜，甚聽始遠。」爲寫景之結語，富祥和之氣，而餘韻悠長！洵高士之清賞，文宗之妙筆也！（長春山房藏版〈柳宗元永州游記校評〉，頁 136）

窃以爲「餘韻悠長」，或有之，若謂「富祥和之氣」，則未必。案本文所描繪乃屬區區景物，因此就其意象結構而言，當屬幽麗，且有清冽之感。

2. 節　奏

（1）虛字　主要虛字有：

其　本文「其」字皆作指稱用。而作指稱用的「其」字，有兩種情形：一種是和白話「他的」相當，只用來作領屬用，它的底下一定有個名詞跟着的，如「其上」「其鳴」「其長」「其流」「其下」「其側」「其顛」「其人」「其陽」。另一種是「其」字後跟的不是名詞，如「惜其未始有傳焉者」、「故累記其所屬」，這個「其」字，總成白話，只要説「他」，不必説「他的」。

（2）句型

5 4 3 4 5 6 3 3 3 6 5 4

4 3 4 4

4 5 4 6 2 3

6 4 5 7 4 6 4 4 4 4

6 4 4 4 4 8 6 4 4 7 3

8 5 5 7 3 5

本文句型，胡本與《古今文選》本（新第三六〇期）略有出入，本文以《古今文選》本爲主。

首段 12 句，單式有 7，雙式有 5，末句爲雙式。

二段有 4 句，單式有一，雙式有三，末句爲雙式。

三段有六句，單式二，雙式四，末句爲單式。本段胡本末三句作「潭，幅員減百尺１，清深多鯈魚。」今據《古今文選》本作「潭幅員減百尺，清深，多鯈魚。」

四段 10 句，雙式句有 8 句，單式句有 2，末句爲雙式。

五段有 11 句，雙式有九，單式有二。胡本作十句，即最後一句爲「俾後好事者求之得以易。」《古今文選》本析爲兩句，作「俾後好事者求之，得以易。」就句型而論，本段已連續有 12 句雙式句，理當有單式句折其間。就語法而言，若連成一氣，有失冗長，且把代名詞的「之」字放在句中，亦不佳。

末段有六句，雙式句有一，單式句有五。案全文以雙句爲主，而末段卻以單式句爲主。文章氣勢，立意也由此顯現。本段胡本作：

元和七年正月八日蠲渠至大石，十月十九踰石得石泓小潭，渠之美於是始窮也。

而《古今文選》本作：

元和七年正月八日，蠲渠至大石，十月十九日踰石得石泓小傳，渠之美，於是始窮也。

本文句型以《古今文選》本爲主，其中「十月十九日」從上斷句。把胡本的三句析爲六句，更見聲韻頓挫之美。

3. 修　辭

行文以「其」字作爲主脈，而其修辭，亦以「其」字類疊，亦即是以「其」字重複的使用，以加強讀者的深刻印象。又本文二、四字等對句特多，可見景色之幽麗。

作者體物頗深，寫石渠、石泓、石潭各見特色。孫琮謂：

> 接袁家渴記讀去：便見妙境無窮。篇中第一段寫石渠，幽然有聲，確是寫出石渠，不是第二段石泓。第二段寫石泓，澄然以清，確是寫出石泓，不是第三段石潭。第三段寫石潭，亦不是第一段，第二段石渠、石泓。洵是化工肖物之筆。（山曉閣選《唐大家柳柳州全集》評語卷三，據明倫版《柳宗元資料彙編》頁 497 引）

或謂其中以「風搖其顚，韻動崖谷，視之既靜，其聽始遠」之描繪最爲有名，徐善同曾分析此段說：

> 高山多風，袁家渴之風：烈風也。此云：「風搖其顚，韻動崖谷，視之既靜，其聽始遠」和風也，風起於天地絪縕，變化無極：袁家渴勢峻，風烈；此坦夷、風和。二文二風：屬詞匠意，蓋嘗斟酌之矣。（常春山房藏版〈柳宗元永州游記〉，頁 135）

（四）主題結構

1. 篇章層次

胡本作七段，《古今文選》本作六段，即「其側，皆詭石……其聽始遠」處，與上段合成一段。

本文可謂段落分明，理路清晰，由石渠、而石泓、石潭，各見特色。而「其側，皆詭石、怪木、奇卉、美箭，可列坐而庥焉，風搖其韻，韻動崖谷，視之既靜，其聽始遠。」乃是上承「然卒入于渴」，亦即是補充描繪「袁家渴」的景色。就篇層次而言，在八記裡，這是變格的一篇，在本文裡補充描繪「袁家渴」的景色，是屬於和風，亦即是上承「袁家渴記」裡所說的「與持推移，其大都如此，余無以窮其狀。」而「袁家渴記」裡所描繪的是烈風景象。

2. 主題含意

「予從州牧得之，攬去翳朽，決疏土石，既崇而焚，既釃而盈，惜其未始有傳焉者，故累記其所屬，遺之其人，書之其陽，俾後好事者求之，得以易。」或謂此段有微意。又謂「風搖其顚，韻動崖谷，視之既靜，其聽始遠。」有不如歸去之意。

以爲本文不易見言外之意，仍以寫景爲主，孫琮云：

> 讀袁家渴一篇：已是窮幽選勝，自謂極盡洞天福地之奇觀矣！不意又有石渠記一篇：另闢一個佳境！讀石渠記一篇：已是搜奇剔怪。洞天之中，又有洞天；福地之内，又有福地：天下之奇觀，更無有踰於此矣！（山曉閣選《唐大家柳柳州全集》評語卷三，據明倫版《柳宗元資料彙編》頁 497 引）

但細考原文：「元和七年正月八日，蠲渠至大石，十月十九日，踰石得石泓小潭，渠之美，於是始窮也。」區區石渠景色，意歷整整九個月時間，或謂「天下奇觀」故也。或可由此窺其旨意。

七、石澗記

（一）寫作時間

就原文「石渠之事既窮，上由橋西北，下土山之陰，民又橋焉。」考之，寫作時間當與「石渠記」相近。

（二）長　度

全文共壹佰玖拾陸字

（三）語言結構

1. 意　象

本文意象更爲奇特，所記景色，或夢寐所求的美景，故本文景色美，意境更美，而文章本身更是絕美，時人徐善同先生曾解析說：

> 〈石渠記〉云：「亘石爲底，達于兩涯：若牀、若堂、若陳筵席，若限閫奥。」庭院之趣也。而「水平布其上：流若織文，響若操琴。」視聽之娛也。又有「翠羽之木，龍鱗之石：均蔭其上。」覆蔽之美也。乃喟然歎曰：「古之人：其有樂乎此邪？後之來者：有能追余之踐履邪！」自得之樂也。是以石澗爲家園矣！（常春山房藏版〈柳

宗元永州游記校評〉頁 140）

又：

柳文緜密：人皆知之。渠、澗二記：亦可據以爲說。石渠之美：在和。窮其美：極其和也。故以「渠」之美，於是始窮也作結。石澗之趣：在樂。樂，不可極！故其結語曰：「其上：深山，幽林。逾峭險，道狹，不可窮也。」此亦柳文之緜密處也。（同上，頁 141）

申言之，「其上深山幽林，逾峭險，道狹不可窮也。」其意象深遠，頗耐人尋味。或謂「可窮便非佳山水」（〈何焯語〉，冊六）或謂「末路悠然，可見天地之無盡窮藏也。」（〈常安語〉，見《古文披金》評語卷十四，據明倫版《柳宗元資料彙編》頁 387 引）但就其寓喻而言，何嘗不有高處不勝寒之感。又本文色彩有：「翠羽之木，龍鱗之石，均蔭其上」「下土山之陰」「掃陳葉，排腐木」「深山幽林」「閫奧」，明顯度不高，是以其意象結構當屬幽麗。

2. 節　奏

（1）虛字　主要虛字有「若」字。「若」字與「如」「似」「猶」等字有相同的詞性，皆可做準繫詞用，來表示兩物和兩事之間的類似關係。凡是類似關係，其間必有類似之點。如「亘石爲底，達于兩涯。若床、若堂、若陳筵席、若限閫奧。水平布其上，流若織文，響若操琴。」

（2）句型

6 5 5 4 4 6 4 4 2 2 4 4 5 4 4 4 2 3 3 7 2 4 4 4 4 4 4 3 6 4 8 4 4

5 3 3 8 3 3

5 7 7 6 3 6

首段 33 句，雙式句有 26，單式有 7，比例相距頗大，蓋此段是描繪景色。

二段六句，單式有五，雙式僅有一。就篇章層次而論，本段祇是說明石澗的地理位置，並不顯現；但就節奏而論，卻居承上啓後的地位，首段雙式句頗多，節奏緩慢，此段節奏明快。

末段六句，單式有四，雙式有二。末段承二段，仍是節奏明快，因首段冗長緩慢，是以末段仍得明快，這種明快，就節奏而論，是在平衡首段的緩慢，就內在的文勢而言，似在指涉心境。末句以雙式句做結，正是「霍然一聲，一弦俱窮。」或曰：意在言表之外。

3. 修　辭

本文修辭以排比及對句最爲顯著，即以「若床、若堂、若陳筵席、若限闔奧。水平布其上，流若織文，響若操琴。」等句，描繪「亘石爲底，達于兩涯。」，使其意象具體化。又如「掃陳葉，排腐木。」「交絡之流，觸激之音，皆在床下。翠羽之木，龍鱗之石，均蔭其上。」是以茅坤說：

點綴如明珠翠羽。（據〈柳宗元永州游記校評〉頁 138 引）

（四）主題結構

1. 篇章層次

本文胡本作三段，《古今文選》本作二段。即合胡本二、三兩段爲一段，就篇章層次而論，當以胡本爲是。

本文篇章層次頗奇特，置石澗地理位置之說明於第二段。

首段寫景色樂人，次段說明地理位置，末段略抒所感。

2. 主題含意

孫琮評本文說：

讀袁家渴一篇，已是窮幽選勝，……天下之奇觀，更無有踰於此矣！不意又有石澗一篇，另闢一個佳境，眞是洞天，福地之内，有無窮福地！不知永州果有此無限妙麗境界？抑是柳州胸中筆底眞有如此無限妙麗結撰？令人坐臥其間：能不移情累月？從古遊地，未有如石澗之奇者！從古善遊人，亦未有如子厚之好奇者！今觀其泉聲潺潺，入我牀下，翠木怪石，堆蔭枕上：此是何等遊法？（山曉閣選《唐大家柳州全集》評語卷三，據明倫版《柳宗元資料彙編》頁 497 引）

所謂「此是何等遊法？」或謂其有所寓意，又時人徐善同亦說：

……永州諸記：極言其樂，無有踰於此者。言外：亦有寓意乎？未敢穿鑿。（常春山房藏版〈柳宗元永州游記校評〉頁 140～141）

雖言「未敢穿鑿」，實亦承認有其寓意。本文雖以寫景爲主，或謂亦有寓意，而其寓意當可在以下兩段見其消息。「……古之人其樂乎此耶！後之來者，有能追余之踐履耶！得意之日，與石渠同。」「澗之可窮者，皆出石城村東南，其間可樂者數焉。其上深山幽林，逾峭險，道狹不可窮也。」申論之，所謂「與石渠同。」「石渠記」中的樂處當指「予從州牧得之，攬去翳朽，決疏土石，既崇而焚，既釃而盈。」而本文的樂處是指：「揭跣而往，折竹，掃陳葉，排腐木，可羅胡床十八九居之，交絡之流，觸激之音，皆在床下，翠羽之木，龍鱗之石，均蔭其上。」這種的樂處，實際上是種成就感與擁有感的喜悅，或曰補償心理，祇是借連串的工作來麻醉自己。

八、小石城山記

（一）寫作時間

本文並未說明寫作時間，觀八記排列順序，似與石澗記，石渠記相連。但考其文意與地理位置，似與西山有關，是以時人徐善同謂本文宜與小丘記並讀。〔註36〕

（二）長　度

文長貳佰貳拾貳字。

（三）語言結構

1. 意　象

本文意象亦頗奇特，所謂「磊落多奇」（過珙語，見《古文評語》卷七，據明倫版〈柳宗元永州游記校評〉頁 146 引）或謂「筆筆眼前小景，筆筆天外奇情。」（金人瑞語，見山曉閣選《唐大家柳州全集》卷三，據明倫版《柳宗元資料彙編》頁 300 引）正是借石之瑰瑋，以吐胸中之氣。

《古文觀止》卷九：

> 借石之瑰瑋，以吐胸中之氣。柳州諸記：奇趣逸情，引人以深。而此篇議論，尤爲崛出。（據明倫版《柳宗元資料彙編》頁 381 引）

申言之，全文意象以環繞「類智者所施設也」一語，此語居承前啓後的地位，所謂智者所施設，即是：「無土壤而生嘉樹、美箭，益奇而堅，其疏數偃仰。」而後方有所設問感慨。又所見「類智者所施設」的地方，乃是「環堡塢而上，」再加上「尋之無所得。」可見極盡能事。而事實上小石城山似亦無景可見。所謂寫石抒情。可見內心之跌宕。持此，其意象結構當屬悲壯。

2. 節　奏

（1）虛字　主要虛字有「其」字。皆作指稱詞用。而其中「其中西出，尋之無所得；其一少北而東。」「其上，爲睥睨梁欐之形。其旁，出堡塢。」等句之「其」字，除作指稱用外，亦具有條辭上的排比效用。

（2）節奏

5 2 6 3 4 5 6 5 5 7 9 5 4 4 4 5 5 4 4 3 9 4 5 7

〔註36〕見《柳宗元永州游記校評》頁 149。

1 10 2 5 9 5 10 6 7 5

2 9 2 4 9 9 3 4

首段 24 句，單式十四句，雙式十句，此段並非純自然景色之描繪，是以單雙句式略相等，而末句爲單式句，感慨正由此而興。

第二段有 10 句，雙式有四，單式有六。末句爲單式，且多長句，文勢跌宕，正見作者懷疑造物者的那種狐疑與不平之心態。

末段八句，單雙句式各半，末句爲雙式。文勢稍緩，但仍有長句，所謂意在言表之外。

3. 修　辭

本文修辭，除以「其」字做領屬的排比手法外，當以末兩段的設辭最爲有名。末兩段虛設言辭，借托他意，以事理折服讀者。這是恐怕他人不相信，在情急、勢危之際，設法說服對方。所謂設辭是種屬於「刺激」性質的語言，這種的設辭可能由於心中亘有疑問；也可能心中早有定說，衹爲促使對方自省。本文設辭或謂兩者兼有之，更能給人一種無可奈何之感。

（四）主題結構

1. 篇章層次

胡本作三段，《古今文選》新三六〇期作兩段，即合胡本二、三兩段爲一段，窃以爲三段較優。如此則二段爲狐疑之辭，三段爲設問之辭。又從形式而論，文章兩段，並非美好之形式。

本文理路分明，而關鍵在于「類智者所施設也。」之前爲寫景，之後爲設辭。朱宗洛云：

> 此篇景實意虛之文。由山出石，由石寫城，由城及旁，由旁及門，由門而上，既上而望，因望而異境。其寫景處：所謂以虛作實之法也。至其滿腔鬱結：俱以後半發抒。然脫卻本題，空中感慨；又不免有文無題之病！文於寫景處：輕輕者「類智者所施設」一句。連用「疑」字、「以爲」字、「又怪」字、「儻」字、「則其」字。先言有無之難定；次言無者，未必不有；次又言有者，未必不無；次又借他人口中言無者畢竟或有；又從自己臆斷，見有無畢竟未可定，以見己之賢，不應置於此意：所謂實者翻虛之法也。（見《古文一隅》評語卷中，據明倫版〈柳宗元資料彙編〉頁 704 引）

又孫琮云：

> 前幅一段：逕敘小石城。妙在後幅，從石城上；忽信一段，造物有神；忽疑一段，造物無神；忽揑一段，留此石以娛賢；忽揑一段，不鍾靈於人，而鍾靈於石。詼諧變幻，一吐胸中鬱勃。（山曉閣選《唐大家柳柳州全集》評語卷三，據明倫版《柳宗元資料彙編》頁 497 引）

2. 主題含意

本文主題當在後兩段，蓋借石之瑰瑋，以吐胸中之氣。蔡鑄謂：

> 子厚謫居楚南，鬱鬱適茲土。地僻人稀，無可與語，特借山水以自遣。玩「賢而辱於此」句，其不平之氣，已溢於毫端。（蔡氏古文評註。補正全集評語卷七，據明倫版《柳宗元資料彙編》頁 535 引）

又林雲銘於《古文析義》初編卷五云：

> 柳州諸記：多描寫景態之奇，與游賞之趣。此篇正略數語，便把「智者設施」一句，出生造物有無兩意疑案。蓋子厚遷謫之後，而楚之南，實無人可以語者：故借題發意，用寄其「以賢而辱於此」之概！不可一例論也。（廣文版，頁 257～258）

申言之，柳氏見嘉樹、美竹，生長在石頭山上，且益奇而堅，因此意識到這可能是天地間最聰明的人所佈置的，由物而聯想到人，又聯想到造物者之有無，由區區事件件，演變為嚴肅主題，實有令人高深莫測之感。

又柳氏設問，重點並不在造物者之有物，而是見怪「嘉樹美竹」生在那荒蠻的夷狄之地。柳氏自傷，寓意自己有如「嘉樹美竹。」但他不甘心自己的一生像那「嘉樹美箭」般的埋沒在這荒煙之地。申言之，這種對造物主的否定，並非僅是由於山水之生於不當地方而得出的結論，或謂是由於對賢者的相繼夭折，對在政治上抱熱情而改革之不當的流放等等事件，使他產生了神「其果無乎」的想法，他以這種山水之美，不在中州，而在夷狄，來譬喻他自己的才能，不為中州所用，而閉置在夷狄之中。

> 物之稟賦，無不多奇！不遇：無以類其矣！小石城山：「無土壤而生嘉美箭。」柳氏：奇之，而轉折於造物者之有無，自傷不遇！文詞婉孌，跌宕有神！此文：宜與小丘記並讀。

附錄　永州八記句型分析統計表

篇　　名	文長	句型	句型字數											
			1	2	3	4	5	6	7	8	9	10	11	12
1.始得西山宴游記	309	66	0	5	12	22	10	9	3	3	2	0	0	1
2.鈷鉧潭記	172	32	0	1	4	7	17	4	1	2	3	0	1	0
3.鈷鉧潭西小丘記	319	64	3	0	13	9	3	6	4	9	4	0	1	0
4.至小丘西小石潭記	193	45	0	5	7	20	6	2	2	0	2	0	0	0
5.袁家渴記	266	58	1	5	4	24	10	6	4	2	0	0	1	0
6.石渠記	225	49	0	1	8	19	8	6	3	2	0	0	0	0
7.石澗記	196	45	0	4	8	18	5	5	3	2	0	0	0	0
8.小石城山記	222	43	1	5	3	9	11	3	4	0	5	2	0	0
	1902	502	5	26	59	128	70	37	25	20	16	2	3	1

第四節　永州八記的山水意境

本章所述包括：山水文學的淵源、永州八記的特質及永州八記的山水意境。其重點即是在於描繪出永州八記的山水的眞面目。

一、山水文學的淵源

本節擬對八記的體例與源流作一說明。

我國文論家向來頗重視文體的討論，這種工作，前人稱爲「辨體」。釋空海於《文鏡秘府論》南卷〈論體〉云：

> 凡製作之士，祖述多門，人心不同，文體各異。……故詞人之作也，先看文之大體，隨而用心，導其所宜，防其所先，故能辭成鍊覈，動合規矩。（學海出版社，頁137～140）

又徐思曾於《文體明辨》序裡說：

> 文章必先體裁，而後可謂工拙；苟失其體，吾何以觀？（泰順版，頁78）

綜合前人辨體工作，約可分爲四種系統：〔註37〕

1. 根據文章之用途而加以區別的辨體工作。

〔註37〕此處所述有關文體部分參見《文學季刊》第六期王夢鷗〈中國文體論之研究〉。

2. 根據文章的構造方式而加以區別的辨體工作。

3. 根據文章的風格而加以區別的辨體工作。

4. 根據文章理論或主張而加以區別的辨體工作。

前兩者是屬於文字文辭方面的辨體；後兩者是注重意氣方面的辨體。

我國文學的辨體工作，始自曹丕的《典論論文》，而後有陸機的《文賦》，至蕭統的《文選》及劉勰的《文心雕龍》，始臻詳贍。

《文心雕龍》、《文選》的辨體，是屬於根據文章之用途而加以區別的辨體工作。其間之差異是：

《文心雕龍》是「假文以辨體」

《文選》是「立體以選文」

一般說來，辨體以根據「文章之用途」爲主。

永州八記就體例而言，是屬散文裡的「記」類。散文乃對駢文之形式而言，若就駢文之精神而言則稱古文。論其本質，即是不受一切句調聲律之羈束而散行以達意的文章。

就新文學的觀點而論，爲散文下定義頗爲不易，蓋散文是多種文學型式的基石，言曦先生曾爲散文的構成條件試定爲：〔註38〕

1. 有節奏而無韻。

2. 可以寫高遠的境界意象，但必須避免艱澀模稜，以明確爲尚。

3. 具藝術欣賞價值而結構完整——必須是一件已經完成的藝術品。

散文就內涵情質分，則可大別爲說理、抒情、寫景、敘事。八記是屬於寫景類，而寫景文，在中國文學裡是不發達。中國文人的觀念裡：視散文爲正規的文學表達方式，再加上「文以載道」觀念。因此，文人見佳山水，不是筆之於詩，即是形之於繪事，多半不是「寫」出來，而是經過昇華的過程，把它「畫」出來，中國的文人很多都能畫，且與「書」藝相通，故山水畫爲繪畫的正宗，寫景文反而相對萎縮。

至於寫景文的「記」之源流，吳訥於《文章辨體》裡說：

金石例云：「記者，記事之文也。」

西山曰：「記以善敘事爲主。禹貢、顧命，乃記之祖，後人作記，未免雜以議論。」

〔註38〕見時報出版公司邱言曦《駢思摟隨筆・辨體例》頁8。

> 后山亦曰:「退之作記,記其事;今之記,乃論也。」竊嘗考之,記之名,始於戴記學記等篇。記之文,文選弗載。後之作者,以韓退之畫記、柳子厚遊山諸記爲體之正,然觀韓之燕喜亭記,亦微載議論於中。至柳之記新堂、鐵爐步,則議論之辭多矣。迨至歐、蘇而後,始專有以議論爲記者,宜乎后山諸老以是爲言也。
>
> 大抵記者,蓋所以備不忘,如記營建,當記日月之久近,工費之多少;主佐之姓名,敘事之後,略作議論以結之,此爲正體。至若范文正公記嚴祠,歐陽文忠公記晝錦堂、蘇東坡之記山房藏書、張文潛之記進學齋、晦翁之作婺源書閣記,雖專尚議論,然其言足以垂世而教,弗害其爲體之變也,學者以是求之,則必有以得之矣。(泰順版〈文章辨體、文體明辨合刊〉頁 41~42)

又徐師曾於《文體明辨》裡說:

> 按金石例云:「記者,紀事之文也」。禹貢顧命,乃記之祖,而記之名,則昉於戴記學記諸篇,厥後揚雄作蜀記,而文選不列其類,劉勰不著其說,則知漢魏以前,作者尚少,其盛自唐始也。其文以敘事爲主,後人不知其體,顧以議論雜之。故陳師道云:「韓退之作記,記其事耳,公之記乃論也。」蓋亦有感於此矣。然觀燕喜亭記已涉議論,而歐、蘇以下,議論寖多,則記體之變,豈一朝一夕之故也?故今採錄諸記,而以三品別之,如碑陰之例,欲使學者得有所考而去取焉,庶乎不失其本意矣。
>
> 又有托物以寓意者(如王績醉鄉記是也),有首之以序而以韻語爲記者(如韓愈汴州東西水門記是也)有篇末系以詩歌者(如范仲淹桐盧嚴先生祠堂記之類是也)皆爲別體。今並列于三品之末,仍分三體,庶得以盡其變云。至其或曰某記,或曰記某(昌黎集載有記宜城驛是也,今不錄)則惟作者之所命焉。
>
> 此外又有墓碑記、墳記、塔記、則皆附于墓誌之條,玆不復列。(泰順版,頁 145~146)

從吳、徐的引文裡,可知「記」體源流於尚書,而其名始於禮記,又其內容可分記事、記物、記景三類。記事、記物與本文無關,存而不論,以下專論記景。

記景，即是寫景，或爲遊記，而遊記乃是一個人在目觀心賞一個地方的風光之後，而將這地方的『自然美景，人文實況，以及個人的感想』記述描寫下來，使他自己的遊蹤留下一點紀念的痕跡，正是在『雪泥上留下一爪兒雁影』，使沒有到過這地方的人，讀了你的遊記也能分享你的樂趣，可以從你的文章中，彷彿親歷了你的見聞。

中國文學以自然界的景物做題材的作品，興起得比較晚一些。漢賦中雖然有寫照的地方，但是賦家專事之辭的修飾，如班固〈兩都賦〉、張衡〈三都賦〉，以都市爲中心，寫山川的形勢；司馬相如〈上林賦〉、揚雄〈羽獵賦〉，敘天子的遊獵，用自然作背景；其中模山範水，寫物圖貌，都是極盡舖張之能事，但其處理方法，祇是對景物作廣泛性及典型性的描繪，不能算是寫景文。又東漢有馬第伯封禪儀記，或可謂最早作品，惜其有殘闕失次處。

我國眞正寫景詩文，是從魏晉開始，建安諸子所作的公讌詩之類，可說是初期的作品。於晉有盧山諸道人〈游門詩序〉，宋晉之間則陶淵明〈桃花源記〉、齊有陶宏景〈答謝中書書〉、梁有吳均〈與宋元思書〉、至東魏楊衒之〈洛陽伽藍記〉，追記佛寺的建築與故蹟，北魏酈道元〈水經注〉，詳敘各地的山川地理，民俗風情、傳說舊事、遊記文學才逐漸發展成了一種專體。

寫景文在唐朝，非僅柳宗元一人之作，在柳氏前，有元結〈右溪記〉，又有李華〈賀遂員外藥園小山池記〉，皆爲寫景文，祇是氣體駢偶、格調未高，不爲人所重視，而柳氏之後，雖不乏其人，但皆不能與柳氏相比。〔註39〕

二、永州八記的特質

永州八記就內涵而言是寫景、是遊記，就對象而言是山水，是以姑亦稱之爲山水遊記。考我國山水文學的鼎盛時期是南朝的宋、齊時期。所謂「山水詩」一詞，並非泛指任何時代的一切風景詩那種籠統的說法，而是專指南朝宋、齊那一段時期的風景詩而言，更具體的說，乃是指以謝靈運爲代表的那種模山範水的詩而言。而此種「山水詩」的特質是：〔註40〕

詩人以大自然爲寫作的主要對象。

〔註39〕此處所述寫景文，參見商務版陳柱《中國散文史》第三篇第五節「寫景派之散文」，頁184～189。

〔註40〕本節所述參見純文學版林文月《山水與古典》裡〈中國山水詩的特質〉一文，頁23～61。

詩人親自投入大自然，並對大自然有深入的體悟。

永州八記的體裁是用小品文體，在實質上很近似山水詩，吳闓生於〈桐城吳氏古文法〉裡說：

> 案子厚記山水諸作，其寄興之曠遠，狀物之工妙，直合陶謝詩，揚馬之賦，鎔為一鑪，洵屬文家絕境。（見華正版，頁 119）

因此，我們擬從「山水詩」的特質來查考八記。

（一）遊記性的寫作方法

我們知道八記裡山水大自然，是文章的主要部分，並非居於比興陪襯等次要地位。八記裡的遊覽歷程，乃是感官能及的現實世界，這是柳氏本人不僅模山範水，歌詠自然，且本人就在山水之中，這種親自投入大自然中的動機，不論出於眞心喜好與否？至少皆有一種狂熱的態度，柳氏被放逐到永州，內心始終澎湃著不平與憤怒，也就是這股抑悶之情，驅使他奔向山水。山水是他積鬱之情的發洩處，山水也是也寂寞內心的知音。柳氏縱身在山水間，並想征服大自然。在他的山水世界裏，一山一草莫不具體實在，而非美麗空洞的幻境，因此柳氏採用遊記性的寫作方法，以強化內容的眞實性。這種的遊記性的寫作方法，即是指作者所記述描寫的，乃是作者確實所遊歷過的。林雲銘謂：「柳州諸記；多描寫景態之奇，與游賞之趣。」（廣文本《古文析義》初編卷五，頁 257）即指其遊記性而言。

（二）細膩的寫實手法

八記是以永州山水為主要題材對象，再加上柳氏本人的親遊經歷，故文中每每呈現細膩寫實的筆法，這種細膩寫實的筆法正是柳氏山水遊記的最大特色。方苞於〈答程夔州書〉說：

> 柳子厚惟記山水：刻雕眾形，能移人之情。（見商務四部叢刊初編，《方望溪先生全集》卷六，頁 89）

又林舒〈春曉齋論文〉：

> 柳州，窮極山水之狀；無不備肖。（據〈柳宗元永州游記校評〉頁 8931）所謂「刻雕眾形」「無不備肖」，即是指體物精微。就柳氏當時而言，山水遊記的題材是新穎的，故須創造許多新鮮的狀物喻形的詞彙，是以八記裡大量運用形容疏狀之詞，將耳自感官所體會的自然之美具體形現。劉師培於〈論文雜記〉裡說：

> 子厚之文：善言事物之情，出以形容之詞。（劉氏自註：如永州、柳州諸遊記，咸能類萬物之情，窮形盡相；而形容宛尚，無異寫眞。）（見學生版《中國文學史論文選集》（一）頁6、頁22）

八記大量運用形容詞、或形容詞片語，乃爲呈現極複雜而又變化多端的山水。故其作用有：「形容或刻劃山水自然景觀」「摹臨風光音響」「描繪光彩色澤，以及動、植物之敘寫。」一般說來，以形容詞爲主的句型，皆傾向靜態美，因此柳氏八記又採用了大量的動詞，以增加動態美。

（三）排偶技巧的應用

山水自然景觀雖無邊無界，千變萬化，但是詩人親歷其境，以肉眼觀實，所見者無非是山水。這宇宙大自然，看似雜亂，却有秩序，因此以山水入文章，在效果上便也自然容易呈現一定的安排，而魏晉南北朝時代的排偶技巧，乃順理成章的應用上，考柳氏八記裡的句型，是以四言爲最多，而其修辭技巧的應用，亦以排偶筆法爲最多。陳柱於《中國散文史》第三編〈駢文極盛時代之散文〉第一章第五節「寫景派之散文」裡說：

> 凡此皆可見六朝人寫景文之工美矣。石門詩序頗與蘭亭序氣格相同，文體在乎駢散之間。桃花源記則無駢文氣味，純乎散文矣。水經注文筆清雋，與陶宏景吳均一派爲近，駢多於散者也。後之古文家惟柳宗元諸記爲最優。化駢爲散者也。（商務本，頁189）

這種「化駢爲散者」，其間跡痕，即是從排隅中看出。而柳氏排偶的應用，更與句型、聲韻配合無間，就形式而論，可謂已達「變化中求統一」，這種「變化中統一」的形式美之外現，可從節奏中體會出。

（四）結構基型

永州八記雖然在寫作技巧方面已成功地的捕捉了大自然的形貌，但是他們的目的卻不祇在用文字表現圖畫的美或音樂的美，也不單在敘寫遊覽賞景之樂而已。徐善同於《柳宗元永州游記校評》裡說：

> 柳氏永州諸記：寫山水，幽冷奇峭；抒胸襟，曠逸高遠；傷放逐，興感慨，情甚悽楚；意，或有重；文，則多變。（頁86）

所謂「興感慨」，即是柳氏爲文的主題。柳氏八記雖以山水爲主要對象，而其主題則是因景興情。考八記寫作手法，則爲於遊覽、賞景、而後觸發感動，而後悟理，其結構基型爲：

記遊→寫景→興情→悟理

八記裡〈袁家渴記〉是一個變數，把「興情」、「悟理」藏之於言外。又〈至小邱西小石潭記〉〈石渠記〉〈石澗記〉三篇，其「興情」「悟理」亦僅數語帶過而已，謝無量於〈實用文章義法〉裡說：

古今最推柳子厚，山水記尤工。茲但錄其實寫景物，而不涉議論者數篇於此。觀其指類象情，妙得其似，諷文而如與境遇，眞不易及也。（華正本，〈實用文章義法〉卷下頁66）

謝氏一方面說所錄八篇（〈游黃溪記〉、〈西小邱西小石潭記〉、〈袁家渴記〉、〈石渠記〉、〈石澗記〉）皆爲實寫景物，但另方面亦不得不承認其「指類象情、妙得其似，諷文而如與境遇。」

三、永州八記的山水意境

從第三章及前節所述中，我們已對永州八記有了深刻的印象，本節擬就「意境」立場，再度剖析永州八記。

本文所稱爲「境」者，即人間詞話所謂「眞景物」，所謂「意」者，即人間詞話所謂「眞感情」。文學創作，貴乎有意境，沒有意境的符號，它祇是主觀感覺的形式、材料而已，不算是「完全」的表現。這感覺的材料與形式，是包括景物與感情而言，前者祇是外界現象的紀錄，後者祇是心理狀態的紀錄。前者是無感情的形象，後者是無形象的感情，而二者雖俱爲文學的符號形式，但均缺符號內容所代表的意境。

首先討論「境」，即「眞景物」。我們知道永州八記的寫作，乃是柳氏的精神寄託，盧元昌說：

天欲洗出永州諸名勝：故謫公于此地。觀其窮一境，輒記一筆。千載下，知永州有鈷鉧、石渠、西山、石澗、袁家渴諸地者：皆公之力也。（山曉閣評點《柳柳州全集》卷三記袁家渴記）

又方苞於〈游雁蕩記〉裡云：

永、柳諸山，乃荒陬中一邱一壑。子厚謫居幽旱，以送日月：故曲盡其形容。（見商務四部叢刊初編《方望溪先生全集》卷十四，頁211）

所謂「觀其窮一境，輒記一筆」，或爲想當然耳之辭，但所描繪的景物，至少皆是親身其境，且有很深的體悟，則是不爭之事實，又從前節所述，我們知道八記最大的特質乃在於「刻雕眾形，無不備肖。」亦即是描繪景物，栩栩如生。又因其處境不同，感觸之差異，形之於筆端則以「奇特」爲主。這種「奇特的」語言魔力，正是後人所不能及之處，蓋無其處境、感觸使然。林紓於〈春覺齋論文〉：

> 記山水則子厚爲專家，昌黎不能及也。子厚之文，古麗奇峭，似六朝而實非六朝；由精于小學，每下一字必有根據，體物既工，造語尤古，讀之令人如在鬱林、陽朔間；奇情異采，匪特不易學，而亦不能學。（據明倫版《柳宗元資料彙編》，頁 571～572 引）

其次，論其「意」，亦即是「眞感情」，或謂眞情生於至性，眞情非矯飾可躋。李辰冬先生謂文學的內容，即意識，也就是文學的價值。而意識是作者的理想透過實踐後所激出的情感。〔註 41〕因此我們說，文學作品的基本內容，是意識，而所謂的意識，亦即是指生命意識，申言之，生命意識有兩種根本的型態：「情境的感受」與「生命的反省」。一般說來，「情境的感受」只是生命意識的初步喚醒，它的充分開展則必然是一種「生命的反省」的狀態。所謂的「生命的反省」，事實上正是一種基於「情境的感受」中對情境狀況與自我反應的同時感知，而發展出來的更進一步的對於自我與世界之適當關係的尋求；這種尋求裡包涵了認識與決定，對於自我與世界之已有或可能關係的認識，以及其適當——亦即願意成有關係之決定。這種認識，必然是一種存在自覺；這種決定，性質上則是一種倫理抉擇。持此，則永州八記裡所呈現的生命意識，就「情境的感受」而言，實有歪曲誇大之嫌疑，就「生命的反省」而言，似乎不夠深入，也就是說其「生命意識」未能加以過濾昇華。僅止于個人型態的生命意識，孫梅於《四六叢話》卷二十一：

> 柳子厚山水記，法度似出於「封禪儀」中，雖能曲折回旋作碎語，然文字止於清峻峭刻，其體便覺卑薄。（據明倫版《柳宗元資料彙編》頁 699 引）

所謂「其體便覺卑薄」，即指內容而言，柳氏雖主張「爲文以神志爲主」，但按之實際，子厚於永州山水，似已默契心中，亦似深自有樂。但事實上，其不平之氣，時落痕跡，蓋其才氣鋒芒，銳利仍未銷磨。是以其「生命意識」的啓示性的經驗仍嫌不足。〔註 42〕

〔註 41〕參見東大版李辰冬《文學新論》頁 12～38。

〔註 42〕本處參見《中外文學》第六卷十二期、第七卷一期柯慶明〈文學美綜論〉。

綜上所論，永州八記就「境」而言是「奇特」；就「意」而言是個人型態的生命意識。因此就其意境而言，似爲悲壯，而事實上卻有酌量的餘地。申言之悲壯藝術，僅存於人類之中，是人的處境的表現，當人面對他所依存的環境，以及諸般威脅著人類的巨大勢力，所產生的作爲或反應，所流露出的宇宙觀或人生觀。因此悲壯不是現實感情的悲哀，我們在生命的旅程上遇到自然力或人力的打擊而生的痛苦，那是悲哀，而未必即爲悲壯；悲壯不存在哀傷痛苦之時，而是存在于崇高的意志表現，結局陷于破滅的境遇中；也就是說，悲壯是人格價值破滅時所生的倫理性的東西。持此，永州八記的山水境界之未能達於眞正的悲壯。乃在於他的倫理抉擇不盡正確，這種的不正確，或源於「情境的感受」之偏差，而導致「生命的反省」之不足，因此未能成爲一種啓示——一種在我們正視人生，以尋求更眞實而豐盛的完遂生命之可能與意義之際，所必須面對的種種抉擇中，能夠給于助益的啓示。就中國詩教而言，不夠溫柔敦厚，就顏之推而言，是「露才揚己，顯暴君過。」（《顏氏家訓・文章篇》）從永州八記中我們可以發現這些作品不是僅僅對自然的讚美，而是充滿著對他自己不當的境遇的無限的憤慨，這是他的生活的告白，遺憾的是昇華不足，時落痕跡。

第五節　餘　論

有關柳宗元永州八記的研究，已詳敘如上。而本章擬討論有關永州八記的某些問題，以做爲本論文的結束。

一、永州八記的承受問題

從鍾嶸的詩品起，我們的批評家總是喜歡說某人承某人，或是某人學某人，這種獨斷式的批評，有時並不能搔到文學的癢處，反而成爲文學鑑賞的包袱，有關永州八記的承受問題，其可見的說法如下：

楊愼於《丹鉛雜錄》卷四：

> 空遊：柳子厚〈小石潭記〉：「潭中魚可百許頭，皆若空遊無所依。」此語本之酈道元〈水經注〉：「淥水平潭，清潔澄深，俯視遊魚，類若乘空。」沈佺期詩：「魚似境中懸。」亦用酈語意也。」（據《柳宗元資料彙編》，頁 238 引）

愛新覺羅弘曆於《唐宋文醇》評語卷十六：

酈道元〈水經注〉，史家地理志之流也。宗元「永州八記」，雖非一時所成，而若斷若續，令讀者如陸務觀詩所云：「山重水複疑無路，柳暗花明又一邨」也。絕似「水經注」文字，讀者宜合而觀之。（據《柳宗元資料彙編》，頁 429 引）

盧天昌於《山曉閣評點柳柳州全集》卷三：

（至小丘西小石潭記）山水奇致，非公不能畫出。公小記。大略得力於水經注。（據《柳宗元資料彙編》，頁 324 引）

劉熙載於《藝概》卷一：

酈道元敘山水，峻潔層深，奄有楚辭「山鬼」「招隱士」勝境。柳柳州遊記，此其先導耶（據《柳宗元資料彙編》頁 525 引）

陳衍於《石遺室論文》

柳文：人皆以雜記爲第一，雖方姚不能訾議。蓋於古書，類能採取其精鍊處也。（據〈柳宗元永州游記校評〉本頁 84 引）

又評〈鈷鉧潭西小丘記〉……

案「嶔然相累」四句，狀潭處向上向上之石，工妙絕倫。殆即從「無羊」詩「或降於阿，或飲於池」名句悟出。後「清冷之狀」四句，與此相映帶，用「考工記」「進與馬謀，退與人謀」句法，可謂食古能化。（據《柳宗元資料彙編》，頁 559 引）

又評〈袁家渴記〉

起亦〈黃溪記〉起法，餘則用楚辭、漢賦、六朝、初盛唐詩意寫之。考王應麟《困學紀聞》卷十七〈游黃溪記：倣太史公西南夷傳〉。（據《柳宗元資料彙編》，頁 559）

孫梅《四六叢話》卷二十一：

柳子厚山水記，法度似出於「封禪儀」中，雖能曲折回旋作醉語，然文字止於清峻峭刻、其體便覺卑薄。（據《柳宗元資料彙編》，頁 699 引）

吳德旋《初月摟文鈔》卷一：

書柳子厚文集……記柳永諸山水及他雜文，時出入屈原、莊周。（據《柳宗元資料彙編》頁 707 引）

林紓《春覺齋論文》：

記山水則子厚爲專家，昌黎不能及也。子厚之文，古麗奇峭，似六朝而實非六朝；由精于小學，每下一字必有根據。（據《柳宗元資料彙編》，頁 571～572 引）

趙善湛〈柳文後跋〉：

前輩謂子厚在中朝時所爲文，尚有六朝規矩，至永州，始以三代爲師，下筆高妙，直一日千里。（見《柳河東全集》頁 563）

綜括以上各家的說法，永州八記的承受淵源有：

1. 無羊（詩經小雅篇名）
2. 屈原、莊周。
3. 楚辭、漢賦、六朝、初盛唐詩意
4. 水經注
5. 史記（指西南夷列傳、封禪記）
6. 考工記
7. 精於小學
8. 以三代爲師
9. 採取古書精萃處

以上前六者是直接指明永州八記（或某記）的承受對象，後三者是說明永州八記之所以突出的原由。永州八記合計全文僅有 1902 字，而各記多者三百餘字，少者不及 200 字，在這短短的二、三百字中，若說一定學自某人，則未免太低估柳宗元。申言之，就文章裡一兩句相似之語法，則論定學古人，不能化盡模仿的痕跡，似欠客觀，況且修辭、布局等技巧，乃學術之公器，人人可得而用之，是以所謂承受關連等問題，實有商討之必要，其中言之鑿鑿，炫人耳目的是與水經注之關係，事實上相同的體制，其間亦必有共同的特性，乃是不爭的事實，又何必爲古人作解，不得已則論其淵源，雖不中亦不離譜。特此，則後三者不失言簡切題。柳宗元要求爲文必須以「神志」爲主。而文章必須「辭」「道」兼顧，亦即是取道於五經，而拓宇於諸子，亦即是以經爲體，諸子爲用，旁推交通，方構成「明道」文章，以下試引柳氏自述文學淵源及爲文要旨各一段，以做文本節的結束。〈答韋中立論師道書〉：

本之書以求其質，本之詩以求其恆，本之禮以求其宜，本之春秋以求其斷，本之易以求其動，此吾所以取道之原也。參之穀梁氏以厲其氣，參之孟、荀以暢其支，參之莊、老以肆其端，參之國語以博

其趣，參之離騷以致其函，參之太史公以著其潔，此吾所以旁推交通，而以爲文也。（世界版頁 359）

又〈與揚京兆憑書〉云：

凡爲文以神志爲主，自遭責逐，繼以大故，荒亂耗竭，又常積憂，恐神志少矣，所讀書隨又遺忘，一二年來，痞氣尤甚，加以眾疾，動作不常，眊眊然騷擾內生，霾霧填擁慘沮，雖有意窮文章，而病奪其志矣。（頁 325）

二、永州八記的關聯性

永州八記之間，是否有關聯性，常安於《古文披金》評語卷十四柳文：

西山八記，脈絡相通，若斷若續。合讀之，更見其妙。（據《柳宗元資料彙編》頁 387 引）

又愛新覺羅弘曆於《唐宋文醇》評語卷十六：

酈道元〈水經注〉，史家地理志之流也。宗元「永州八記」，雖非一時所成，而若斷若續，令讀者如陸務觀詩所云：「山重水複疑無路，柳暗花明又一邨」也。絕似〈水經注〉文字，讀者宜合而觀之。（據《柳宗元資料彙編》，頁 429 引）

以上兩人認爲八記雖非同時所作，但其間脈絡相通，合讀，更見其妙。而目前則有人認爲其間關聯性很密切。徐善同於《柳宗元永州游記校評》後記：

余嘗爲《評柳宗元永州游記》，而書其後曰：「永州諸記：可以始得西山宴遊記、鈷鉧潭記、鈷鉧潭西小丘記、至小丘西小石潭記之序，爲一組；袁家渴、石渠記、石澗記之序，爲一組；以時地分。其間：復以西山與鈷鉧、小丘與小石潭、袁家渴與石渠與石澗之聯繫較密；而尤以渠、澗二篇爲最；袁家渴與石渠、石澗次之；小丘與小石潭又次之；西山與鈷鉧又次之。則以文意言也。而西山、鈷鉧、小丘、小石潭、袁家渴、石渠、石澗七篇：連緜而下，實一氣呵成。游黃溪記：有「永最善」之語，宜居諸篇之首。雖以諸篇之「序」目之：可也。小石城山記：以自傷不遇作結。若以之爲諸篇之總結，亦可也，宜殿焉。則永州諸記：於柳集，可自成其體系矣！

又黃慶萱於〈古文新探之二・始得西山宴游記〉析評云：

由於此記是「永州八記」中的一篇，所以談到篇章結構，必須從永

> 州八記說起。永州八記由〈始得西山宴游記〉始；次篇〈鈷鉧潭記〉，開頭點清「鈷鉧潭在西山西」，乃承西山記而來；三爲〈鈷鉧潭西小丘記〉，起句「得西山後八日」，亦跟西山入；四爲〈西小丘西小石譚記〉，與上篇相接；五爲〈袁家渴記〉，起法一變，首日「由冉溪西南水行十里，山水之可取者五，莫若鈷鉧潭；由溪口而西，陸行可取者八九，莫若西山；由朝陽巖東南水至蕪江，可取者三，莫若袁家渴。皆永中幽麗奇處也。」由鈷鉧潭，西山陪出袁家渴，蓋撫《史記‧西南夷傳》筆法；六爲〈石渠記〉，言「自渴西南行，不能百步，得石渠」事；七爲〈百澗記〉云「石渠之事既窮」，又得「石澗」事；殿以〈小石城山記〉，以「自西山道口往北」發端，與〈始得西山宴游記〉首尾貫聯。綜觀八記，上遞下接，廻環往復，結構自然奇妙。（見65年2月7日中央日報副刊）

綜括以上兩人所論，值得商討者有二：

1. 八記首尾貫聯，實一氣呵成。
2. 黃溪記是永州諸記的「序」，而「小石城山記」是諸記的總結。

兩人所以有如此的論調，在於「形式構架」的執著，因而置作者的創作時空背景及創作心靈活動於不顧。申言之，文學研究理當外緣與本文研究齊進，形式批評雖有其效用，自不能置已知的外緣事實於不顧。永州八記以時空、文意而論，可分成兩組，這是不爭的事實，前一組的寫作時間在元和四年的九月二十八日以後，後一組的寫作時間是在元和七年。其間相距至少有兩年的時間，若說其間首尾貫聯，一氣呵成，實有抹煞事實之嫌。又永州八記之所以分爲兩組，乃因創作心理活動使然。元和四年子厚曾有書詒翰林學蕭俛、李建，京兆尹許孟容等陳情，請除罪移官，但因忌其才高，加以敵對阻擾，無人敢爲之用力。因此形之於文章，則有〈始得西山宴遊記〉的那種傷心人別有的懷抱，〈鈷鉧潭記〉的無限感慨，〈鈷鉧潭西小丘記〉的自弔，〈至小丘西小石潭記〉的悽楚，一掃前時那種的自責而以自憐的心態出現。至元和七年，這種心境多少或能釋然，因此書之於文章，亦較爲平淡，所以〈袁家渴記〉、〈石渠記〉、〈石澗記〉則較重寫實，而少涉議論，此爲期待心理，但午夜夢迴，仍是感懷無端，是以〈小石城山記〉，以石之瑰瑋，吐胸中之氣，此亦人之常情，亦即期待落空的正常心態。並非刻意之安排。申言之，柳氏記游對象是永州城裡的山水，其間相距很近，甚至有連成一體者，再加上八記裡所表現的主題含意可說相近，祇是在文字巧加變化。因此在文章裡自是息息相關，有脈絡可尋，又是不爭事實。至於說〈游黃溪記〉是爲諸記之序文。則不明「永州八記」的原由。案黃溪距永州州治七十里，與永州八記拉不上關係，再說其寫作年代是元和八年五月十六日，遠在八記之後，若說爲諸記序文，則不知如何說起？

三、八司馬與永州八記

永州八記是否與八司馬有關聯，黃慶萱於〈始得西山宴游記〉析評云：

> 「八記」與「八司馬」會不會有關聯呢？我忽然作如此想。八記中最後一記〈小石城山記〉，最後拾貳句是這樣的：「或曰：以慰夫賢而辱於此者；或曰：其氣之靈，不爲偉人，而獨爲是物，故楚之南少人而多石。是二者，余未信。」對於「八記」與「八司馬」的關係，讀者不妨當作一個「或曰」，同時我也要以「余未信之」結束此文。

「永州八記」不僅是柳宗元遨遊山水的紀錄，更是他潛意識中對自己及自己所交遊的人物特出人格的認定。這種的認定我們可以從「八記」的主題含意中看出。由此可知「八記」或爲「八司馬」的象徵。考柳集原文，可見與「八記」「八司馬」的記載如下：

〈解崇賦〉云：

> 柳子既謫，猶懼不勝其口。筮以玄，遇干之八。（見世界版《柳河東全集》，頁 23）

〈觀八駿圖說〉：

> 古之書有記周穆王馳八駿升崑崙之墟者，……然而世之慕駿者，不求之馬。而必是圖之似。故終不能有得於駿也。慕聖人者，不求之人，而必若牛若蛇若倛部之間，故終不能有得於聖人也。誠使天下有是圖者舉而焚之。則駿馬與聖人出矣。（世界版《柳河東全集》，頁 206）

〈愚溪詩序〉：

> ……故更之爲愚溪，愚溪之上，買小丘爲愚丘，自愚丘東北行六十步，得泉焉，又買居之爲愚泉。愚泉凡六穴。皆出山下平地，蓋上出也。合流屈曲而南爲愚溝。遂負土累石，塞其隘爲愚池。愚池之東爲愚堂，其南爲愚亭，池之中爲愚島。……於是作八愚詩，紀于

> 溪石上。（見世界版《柳河東全集》，頁 274）

又〈法華寺西亭夜飲賦詩序〉：

> 是夜。會茲亭者凡八人，既醉，克己欲志是會以貽于後，咸命爲詩，而授余序。（見世界版《柳河東全集》，頁 275）

附錄　永州八記

之一：始得西山宴游記

自余爲僇人，居是州，恒惴慄。其隙也，則施施而行，漫漫而遊，日與其徒上高山，入深林，窮迴溪，幽泉怪石，無遠不到。到則披草而坐，傾壺而醉，醉則更相枕以臥。臥而夢，意有所極，夢亦同趣。覺而起，起而歸。以爲凡是州之山水有異態者，皆我有也，而未始知西山之怪特。

今年九月二十八日，因坐法華西亭，望西山，始指異之。遂命僕過湘江，緣染溪，斫榛莽，焚茅筏，窮山之高而止。

攀援而登，箕踞而遨，則凡數州之土壤，皆在衽席之下。其高下之勢：岈然、洼然，若垤、若穴。尺寸千里，攢蹙累積，莫得遯隱。縈青繚白，外與天際，四望如一；然後知是山之特出，不與培塿爲類，悠悠乎與灝氣俱，而莫得其涯；洋洋乎與造物者游，而不知其所窮。引觴滿酌，頹然就醉，不知日之入。蒼然暮色，自遠而至。至無所見，而猶不欲歸。心凝形釋，與萬化冥合，然後知吾嚮之未始游，游於是乎始，故爲之文以志。是歲，元和四年也。

之二：鈷鉧潭記

鈷鉧潭在西山西。其始蓋冉水自南奔注，抵山石，屈折東流。其顛委勢峻，盪擊益暴，齧其涯，故旁廣而中深，畢至石乃止。流沫成輪，然後徐行。其清而平者且十畝，有樹環焉有泉懸焉。

其上有居者，以予之亟游也；一旦，款門來告曰：「不勝官租私券之委積，既芟山而更居，願以潭上田貿財以緩禍！」

予樂而如其言。則崇其臺，延其檻，行其泉於高者墜之潭，有聲潀然。尤與中秋觀月爲宜，於以見天之高，氣之迥。孰使予樂居夷而忘故土者，非茲潭也歟？

之三：鈷鉧潭西小丘記

得西山後八日，尋山口西北道二百步，又得鈷鉧潭。

西二十五步，當湍而浚者爲魚梁。梁之上有丘焉，生竹樹。其石之突怒偃蹇、負土而出、爭爲奇狀者，殆不可數。其嶔然相累而下者，若牛馬之飲于溪；其衝然角列而上者，若熊羆之登于山。丘之小，不能一畝，可以籠而有之。

問其主，曰：「唐氏之棄地，貨而不售。」問其價，曰：「止四百。」余憐而售之。

李深源、元克己時同遊，皆大喜，出自意外。即更取器用，剷刈穢草，伐去惡木，烈火而焚之。嘉木立，美竹露，奇石顯。由其中以望，則山之高，雲之浮，溪之流，鳥獸之遨遊，舉熙熙然迴巧獻技，以效茲丘之下。枕席而臥，則清泠之狀與目謀，瀯瀯之聲與耳謀；悠然而虛者與神謀，淵然而靜者與心謀。不匝旬而得異地者二，雖古好事之士，或未能至焉。

噫！以茲丘之勝，致之灃鎬鄠杜，則貴游之士爭買者，日增千金而愈不可得。今棄是州也，農夫、漁夫過而陋之。賈四百，連歲不能售。而我與深源、克己獨喜得之。是其果有遭乎？書於石，所以賀茲丘之遭也。

之四：至小丘西小石潭記

從小丘西行百二十步，隔篁竹，聞水聲，如鳴珮環，心樂之。伐竹取道，下見小潭，水水尤清洌。全石以爲底，近岸，蜷石底以出。爲坻，爲嶼，爲堪，爲巖。青樹翠蔓，蒙絡搖綴，參差披拂。

潭中魚可百許頭，皆若空游無所依；日光下澈，影布石上，佁然不動；俶爾遠逝，往來翕忽，似與遊者相樂。

潭西南而望，斗折蛇行，明滅可見，其岸勢犬牙差互，不可知其源。

坐潭上，四面竹樹環合，寂寥無人，淒神寒骨，悄愴幽邃。以其境過清，不可久居，乃記之而去。

同遊者：吳武陵、龔古、余弟宗玄；隸而從者：崔氏二小生：曰恕己，曰奉壹。

之五：袁家渴記

由冉溪西南，水行十里，山水之可取者五，莫若鈷鉧潭；由溪口而西，陸行，可取者八、九，莫若西山；由朝陽巖東南，水行，至蕪江，可取者三，莫若袁家渴：皆永中幽麗奇處也。

楚、越之間方言，謂「水上反流者」爲「渴」，音若「衣褐」之「褐」。渴，上與南館高嶂合，下與百家瀨合，其中重洲、小溪、澄潭、淺渚，間廁曲折。平者深黑，峻者沸白。舟行若窮，忽又無際。

有小山，出水中。山皆美石，上生青叢，冬夏常蔚然。其旁多巖洞，其下多白礫。其樹多楓、柟、石楠、楩、櫧、樟、柚。草則蘭、芷。又有異卉，類合歡而蔓生，轇轕水石。每風自四山而下，振動大木，掩苒眾草，紛紅駭綠，蓊葧香氣；衝濤旋瀨，退貯谿谷；搖颺葳蕤，與時推移。其大都如此，余無以窮其狀。

永之人未嘗游焉；余得之，不敢專也，出而傳於世。其地世主袁氏，故以名焉。

之六：石渠記

自渴西南行，不能百步，得石渠。民橋其上，有泉幽幽然，其鳴乍大乍細。渠之廣，或咫尺，或倍尺；其長可十許步。其流抵大石，伏出其下。

踰石而往，有石泓，昌蒲被之，青鮮環周。

又折西行，旁陷巖石下，北墮小潭。潭幅員減百尺，清深，多儵魚。

又北曲行紆餘，睨若無窮，然卒入于渴。其側皆詭石怪木，奇卉美箭，可列坐而庥焉。風搖其顛，韻動崖谷；視之既靜，其聽始遠。

予從州牧得之，攬去翳朽，決疏土石。既崇而焚，既釃而盈。惜其未始有傳焉者，故累記其所屬，遺之其人，書之其陽，俾後好事者求之，得以易。

元和七年正月八日，蠲渠至大石，十月十九日，踰石得石泓小潭，渠之美，於是始窮也。

之七：石澗記

石渠之事既窮，上由橋西北，下土山之陰，民又橋焉。其水之大，倍石渠三之一。亘石爲底，達于兩涯，若牀、若堂，若陳筵席，若限閫奧。水平布其上，流若織文，響若操琴。揭跣而往，折竹，掃陳葉，排腐木，可羅胡牀十八九。居之：交絡之流，觸激之音，皆在牀下；翠羽之木，龍鱗之石，均蔭其上。

古之人，其有樂乎此邪？後之來者，有能追余之踐履邪？得意之日，與石渠同。

由渴而來者，先石渠，後石澗；由百家瀨上而來者，先石澗，後石渠。

澗之可窮者，皆出石城村東南。其間可樂者數焉。其上深山幽林，逾峭險，道狹不可窮也。

之八：小石城山記

自西山道口，徑北，踰黃茅嶺而下，有二道：其一西出，尋之無所得；其一少北而東，不過四十丈，上斷而川分，有積石橫當其垠。其上爲睥睨梁欐之形，其旁出堡塢，有若門焉。窺之正黑，投以小石，洞然有水聲，其響之激越，良久乃已。環之可上，望甚遠，無土壤而生嘉樹、美箭，益奇而堅，其疏數偃仰，類智者所施設也。

噫！吾疑造物者之有無久矣。及是，愈以爲誠有。又怪其不爲之於中州，而列是夷狄，更千百季不得一售其伎，是固勞而無用。神者儻不宜如是，則其果無乎？

或曰：「以慰夫賢而辱於此者。」或曰：「其氣之靈，不爲偉人而獨爲是物。故楚之南少人而多石。」是二者，余未信之。

主要參考書目

（一）

1. 《柳河東全集》，宋廖瑩中注，世界書局。
2. 《柳河東全集》，明蔣之翹輯注，中華書局。
3. 《柳河東集》，河洛圖書出版社。
4. 《五百家注柳先生集四庫珍本》，商務印書館。

5. 《柳宗元永州遊記校評》，徐善同撰述，長春山房藏版。
6. 《柳宗元文》，胡懷琛選注，商務人人文庫本。
7. 《唐宋八大家文選》，國語日報社。
8. 《短篇遊記讀本》，柳宗元等，新文豐出版公司。
9. 《柳宗元資料彙編》，明倫出版社。

(二)

1. 《舊唐書》，劉昫撰，藝文印書館。
2. 《新唐書》，歐陽修、宋祁撰，藝文印書館
3. 《韓昌黎文集》，馬其昶校注，世界書局。
4. 《韓昌黎詩繫年集釋》，錢仲聯集釋，世界書局。
5. 《唐代政治述論稿》，陳寅恪著，商務印書館。
6. 《中國政治思想史》，蕭公權著，中華文化事業出版社。
7. 《中國政治思想史》，薩孟武著，三民書局。
8. 《唐代宦官權勢之研究》，王壽南編著，正中書局。
9. 《唐史》，章群著，中華文化出版事業委員會。
10. 《中國文學發達史》，劉氏，中華書局。
11. 《中國文學批評史》，郭紹虞著，明倫出版社。
12. 《中國散文史》，陳柱著，商務印書館。
13. 《隋唐文學批評史》，羅根澤著，商務印書館。
14. 《中國散文論》，方孝岳著，清流出版社。
15. 《古文通論》，馮書耕、金仞千著，雲天出版社。
16. 《唐宋八大家評傳》，張樸民著，學生書局。
17. 《中國八大散文家》，蔡義忠著，南京出版社。
18. 《文學十家傳》，梁容若著，東海大學出版。
19. 《韓柳文研究法》，林紓著，廣文書局。
20. 《駢文與散文》，蔣伯潛著，世界書局。
21. 《精神醫學》，徐靜著，水牛出版社。
22. 《人格心理學》，李序僧編著，台灣教育廳出版。
23. 《散文結構》，方祖燊、邱燮友著，蘭台書局。
24. 《文藝美學》，王夢鷗著，新風出版社。
25. 《藝術的奧秘》，姚一葦著，開明書店。

26. 《文學與生活》，李辰冬著，水牛出版社。
27. 《文學新論》，李辰冬著，東大圖書公司。
28. 《騁思摟隨筆》，邱言曦著，時報出版公司。

（三）

1. 〈柳子厚家世考述〉，段醒民，《台北商專學報》第三期，頁439～470。
2. 〈柳宗元〉，台靜農，中華文化出版事業委員會《中國文學史論集》冊二，頁389～398。
3. 〈柳子厚年譜〉，羅聯添，《學術季刊》。
4. 〈中國山水詩的特質〉，林文月，《中外文學》第三卷第八期64年元月，頁152～179。
5. 〈「始得西山宴游記」析評〉，黃慶萱，《中央日報》65年2月11日副刊。
6. 〈我讀「始得西山宴游記」〉，黃得根，《中央日報》65年3月28日副刊。
7. 〈從聲韻學看文學〉，丁邦新，《中外文學》第四卷第一期（64、6）頁128～147。
8. 〈散文專輯〉，《中外文學》第六卷第一期（66、6、1）。
9. 〈文學美綜論〉上中下，柯慶明，《中外文學》六卷十二期七卷一、二期（67、5、6、7）。
10. 〈柳宗元的生活體驗及其山水記〉，（日本）清水茂、華岳節譯，學生書局《中國文學史論文選集》冊三。頁1049～1072。
11. 〈柳宗元二篇山水記的分析〉，羅聯添，學生書局《中國文學史論文選集》冊三，頁1073～1082。

笑話研究

第一節　緒　言

「笑話」一詞，上一字是動詞，下一字是名詞。這種結構關係，就文法而言，是屬於組合關係，他稱爲「詞組」。動詞是屬於加詞，名詞則是端詞。在加詞和端詞之間有時可加關係詞。而「笑話」一詞，卻已密切組合到不可加入關係詞的地步，因此「笑話」已經成爲組合式合義複詞，不能還原成爲詞組了。但就語意而言，卻仍有兩種不同的意思。一種是指能引人發笑的話或事情；另一種則有輕視別人的意思。而本文則取義前者。

笑是人類獨有的特權，但做爲藝術形式之一的笑話，就美的範疇而言，它是屬於滑稽的藝術，這種滑稽藝術，可以使人愉悅，使人發笑，或者說可以使人產生一種滑稽感。它的特質在於蘊含的醜。這種醜不含不快的性質，也不含同情之性質，它是瑣屑的，而非嚴肅的，它是低於我們一般人的精神價值水平，更重要的是它是自對比中產生，也就是說這種滑稽係起於一種心理的對比所產生的意外感。

滑稽有「絕對滑稽」與「有意義的滑稽」之分，所謂絕對滑稽是指滑稽的目的只是滑稽的本身，不含任何用意或目的。這是人人所具有，不假外求。史記有滑稽列傳，其滑稽即指語言的滑稽而言，也就是今日通稱的笑話，這種笑話是指語言的俳諧、便捷與通俗，可發人一笑。由此可知，我們也是一個喜歡玩笑的民族。直到清末民初，由於西風東漸，於是乎 Humour 與幽默並世。

林語堂認為幽默是我們中國人的德性之一，打從孔子起我們就懂得幽默，他說孔子是最近人情的，孔子是恭而安，威而不猛，並不是道貌岸然。論語一書，有許多幽默語。因為孔子腳踏實地，說很多入情入理的話，衹可惜前人理學氣太重，不曾懂得。而老子、莊子更是幽默大師。莊子青出於藍，更勝於藍，太史公說他：

其學無所不闚，然其要本歸於老子之言，故其著書十餘萬言，大抵寓言也。作漁父、盜跖、胠篋以詆訿孔子之徒，以明老子之術。畏累虛、亢桑子之屬，皆空語無事實。然善屬書離辭，指事類情，用剽剝儒墨，雖當世宿學，不能自解免也。其言洸洋自恣以適己，故王公大人不能器之。（史記老莊申韓列傳）

莊子「寓言十九、重言十七，巵言日出」的語言藝術，口才犀利，冷嘲熱諷，罵盡天下英雄。笑話得很，却沒有一個人對他不口服心服。衹是大家都知道那是不著邊際的笑話而已。這種笑話雖不是「不正經語」；却也不能算是「正經語」。雖然笑話可以說理或寓理，但終歸是小道，「雖小道，必有可觀者焉；致遠恐泥，是以君子不為也。」（論語子張篇子夏語）而後，中國的笑話衹能留存民間，成為應付人生的方法之一。但其間仍有人鈔錄笑話成書，並且添加解釋評語。我國的笑話書，以明清兩代為多，當時記錄的人雖沒有作進一步的整理或研究；或在記錄之後做個評價，可是他們也有自己序說他們為什麼要記述笑話的理由，以下列舉四位以見他們對笑話的評價。

第一位是明朝的趙南星，他在「笑贊」裡說：

一、為之解頤，此孤居無悶之一助也。

二、可以談名理，通世故。

三、染翰舒文者，能知其解，其為機鋒之助。

第二位也是明朝的，馮夢龍氏序「笑府」說：

一、或閱之而喜，請勿喜；或閱之而嗔，請勿嗔。

二、古今世界一大笑府，我與若皆其中供話柄。

第三位是清代寫「笑例」的陳皋謨氏說：

一、大地一笑場，裔腔種種，醜狀般般。我欲大慟一番，既不欲浪擲此閒眼淚；我欲埋愁到底，又不忍鎖殺此瘦眉尖。客曰：「聞有買笑征愁法。」

第四位是定名他的笑話書為「笑得好」的石成金氏說：

一、正言聞之欲睡，笑話聽之恐後，今人之恆情。夫既以正言訓之而不聽，曷若以笑話怵之之爲得乎？

二、但願聽笑者入耳警心，則人性之天良頓復，遍地無不好之人。（以上據正中版「五十年來的中國俗文學」頁 102～103）

以上四位對笑話的看法，可說是前人的代表的意見，也可以算是對笑話的評價，「五十年來的中國俗文學」一書則歸納如下：

一、笑話是解愁却悶的消遣品。

二、笑話是人生空幻的哲理。

三、笑話是針砭人心的烈性藥物。

四、笑話是人生處世的準繩。

五、笑話是文學寫作的參考物。（見該書頁 103）

傳統的看法，雖缺之理論的詮釋，却也有他們的眞知與灼見。前人所謂「神仙樂事君知否？只比人間多笑話。」，「一日三笑，百病跑掉。」正是不易的眞理。衡之於今日，笑話具有調劑精神，平息忿怒，增進友誼，消散愁慮，輔助消化及延年益壽等說法，事實上，並間並無不同。

在民國初年，笑話依舊是文人筆下的消遣作品，直到民國十三年間，它才昂然地擡起頭來；並且登堂入室的納入于民俗學範圍之內的民俗文學一部分。而後，笑話被認爲是中國民俗學研究的重要資料，爲中國學者們所重視。於是有人公開徵集、整理、發表和作爲學術研究。不幸神州淪陷後，這種整理與研究遂亦因而中衰。

由於取得民俗學的許可證，遂也爲教育學所認同。民國十八年全國中小學課程起草完成，其中幼稚園課程列爲事項，訂爲幼稚園課程暫行標準。其課程第二項「故事和兒歌」內容，皆屬民俗文學，舉凡神仙故事、民間傳說、物語、歷史故事、笑話、寓言、兒童歌謠、謎語皆包括在內。至六十四年十二月二十七日教育部修正公布幼稚園課程標準；其課程第五項「語文」有「故事歌謠」，即原來「故事和兒歌」的增添，內容亦以民俗文學爲主。又內政部於民國六十二年八月二十三日公布「托兒所設施標準」，其教保活動中，亦有「故事與歌謠」一項，內容也是民俗文學。（有關上述課程標準請參見宋海蘭台北市師專版「幼稚教育資料彙編」下冊）民俗文學具有民族性、傳統性、鄉土性、群體性、口語性、和合性等性質（詳見正中版「五十年來的中國俗文學」頁 4～5），可說與幼稚兒童的生活息息相關。而「國民小學課程標準」

把「笑話」列於健康教育的課程裏，在「健康的心理」的教材部分，指出從一年級起，就要指導兒童「說笑話」（見正中版，頁 57），可知笑話在兒童教育中所佔的地位。因此一般的兒童文學論述也都有列舉到笑話、謎語。而事實上，據葉可玉在「台灣省兒童閱讀興趣發展之調查研究」一文裡，笑話是最受歡迎的讀物。（見政大學報十六期頁 330）

笑話的效用，已爲生理學、醫學等學術界所印證與認同。笑話對人的身心健康，做人處事都有很大的助益。所謂笑話是用詼諧、有趣的話或事情來製造笑料，引人發笑的文字。笑話的種類形形色色，對兒童來說，許義宗認爲內容應該是：

1. 自然坦率，淺顯易懂，簡短易記，強調熟悉的事情。
2. 要有點兒拐彎抹角，富有動作，想一想才會笑的。
3. 避免取笑兒童「孩子氣」的笑話。
4. 要高雅，不可流於低級和粗俗。（見「兒童文學論」頁 84～85）

笑話的來源，可說是無窮無盡；由古代到現代，我國到外國，到處都有精彩好笑的笑話。因爲笑話和人類的生活息息相關，有人類就有笑話；而笑話的目的就是引人發笑。

說笑話、寫笑話要利用時機，善用感官，多方觀察，隨時記錄笑料；然後蘊釀情緒，加強聯想，最後將其形於口，或著於筆，一則笑話於是產生，尤其有幽默感的人更能創造笑話。

說笑話要運用技巧，先要有興奮的情緒，清晰頭腦，明瞭笑話內容，再喚起兒童的興趣。簡明而有步驟的敘述，更運用不同的聲調和肢體語言來說笑話，這樣才能引人入勝，捧腹大笑。

目前，各種兒童雜誌大都有笑話專欄，且亦有笑話專集，但實際的笑話教學與應用，似乎並不重視。其間僅見仙吉國小的「仙吉兒童文學」廿四期有笑話專輯，考其原因，乃是對笑話本身缺少應有的認識所致，因此不揣陋學，編撰此文，以作爲師專生兒童文學的教材。其間所論有：笑的意義，笑話的性質，略說中國的笑話，怎樣說笑話、幽默等項，旨在提供學生對笑話有個基本的認識與了解。進而能加以應用。其間有「幽默」一項，乃緣於笑話與幽默之間有密切的關聯所致。雖有許多人「笑話」「幽默」不分；但就某一個角度來看，其間確實有相同之處；只是笑話的目的在於引人發笑，而其媒介是語言文字，也就是說它的刺激物是語言文字，反應是笑；而幽默，一方面是笑話的一種表達方式，另一方面可以說是心境之一狀態，更進一步說，即是一種人生觀的觀點，一種應付人生的方法。幽默也能引人發笑，但引人發笑者並不一定就是幽默。可是我們相信，祇有具有幽默感的人，才能說出「謔而不虐」的笑話，因此幽默是笑話的最高層次。

一般說來，說笑話、讀笑話大有人在，而論述笑話的人則不多。就中文著作而言，要以祝振華的「怎樣講故事說笑話」(黎明版 63.4.)「話說笑話」(見黎明版「說話的藝術」頁 52～59)，及姚一葦的「論滑稽」(見開明版「美的範疇論」頁 228～271) 最爲詳盡。尤其是「論滑稽」一文，可說就是笑話的理論。至於「幽默」的論述，則以林語堂爲最多。三人的著述，本文引錄之處頗多，亦有因行文之方便，未及一一註明出處，讀者可從參考書目得知，未敢有掠美之意。

仲父在「笑談的世界」一文裡說:「盡讀台北的笑話書是我這幾年的志願，我已買了不少，也讀了不少，但總跟不上出版，所以盡讀二字，只怕只能當做志願看，根本上是做不到的」(見中副 72.7.22.) 正與我心有戚戚焉，回想個人在笑話的尋求中，可眞是不足爲外人道。如今，始覺笑話就在生活中，此眞爲笑話之笑話，又所列舉用笑話書目，則以古典和平實爲主，至於「限聽」類的笑話，則闕而不錄。

第二節　笑的理論

人類說的話裡，最難說的可能就是笑話，說笑話之難，難在使人發笑。笑是由笑話本身和說笑話的人的各種修養綜合產生的刺激；這種刺激再由聽笑話的人身上產生各種程度不同的適當反應而產生後果。其中最標準的後果便是笑。這種適度的笑的反應，是很難得到的，這就是笑話難說的根本原因。以下就字義本身去了解：

一、笑字釋義

笑是日常的行爲，也是日常的用字，甲骨文、金文不見笑字，許愼的說文解字亦不見此字。今存說文笑字，是徐鉉校定說文所增的十九字之一。而段注認爲笑字是從犬作「笑」。由此引起頗多爭議。張行孚「釋笑」一文說：

> 經傳哭笑字作笑，說文無此字。大徐本則祖李陽冰竹得其風其體夭

屈之說。而於竹末增笑字。段氏則謂笑字從犬而非從夭，謂從夭之訛則始於楊承慶字統。竊嘗反覆其說，從夭固爲穿鑿，從犬亦終武斷，況說文雖有遺漏之字，然必爲字之罕見者，至如笑字，則咥下曰：大笑也。啞下曰：笑也。噱下曰：大笑也。欣下曰笑，喜也。欲下曰：含笑也。又引詩曰：咥其笑矣。引易曰：笑言啞啞。其於本書亦可謂屢見矣，況此爲日用尋常之字，雖三尺童子，亦不至遺忘者，矧許君精力盡在此書，顧善忘若此而不采入乎，竊嘗參考則後，笑之正字，即女部之媄，桂氏馥、鈕氏樹玉謂笑當作芺者近之，蓋媄作芺者，猶瀤褱之作衰，數之作畢毳，钃之作屬，用半字例也，其作笑與笑者，則又芺之訛也，蓋篆之變隸，凡竹則作𥫗，或作竹，而絕少作艹者：凡艸則作艹，或作𥫗，而絕無作竹者，蓋竹與艹，則竹與艸之分限也，據隸釋王政碑笑作咲，而漢書谷永傳、薛宣傳敘傳笑皆作笑，可見笑之變隸，實從艸變艹，而非從竹變也，後人所以訛爲笑者，蓋因隸有從上作笑，亦或有從𥫗作共者，所以誤記爲竹而作笑。（據商務版「說文解字詁林」冊六下頁 1995～1996引）

於是尋根溯源，笑字的原字有下列：

笑、芺、咲、咲、咲

笑字之所以變成今天的笑字。乃由篆變隸，隸變楷所致。案今日所見笑字，據段氏說法是，唐元度九經字樣引楊承慶字統異說，而李陽冰從之，至徐鉉校說文時，則改笑爲笑。李陽冰所謂「竹得其風其體夭屈如人之笑」，乃是說有所悅樂時口出啞啞之聲，甚或身成低易之狀而言。又案字統之說，乃本晉呂忱字林。字林云：

笑喜也。也从竹从夭聲。竹爲樂器，君子樂然後笑。（據「說文解字詁林」冊六下頁 1997 引）

笑本義作「喜」解，持此，可知李陽冰引申爲「竹得風，其體夭屈如人之笑。」可說形聲兼會意。

二、笑的認識

什麼是笑，在外形上，它是面部肌肉不知不覺的扭曲。這種扭曲表示我們看見了離奇、乖張反常的東西而感到有趣。遇到了意外的，我笑；窘迫的，笑；乖張的，也笑；甚至於可笑的對象就是我們自己，也會哈哈大笑起來。但是在生理上的笑中，有不伴隨奇異及喜悅的笑。這是毫無心理要素的笑。假性球麻痺時痙攣的笑，及癲癇發作時所表現的笑均屬之。僅嘴動的笑也是沒有心理原因的。精神病者的「乾笑」，也只顯現笑的表情，而不覺有其動機。因此，笑絕不是完全一樣的。

世界上會笑的動物不多，只有人類和狗科的獸類，左右口角旁有笑肌，猩猩雖頗多似人的地方，可是不會笑，既無笑肌，想必心中也不會有什麼事情覺得可笑。狗和狼也不是用笑肌來欣賞幽默的，而是用於彼此遊戲的。

人和一切動物不同，腦中有語言中樞，於是就起了極大的變化。那麼，什麼是最原始的笑呢？莫理斯（Desmond Morris）在「裸猿」（The Naked Ape __一書裡，曾以動物學家的觀點，討論笑的起源，他認爲哭是與生俱來的，而笑要等到三、四個月後才會表現出來。他說：

> 微笑在初生數週內便開始了，但起初並不是對了某一件目標而笑。到了第五個星期，微笑才成了某種刺激的反應。嬰兒的眼睛現在才能集中焦點。起初它最注意的是一雙看了它的眼睛。甚至紙上畫兩圈也會受到同樣的注意。再過幾星期，嘴也成爲必需。要兩只黑圈下面多加一條嘴痕，才能使嬰兒做微笑的反應。慢慢的這嘴的畫像也必須擴大，同時眼睛也漸漸失去其主要刺激性。在這時候，大概是三個月到四個月，嬰兒的反應有選擇，它已從任何臉都可以安慰它的階段，進入只有母親的臉是親密的階段。那父母印刻嬰兒的步驟已經開始了。
>
> 在這反應的發展中，有件事可奇妙。在認識圖案時，嬰兒簡直無能力分辨四方形或三角形，或任何明朗的幾何圖形。似乎在嬰兒的認識能力中，天賦的對人像有鑑賞能力，而對其他形態的視覺感應，卻不發達。這樣的限止能保障嬰兒只受正當當的印刻，避免它被身畔無生命物件所印刻。
>
> 到了嬰兒七個月時，它已經完全受了它母親的印刻，無論它母親作什麼，她在兒女一生中能保持著母親的地位。小鴨子跟著母鴨子走而因之認母，幼猩緊抓著母猩而因之認母，我們卻從微笑中舉行這認母的過程。
>
> 在視覺來說，微笑的主要動作是唇角向上略升。嘴可能有點張開，

嘴唇向後縮，好像是受了驚嚇一樣，但嘴角的上升就完全將表情變得不是怕了。這個發展可能帶來另一個相同的臉部表情，嘴向下撇。把嘴改得恰巧相反於笑容，這表情成爲「反笑」。正如暢笑出自啼哭，微笑出自暢笑，這不友善的面孔（像擺錘一樣搖擺回來），出自友善的面孔。

但微笑不是嘴的綫條移改。我們成人可以用嘴略扭曲表達了笑意，但嬰兒的微笑卻充滿了生命力。微笑到最高度時，它的腳在空中踢舞，它的手向目標物抓拿，還咿呀的發著聲音，頭往後倒，下巴伸出，身軀前倒或幾向一邊，誇張的呼吸，眼睛發光或微閉，皺紋或許在眼下或眼旁或鼻樑上出現，鼻與嘴之間的皮膚加深其凸凹，舌也許伸出。總之，它身體的各種動作似乎都在掙扎，想和它的母親靠攏。也許這都是遺傳自猩猴的本能，嬰兒的動作雖然笨拙，但它仍是和猴類一樣想抓緊母親。（以上見純文學版李廉鳳譯本頁 78～80）

總之，我們認爲只有人才能發笑或使人發笑。對人來說，笑是一種簡單又愉快的運動。現代醫學知識告訴我們，笑對心臟有益，能調節過高的過低的血壓，促進消化，增強活力，並延長生命。這些醫學觀點並已得到學術界的印證；笑的動作能鬆弛心臟，促進血液循環，幫助肺部呼吸。同時對胃及其他器官均有益處。笑也能鬆弛緊張，促進身體健康的感覺。

三、笑的理論

就中文辭彙而言，笑有：微笑、冷笑、嘲笑、狂笑、哂笑、莞爾而笑、大笑、哈哈笑、傻笑、呆笑、苦笑、乾笑、失笑、含笑、哭笑、哄笑、阿諛的笑、害臊的笑、嬌笑……。

一般來說，除異常的笑與抓胳肢時所發出的笑之外，日人宮域音彌把笑分爲三種：

1. 是高興的笑。
2. 是滑稽的笑。
3. 是伴演語言角色的笑。（見牧童版李永熾譯「人性的心理分析」頁 75）

當然，這祇是選擇最典型的三種，如喝酒的笑，似乎位於 1.2.之間，而小孩向友伴微笑，則位於 1.3.之間，有的很難於歸類。

高興時的笑是暢快舒透的笑。在最明顯的時候，笑常不自主的伴隨手舞足蹈。除氣氛之波傾向躁狀態之外，工作完成時，從無趣的說教解放時，就像無壓迫狀態，小孩或得玩具，或有朋自遠方來一樣，笑常在高興突然出現時發生。

高興的笑，祇有在於高等動物。猴子除了因癢而笑之外，撫愛它，或突然使之高興，都會發笑，但人類笑也應非單純可知，因此有關笑的理論，自十七世紀以來引起學者的莫大興趣，尤以近世為然。見解紛紛，今依姚一葦「論滑稽」一文，（見開明版「美的範疇論」頁242～256），試轉略如下：

第一類：認為笑係人類的一種本能行為，自生物學的觀點來確立成一種本能行為的意義。最早一個提出來的人不得不歸之英國的霍布斯（Thomas Hobbes），他認為笑是一種起源於「突然的榮譽感」，他認為人跟人之間的相互為敵對，永遠在企圖勝過別人，在突然勝利時，便綻放出笑容。此一論點遂成為後世自生物學的觀點以論笑的開端。三百年之後，魯多維希（Anthow M.Lodovici）再將霍布斯的理論以達爾文的方式來表示，認為笑是人類露出他牙齒的一種方式，人像動物一樣，當他受威脅時，需要露出牙齒。我們在一種自衛的情況下發笑，而且露出我們的牙齒來恢復我們下降的精神，或安定我們的自笑或危險的痛感。笑乃是一種生存的戰略，一種在群居的動物中的「伏勢的適應」的標誌。笑之中含有軟弱與野蠻的雙重性質。此種論調系出諸於將人還原為動物的生物學觀點，以揭示笑的原始的本能的意義。

第二類：自心理與生理的雙重機能來建立之滑稽與笑的理論。可以康德為代表。康德認為引起活潑的捧腹大笑的事物之中，一定有某種的不合理的成份。笑乃是某種緊張的期待的突然化為消失時所產生之情感。此種確為悟性所不喜之轉化，卻可以造成剎那間的間接的快感。造成此一快感的原因必為表象對身體的影響，以及對身體的心靈交互作用之中所生者，但表象並非以客觀的愉樂的對象為限？毋寧是表象的單純的遊戲，以引起身體的生命力的平衡的緣故。我們可以說康德的理論是建立在心靈的流動與肉體的器官的運動的某種假定上。也就是建立在身體與心靈間的一種平衡而獲得健康效果的基礎上。

第三類：將笑作為一種心理機能的現象，自心理學的基礎以立論者，最為繁複。早期的心理學家把笑作為心理的一種解脫，一種心靈的鬆弛，一種壓迫被移除的快感。

至佛洛伊德始又提出全新的見解。佛氏於一九○五年發表「機智及其潛意識的相關性」（Wit and Its Relation to unconscious）一文。將有趣事物分別爲三種形態：機智、滑稽、幽默。他認爲滑稽是起源于我們想像所造成的緊張，結果發現是過份。他並將此三種不同的有趣的事物建立起一個普遍性的原則，那就是著名的「心理能量消耗與節省原則」。此三種有趣之事物，表現爲三種不同的節省的性質。佛氏這種創造性的見解，不僅純自心理機能的觀點建立起滑稽與笑的全盤理論，同時自抑制、想像與感情三種不同心理機能分別爲不同的滑稽性質；而後更把笑的快感歸之於「返回兒時之歡樂」，成爲他的全部心理學的構架中之一環，因此他的理論亦如他的心理學一樣遭遇到許多人的反對與修正，其中最重要的人物應是柯伊斯特斯（Arthur Koertler）柯氏於一九四九年出版「洞察與瞭望」（Insght and Outlook）大著，自心理學的另一觀點建立起滑稽與笑的見解。他認爲是解除神經的緊張，但說法與佛氏完全不同。總之，佛氏把笑作爲心理機能的一種節省，而柯氏則認爲笑是過多的情緒的溢出。

第四類：認爲笑是一種社會現象，從而自社會的觀點以建立笑的理論。一八五五年波特萊爾（Charles Baudelaire）發表一篇有關滑稽的論文。波氏將滑稽分爲有意義的滑稽與絕對的滑稽兩類。所謂「有意義的滑稽」，是指笑之中含有社會的意義，即含有社會的教化，對社會匡正有的目的，係屬於一種對社會有貢獻的滑稽。而「絕對的滑稽」則相反，滑稽的目的，是滑稽的本身，不含任何的用意或目的。

波氏自社會的文化觀點來解釋滑稽，他認爲滑稽與其說是文化的極致，不如說是由文化的極致轉化爲頹廢期時所產生的。至今日，我們對文化的頹廢已感到難堪的痛苦。本來有意義的滑稽係對於文化頹廢的嘲笑與教化的匡正，卻反而使我們更加意識到文化的頹廢而痛苦；惟有絕對的滑稽，那一自由的、天眞的、單純的機能的笑，可以使吾人對於此一頹廢的社會暫時的忘卻，在那一瞬間將頹廢還諸度外，遺忘痛苦。是以波氏特別推崇絕對的滑稽。因此在波氏的理論中，笑證明爲人類的文化墮落，人類的痛苦；滑稽正是顯示人類的嫌惡、厭煩與渴望的表徵。

另外，柏格森（Henri Bergson）亦自人與社會的關係的觀點來建立起笑的理論。柏氏於一九○○年發表「論笑」（Le. Rire）一書，提出他獨到的見解。他認爲只有人才能發笑。景色有美、有寂、有高尚、有平凡，也有醜陋，但絕不滑稽。而笑是感情暫時麻痺時產生，所以笑是訴之於知性，這種認知並非「觀念與事實」的矛盾認知，而是「人性與機器」對立的認知，也就是說在人的言行態度喪失之下，而本能的適應性卻顯示自動性的認知。因此他強調笑是社會現象，且具有社會功能。他說人物之使人發笑是由於對於社會生活的僵化，蓋一個社會一定有一個社會的規範，每一個成員都必須使自己適應他的環境；如果不能適應，卻又未嚴重到要立即予以制止的程度，人們會對他發笑。笑是對他的一種抑制。是故笑是指疵，是對一個人的過失發笑。

第五類：自哲學的觀點以論滑稽。其中以叔本華（Arthur Schopenhauer）為例。叔本華的美學，係自其哲學的基礎上所建立的。他雖認為抽象之理性知識乃知覺表象之反射，且以其為基礎，兩者似應一致，但實際上並非如此。人的行為固然有許多自理性與深思熟慮中形成，然亦有不藉助於此者，而形成感覺與抽象知識間之乖訛（不調和）。此種乖訛為發笑之原因，故他以為笑是突然知覺到一個概念與眞實物體之乖訛；說得更明白些，一個概念自其一面言，可對該物包攝，而自另一面言，卻是的不適合，滑稽的效果即自此對比中產生。是故笑起於弔詭說（Paradox），出諸非預期之包攝，無論其表現於語言或行為。同時他認為滑稽可以使吾人暫時的自此一善與惡、失與得的世界中游離出來，使人能獲得一個超然的看法。蓋笑之發生是突然看見介於我們理想與實際之間的乖訛，而激起對於生活的一種意志的肯定。

存在主義者齊克果（Kiekegaard）同樣自其哲學的觀點來討論滑稽。齊克果的存在主義根源於人生的荒謬上。荒謬是由矛盾構成，而人生的舞台上到處都是矛盾，因而也到處都是滑稽。而其中宗教信仰是最大的滑稽，是最高形式的喜劇。

第六類：自人類的觀點以論滑稽。亞里斯多德認為「悲劇發端於即興語，正與喜劇相同。悲劇源於酒神頌之作者，而喜劇源於陽物頌」（見中華版「語學箋註」頁 72～73）。亞氏之言雖說得不夠詳，但已暗示的指出：悲劇與喜劇的同源，均起於初民之祭典。

自本世紀初佛雷斯（Tames G. Frager）之「金樹枝」（Golden Bough）問世，於是自人類學的觀點以研究喜劇者，蔚為一時風氣。

佛雷斯認為希臘人創造了兩種喜劇的模式：舊喜劇與新喜劇。前者表現為一種祭典的模式；而後者則展出一種滑稽的「伊底普斯」的情境。至於華茲（Horald H. Watts）對喜劇之引起發笑作了進一步之引伸。他認為喜劇自其非宗教的水平來看，可使人確信他能依靠這一宇宙及其法則，更重要的是可以依靠社會及社會結構。亦即有如神話所肯定的那一循環，喜劇給予個人一種幻覺：他可以在這一個他所能信賴的宇宙中生存與活動。此一幻覺，當他有效把握時，是乃歡樂之因，也就是這個原因引起發笑。

總之，自人類學的觀點對於喜劇的研究，提示了喜劇的發生的基本形態，此一基本形態當然亦是滑稽的一種基本形態。

從以上的略述裡，可見有關笑或滑稽的基本理論之繁複，使人有無從適從之感。但我們相信，有關各種理論，都各有其主要面。因此與其說他們彼此相互矛盾，不如說他們相輔爲用。

第三節　滑稽的性質

笑或滑稽的理論，已如上述，以下試略說滑稽的形式、滑稽的範圍、滑稽的特質及滑稽的認識。

一、滑稽的形式

滑稽爲一種醜，此種醜引不起痛苦或傷害，在美的範疇裡，它是與「悲壯」對立的。所謂滑稽，乃是指此種藝術品可以使人愉悅，使人發笑，或者說可以使人產生一種滑稽感。姚一葦在「論滑稽」一文裡，認爲就形式來劃分可分爲下列三大類：

滑稽的形象

滑稽的言詞

滑稽的動作（見開明版「美的範疇論」頁228）

以下依姚一葦的分法說明如下：

第一：滑稽的形象：所謂滑稽的形象是指一種被誇張或被扭曲的形象，是以使人產生滑稽感者。此種形象如果自原始人的藝術中去找則是一件危險之事。原始人的繪畫或雕塑固屬表現爲比例不均匀，造成一種誇張與扭曲之形式，但他們似非有意將某一部份誇大或歪扭，以製造諷刺或滑稽的感覺。我們認爲滑稽形象的產生是比較後期的事，或許我們可以說喜劇演員的面具與造型，是表現爲最早的有意的滑稽的形象。

總之，此種滑稽感的形式均來自一定的形象，因此我們稱它爲滑稽的形象。

第二：滑稽的言詞，滑稽的言詞是滑稽藝術的重要一項，而且形式複雜，種類繁多，試分別論述如左：

1. 殘陋的言詞

所謂殘陋的言詞，凡是語言的笨拙、錯誤、多餘、重複、粗俗等均屬之；亦即較一般人的語言爲低下，故能引起發笑。

例如鄴鄲淳「笑林」所載：

> 有人弔喪，並欲賫物助之。問人：「可與何等物？」人曰：「錢布穀帛，任卿所有爾。」因賫一斛豆，置孝子前，謂曰：「無可有，以大豆一斛相助。」孝子哭喚「奈何！」己以爲問豆，答曰：「可作飯。」孝子復哭「窮」。己曰：「適得便窮，自當更送一斛。」（見世界版「中國笑話書」頁 1）

即係由言詞之誤解所引起的滑稽。修辭學有「飛白」一格，飛白是指把語言中的方言、俗語、吃澀、錯別，故意加以記錄或援用。這種「飛白」近似殘陋的言詞，有時亦能引人發笑。但是言語殘陋的程度是相對的而非絕對的，是故自對比中來表現顯得鮮明突出。

2. 淫褻的言詞

所謂淫褻的言詞是指言詞中含有性的逃逼的成份，由於性的問題是大家所諱言的，是文明社會的一種禁忌，是故從性的禁忌到性的放縱可使人獲得一種快感，而爆發出來。如果用佛洛伊德的詞彙，那便是把人潛意識的願望浮現到意識界來的一種滿足。是故此一性質之滑稽便非單純屬於心理現象，且兼具生理方面之作用。一般言之係屬於滑稽的言詞中的一種笑俗的形式，流行於民間故事、歌謠、笑話與低俗喜劇之中。

3. 機智的言詞

這裡所說的機智是指做爲滑稽的語言的一種形態，一種有趣的語言可以發人一笑者，頗有類似於吾人所謂的俏皮話。此種語言往往出人意表，故具高度的知性的成份，因此我們可以把機智的言詞界定如下：機智的言詞之能引起發笑，不是由於卑抑或殘陋，而是由於出人意外與戲謔的成份，使對方或第三者感到尷尬，故稍具傷人的程度，但傷人的程度不大，正是我們所謂謔而不虐。其次，此種語言是理性的，出自一種靈敏的、迅速的反應，爲一種以思想的遊戲與語言的遊戲。如毛子晉「海嶽志林」所載：

子瞻在維揚，設客十餘人，皆天下士。米元章亦在座。酒半，忽起立自贊曰：「世人皆以我爲顛，願質之子瞻。」公笑曰：「吾從眾。」

4. 幽默的言詞

我們所謂幽默的言詞，是指此種語言能使人發笑，爲滑稽言詞之一種。當幽默作爲言詞的一種形態時，它不同於機智。機智純然是理智的，而幽默則理智中含有感情，它不僅不傷害到別人，且具有一種同情的性質。如蘇東坡「洗兒戲作」：

人皆養子望聰明，我被聰明誤一生；惟願孩兒愚且魯，無災無難到公卿。

5. 弔詭的言詞

弔詭是指似是而非或似非而是的語言。就語言的本身而言，它可能背離一般的常識，成爲一種荒唐的、自相矛盾的詭辯，故能製造滑稽感，但是在荒唐與滑稽之中，往往有至理存在。它是高度精製的語言，也是理智的遊戲。如張華「博物志」卷八：

君山有道與吳包山潛通，上有美酒數斗，得飲者不死。漢武帝齋七日，遣男女數十人至君山，得酒，欲飲之。東方朔曰：「臣識此酒，請視之」。因一杯而盡。帝欲殺之。朔乃曰：「殺朔若死，此爲不驗；以其有驗，殺亦不死。」乃赦之。

6. 諷刺的言詞

這裡所謂諷刺，包含規諫在內。此種語言當然是理性的，其所以不同於機智，則在於其傷人之程度甚大，被諷刺之對方甚不好受。因爲它的傷人程度甚大，故不一定是滑稽的，也可以是嚴肅的；作爲滑稽的言詞只能是其中的一部分。如採取雙關語或指桑罵槐的方式，往往可發人一笑。如「世說新語」所載東方朔之故事：

漢武帝乳母嘗於外犯事，帝欲申憲，乳母求救東方朔。朔曰：「此非唇舌所爭，爾必望濟者，將去時，但當屢顧帝，愼勿言；此或可萬一冀耳。」乳母既至，朔亦侍側，因謂曰：「汝癡耳！帝豈復憶汝乳哺時恩耶？」帝雖才雄心忍，亦深有情戀，乃悽然愍之，即敕免罪。（見宏業版「世說新語校箋」頁 413）

第三：滑稽的動作：所謂滑稽的動作，乃指一個人的行爲或活動，所造成的滑稽感，而使人發笑者。此種動作，一般言之，可別為下列兩種不同之性質。

1. 笑抑的動作

所謂卑抑，乃指行為的笨拙、粗俗、錯誤、重複、模仿、機械化之類，亦即此類行為較一般人為低下，使人覺得可笑。如鄞鄲淳「笑林」：

> 傖人欲相共弔喪，各不知儀。一人言粗習，謂同伴曰：「汝隨我舉止。」既至喪所，舊習者不前，伏席上，餘者一一相凭於背。而為首者以足觸詈曰：「癡物！」諸人亦以為儀當爾，各以足相踏，曰：「癡物！」最後近孝子，亦踏孝子而曰：「癡物！」

這是一種模仿的動作，且係錯誤之模仿，當然會引人發笑。

2. 乖訛的動作

所謂乖訛，是指自行為的對照產生的一種不恰當、不合適的情境，自此一情境中所產生的滑稽感，而引人發笑。因此，就行為者本身言，並非是一個貶低了的人物，其行為亦非是笑抑的。只是該行為在此一情境中顯得不合適、不調和。如「紅樓夢」劉姥姥進大觀園中的一回中，劉姥姥是一個機靈的人物，在鄉下人中是十分突出的。她的行為並非笨拙；正相反，而是一個表演的專家，做作的能手。她的行為之所以可笑，不是在她的行為的本身，而是她的處於這一豪華、奢靡的貴族社會中，顯得高度的不調和，而形成乖訛的形式。

以上所列述的形態之中，有無意的滑稽，如那些笨拙、粗俗、誤會等所產生的滑稽形象、言詞或行為。有意的滑稽，在言詞的滑稽中常見，如機智、幽默、弔詭、諷刺的言詞。這是純理性的表現，是聰明的賣弄，充分表露出說話者的智慧和素養。

在我國，滑稽一詞，首見於楚辭，而史記有滑稽列傳，司馬貞索隱：

> 滑，謂亂也；稽，同也。以言辯捷之人，言非若是，說是若非，能亂同異也。楚辭云：「將突梯滑稽，如脂如韋。」崔浩云：「滑，音骨，滑稽，流酒器也。轉注吐酒，終日不已。言出成章，詞不窮竭，若滑稽之吐酒。」故揚雄酒賦云：鴟夷滑稽，腹大如壺，盡日盛酒，人復藉沽是也，又姚察云：「滑稽，猶俳諧也，滑，讀如字；稽，音計也，言諧語滑利，其知計疾出。故云：滑稽。（見藝文版「史記會注考證」冊十，卷一百二十六，頁 12～13）。

可知我國滑稽一詞，係指語言的俳諧、便捷與通俗，可發人一笑者，亦即是指語言的滑稽而言，與本文所用的意義爲窄。

二、滑稽的範圍

有關滑稽的範圍，姚一葦在「論滑稽」一文裡，界定滑稽的笑的範圍如下：（見開明版「美的範疇論」頁 256～261）

1. 我們應該知道滑稽引起發笑，但發笑並非就是滑稽，蓋在人世間，笑的種類甚多。如純生理現象的笑，則非滑稽。又笑中要能共享的，因此日常生活上有許多做作出來的笑，如諂媚的笑、陰險的笑、冷笑等皆屬個人的笑，無法與人共享，自亦不屬於滑稽的笑。

2. 我們所謂的滑稽係作爲藝術上的一種形態及美學上的一種範疇來衡量。當作爲藝術上的一種形態及美學上的一種範疇來衡量時，它不屬於美的基準，而係非美的基準。換言之，它含有醜。是故許多的笑因不含醜的成份，即不屬非美的基準。

3. 滑稽雖屬於非美的基準，亦即滑稽的笑之中含有醜的成份，但帶給我們的爲一種快感，而沒有參雜恐懼、痛苦、悲傷、荒誕的成份時，在我們的分類上，它不屬於滑稽的藝術，而是怪誕的藝術。

4. 滑稽之中包含了複雜的文化層面，由樸素的笑到纖巧的笑之間，具有不同的文化層次。文化層次低的只能接受樸素的笑，他們的笑是卑俗的、粗野的、帶著高氷的原始的氣息；而文化層次高的，他們不願接受這些，他們寧願接受細緻、精巧的滑稽，接受一個巧妙的雙關語，一些機智與幽默。因此不能列爲同一的水平來看待。

三、滑稽的特質

由上述的說明，我們可以本文所用的「滑稽」一詞，乃是作爲藝術的一種類型，它是屬於美學上的一種範疇，而非泛論一般的笑的性質。當滑稽作爲一種藝術的形態時，它蘊含醜的成份；但是滑稽所蘊含的醜係具有特殊之性質者，試分述如下：

1. 滑稽的醜不含不快的性質

一般所謂的醜往往指那些使人厭惡之物，如不規則或凌亂的曲線，無韻律之噪音，不調和之顏色，殘缺的形象等等。但是滑稽的醜不屬於這一類。滑稽的醜足以使人歡樂，且歡樂中不含傷害、痛苦或恐懼的成份。因此滑稽的醜可以是一種扭曲、變形、愚蠢、笑抑、乖訛、機械化、過失，甚至荒謬，但以不含任何罪惡，不引起厭惡或痛苦爲前提。

2. 滑稽不含同情之性質

柏格森曾強調滑稽與同情是勢不兩立。發笑時必要隔絕了同情，沉默了哀憐。雖然在笑過之後，你或許可能想到不該發笑，可是在笑的一剎那你完全沒有顧及到這些。

3. 滑稽的醜係瑣屑的，而非嚴肅

滑稽雖常表現爲一種挫折，一種失敗，一種過失，但是不能嚴重，它是平凡的、瑣屑的。

4. 滑稽的醜低於吾人的精神價值水平

滑稽的人物，其外形爲弱小、猥瑣，其行爲爲笨拙、犀鈍、誇張、懦弱，其語言爲戲謔、爲退讓、爲似是而非，其情境爲笑抑、乖訛或機械化，在對比之下，觀眾之情緒爲之高揚，感到自身在此一精神價值之水平之上，從而得到滿足，雖然此一水平不容易確定，會因每一地區的文化與興味的水準不同而異。但是在觀眾所接受的範圍內，則是眞實存在的。

5. 滑稽的醜自對比中產生，自笑之中消失

自事物本身言，無所謂醜或滑稽，而是我們的心理，以其自身作爲對比時，所激發起之情緒，即所謂滑稽感。此一滑稽感自笑之中得以發洩，因發洩而消失。故滑稽所引起之快感，亦係一種發散作用。

四、滑稽的認識

前述雖然確立了滑稽的醜的範圍，然而在此一範圍之內滑稽仍然是複雜的。姚一葦曾分別從三種不同角度，作進一步的探討，試轉述如下：

1. 自生理的滑稽到心理的滑稽

純生理的笑，不屬滑稽的範疇，但是有一種兼具生理與心理之雙重作用者，如性的挑逗之類所產生的笑，則是藝術中常見者。我們不要以爲此種「性慾的傾向」僅存於卑俗、下流的藝術品之中，事實上，在所謂文明的掩蔽之下，它披上一件精巧、細緻的外表，經常借暗喻來表示而已。此種性的逃逼或淫褻的動作與言詞，其所以使讀者或觀眾縱聲大笑，一方面由於潛意識的某種慾望獲得浮現到意識界來，而感到滿足的心理因素的存在，而另一方面生理的刺激仍是重要的原因。由於此種動作或言詞中所含的生理的因素，它不能屬於純淨的滑稽，最多只是滑稽中之一種變體，事實上沒有一件眞正的藝術品係全然建立在性的挑逗之上的。

至於滑稽來自心理的因素，係心理上所產生的一種滑稽，對於繁複的現象，實在無法容納於一個簡單的公式中。如果一定要納入一個簡單的公式中，我們只能說滑稽係起於一種心理的對比所產生的意外感。因爲笑的對比中所含或多或少的意外的成份，是以經常表現爲一個個孤立的笑料或噱頭，然而在具有結構形式的藝術品中，藝術家懂得如何通過特定的人物，以及經由此一特定人物的相關聯的行爲，而將這一個人的個別、孤立的笑料與噱頭結合起來，構成有組織的形式，使笑的能量得以累積。

2. 自非理性的滑稽到理性的滑稽

爲了使用語經濟起見，我們把「滑稽係起於一種心理的對比所產生的意外感」稱之爲乖訛，則滑稽一般表現爲兩種不同形式之乖訛。一爲非理性的乖訛，一爲理性的乖訛。

所謂非理性的乖訛，是屬於無意的滑稽。而所謂無意的滑稽，是指它們不是有意製造出來的，而是天生形成的或自動自發的。如一個人的鼻子特別大，嘴特別闊，或動作笨拙等。此種無意的滑稽不具現意義，沒有參入我們的思想或用意在內，它們不含機智、幽默、弔詭及諷刺的成份。不能用邏輯來考察，也不需要文化，是爲非理性的形式。正因爲此種滑稽不需要文化，純然起於個人自身的一種對比，所以人人可接受，爲滑稽的一種最原始的形式或最低級的形式。但是此種滑稽亦有一定的範圍，首先不能參入同情的成份，其次應不含恐懼或荒誕之成份。

至於所謂理性的乖訛，則屬於有意的滑稽，其中含有某種的目的與用意，使表面與內在之間含有不同的層面，人類的知性或理性的層面。此一用意與目的主要係惡意的，如機智、幽默、弔詭、諷刺之類的語言，無不含有戲謔與嘲弄的成份，它所攻擊的對象是對方甚至整個世界，由於此一類的滑稽包含了不同的文化層面，便不是人人都能接受的，惟有能充分把握其用意者才會對它發笑。至於那些巧妙的雋語，蘊含了高級的人類的智慧，更是人類的高度的文化的表現。是故這一類的滑稽便不只是建立在個人自身的對比上，而且是建立在一個社會的普遍的文化水平上，和這個社會的風俗、習慣、趣味、好尚密切地結合在一起，是社會的與非社會的之間的一種對比。

是故自非理性的乖訛到理性的乖訛所形成的滑稽，係自個人自身的對比到社會的對比，其間包含了許許多多的不同的社會文化層面。

3. 自單純的滑稽到複雜的滑稽

前述非理性的乖訛形式，係以個人自身與對方比較時所產生的滑稽感，如我們對舉動笨拙的人發笑，係以自身的「美」來笑對方的「醜」，當本人亦有此種「醜」時，便不可能笑了。此種笑是非理性的，不含其他的用意或目的，不含人類的知性或理性的成份，是爲單純的滑稽，亦即此種滑稽感係起於單純的對比之故。而理性的乖訛的形式則不然，它含有複雜的用意與目的，係建立在不同的社會文化的層面上，係社會的「美」，對非社會的「醜」之間的一種對比，此種對比便不只具有單一的用意與目的，而具有複雜的用意與目的。由於此種對比具複雜之性質，我們稱之爲複雜的滑稽。

事實上，惟有複雜的滑稽才是藝術上的一種重要形式。

第四節　笑話的意義

笑話是藝術型態之一，就美的範疇而言，它是屬於滑稽的藝術。以下試以滑稽的觀點略述笑話的性質，其間包括笑話的意義、笑話的性質等兩部分。

一、笑話的意義

笑是人類所擁有的特權，人類的笑，非但有表情，同時也有意義。

引發人做滑稽的笑的方式有很多。其中以文字的形式表現，或是以口頭傳播的方式傳達，我們稱它爲笑話。

笑話是屬於笑話藝術的表達方式。這種表達方式，就滑稽的形式而言，當然是以「滑稽的言詞」爲主，但我們卻不能說它不具有「滑稽的形象」或「滑稽的動作」，是以可知笑話之難。今以口頭傳播的笑話而言，其口頭傳播的過程乃是由傳播內容的源頭，經由一條通道，流向接受傳播的對象與發生的效果的一種循環，也可以說是一種首尾互爲因果或互相影響的循環。說明白點，所謂源頭，即指說笑話者，內容是指說笑話者，他把他的意思用語言組織成有系統的傳播內容，這種內容是口頭傳播中重要條件，也是傳播中的主要思想，這個因素中，包括傳播的原因，以及傳播者所希望傳達出去，而使人接受的主題及有關資料。通道是指媒介或工具而言，而傳播的對象是指聽笑話的人。至於效果，可以說反應、結果或影響。說笑話之難，難在適當的反應，其中最標準的後果，就是滑稽的笑。也就是聽者把內心的反應表示出來。可是我們知道，在口頭傳播的刺激與反應的過程中，有時刺激並不一定需要語言，同時傳播中的反應也不需要是有意的或志願的。持此，可知口頭笑話並不是容易。

而文字笑話也非易事，曾見多少的記錄笑話，可是並不一定能引發人笑。此蓋傳播媒介之限制使然，就溝通的角度而言，笑話亦屬人際溝通方式之一，曾有人際溝通專家發表了一項抽樣調查的結果，說明人與人的溝通，各種溝通方式所佔的重要性的比率是：

言辭（口頭上的）7%

聲調 38%

臉部表情等 55%

另外還有一群專家認爲言辭佔 35%，其餘的各種身體語言佔 65%（以上詳見哈佛管理叢書「聽」頁 105）也許我們並不一定相信專家的統計數字，但至少可以相信專家所指出的大體方向，由此可知笑話的傳達，並非單純且單向。

僅就「滑稽的言詞」而論，笑話表達的方式可謂千變萬化。舉凡殘陋的言詞、淫褻的言詞、機智、幽默、弔詭、諷刺、格言、警句、妙語、誇張、雙關語、俏皮語、反語、荒誕的故事、詩。但這些滑稽的言詞，有時亦有窮盡之時，蓋在近代語言學家的探討下，口頭語言與書寫的記錄，即使撇開字體上給讀者的影響不提，仍有著根本上的差異。一個完整的語言行爲，是包含「語言性的」及「超語言性的」成分。超語言性的成分，又可細分爲帶音的部分（如快慢、音質等）及不帶音的部分（如手姿）。一般說來，語言性的部分是主要擔任陳述性的角色，而超語言部分則洩露著抒情的及社會性的品質。口頭語言及書寫語言實際有著基本的差異。在文法上及詞彙上，兩者有其差異，口頭語言所伴帶著的超語言部分，即語言及手姿等方面，衹能在書寫語言裡用標點符號、斜體字或其他方法來粗略而不完整的代替。從這個角度來看，書寫語言顯然是一個不完整的語言行爲，因爲它缺乏了超語言的成分。做爲滑稽藝術的笑話，當以完整的語言行爲爲最好的形式。

又滑稽藝術本身，有「生理與心理」、「理性與非理性」、「單純與複雜」之別，所以笑話其層次亦有高低之分。或許祇有那種訴之於自由的、天眞的、單純的、本能的「絕對的滑稽」，方有雅俗共賞的可能。

祇有複雜的滑稽才是藝術上的一種重要形式。而做爲滑稽藝術形式之一的笑話，由於本身結構簡單，因此祇能表達些「單純的滑稽」，是以就藝術形式而言，笑話構不上文體的一種，他祇是滑稽藝術的表達方式而已，但它卻仍可獨立存在，成爲一種廣受歡迎的小品甘草。同時也可以寄生在各種藝術類型中，進而共生爲複雜的滑稽藝術。

二、笑話的性質

滑稽的笑並非突如其來，透過笑的理論，以及滑稽的認識，我們知道，引發笑，必先有刺激，姑且不論「滑稽的形象」與超語言部分，僅就笑話本身形成令人發笑的動力因素，據祝振華在「話說笑話」一文裡曾歸納如下：

第一、不傷大雅或不傷人的意外結果可以令人發笑。例如：孩子認爲廣播電台的天氣預報不準確，是由於他們家的收音機壞了。又如一個人「誇稱」他游泳的成績打破紀錄，不料是他在一個星期之內，曾經「創下」被人救起五次的紀錄。

第二、把平常事說得似乎不平常，也足以引人發笑。例如：我們吃蛋當然不吃蛋殼；可是有一次，一家豆漿店的老闆，發現第一位顧客要蛋不要蛋黃；第二位顧客要蛋不要蛋白；他覺得很不耐煩，於是就問第三位顧客的雞蛋「不要什麼」？這位顧客很幽默地說：「不要蛋殼。」在這種情形下，不吃蛋殼就成爲「似乎是不平常」的事了。

第三、「直覺」會引人發笑。例如：有一位婦人聽見一聲「轟隆」，不知出了什麼大事，便打電話問報館，報館的編輯告訴她，是一架飛機失事撞到了橋欄杆。誰知這位婦人直覺地說：「爲什麼不早把那橋欄杆拆掉呢？」

由直覺所產生的幽默或笑料，「當事人」對當時的現象都是外行，也可能一知半解。例如：有一位老太太第一次搭乘民航飛機，她看到機翼頂端的紅燈一直在閃亮，就認爲是駕駛員把飛機轉了彎以後，忘記把「方向燈」關掉了，於是走到駕駛艙去告訴駕駛員說：「你們的飛機方向燈忘記關上了。」因爲這老太把飛機當成了汽車。

有時候，斷章取義也足以造成「可笑」的後果。例如：學生聽了老師講解「潔癖」之後說：「我明白了；我也快要變成潔癖了，因爲我也每天洗臉！」

從上述的例子，可以明白由外行、直覺、斷章取義、一知半解或誤解等所獲得的「結論」，都會引發人笑，不過，眞正遇到這一類情況時，還是笑在心裏的好。（見黎明版「說話的藝術」頁 52～53）

除外，他在「怎樣講故事說笑話」一書裡，並歸納出構成笑話的六項要素：

第一、笑話應以人爲主；否則可能大家無動於衷。

第二、笑話的表現不是「表裏一致」的；而表裏恰恰「相反」的。

第三、由於笑話的表現「表裏不一」，因而造成期望的挫敗。

第四、由於期望的挫敗反而感覺「滿足」，是因爲「太」使人「失望」了。「滿足」乃是對於「結局」雖然覺得失望，可是促使我們失望的巧妙之處，確實令人拍案叫絕，所以只有表示欽佩，因而「滿足」。

第五、笑話必須以「極巧妙的失望」完成。這種「失望」以不傷大雅爲原則。

第六、「自嘲」是一切笑話中最上等的笑話。（見黎明版頁 79，又文中「笑話」兩字，原文皆作幽默）

我們知道笑話是屬於滑稽的笑，滑稽的笑具有特殊的性質，這種性質是在於所蘊含的醜。這種醜不含不快的性質，不含同情的性質，它是瑣屑的，而非嚴肅的，這種醜是低於我們的精神價値水平，更重要的是這種醜是自對比中產生，因此我們可以說笑話是起於一種心理的對比所產生的意外感。

笑話表達的方式很多，如淺陋的言詞、淫褻的言詞、機智、幽默、弔詭、諷刺、格言、警句、妙語、誇張、雙關語、俏皮語、軼事、詩詞、漫畫、反語、故事、小品文、荒膠故事皆是。

漫畫以視覺爲主，有的漫畫又加上一行逗趣的文字說明，但通常其精髓是在圖畫中。

格言、警句、妙語、機智、都屬笑話的文字型式，均以簡單扼要的方式說出事實，表達想法，或陳述觀念，使我們的行爲增色不少。它們之間共有簡潔的特點，但是其間也有些微的差異存在，通常「妙語」和「急智之言」

指的是相同的意思，但妙語是往前的，而急智之言則是回溯的。妙語是指人採取主動以一兩句話把幽默表達給他人。例如你要眞實又肯定地表示你對自己的看法，可以如一個矮子這樣取笑自己。

那種牛仔式的馬靴我可不能穿。我一穿，就會被攔腰截掉下半身。

而急智之言是指以幽默的回答，使自己從令人發窘的問題或尷尬的時刻脫身。在急智的對話中，可以化幽暗爲光明化干戈爲玉帛。而警句格言也都是簡潔地陳述事實。警句經常是以比較的方式來得到結論，如：

當我愈了解人的湊在一起，也就愈不奇怪她的捲髮何以會和他的捲髮打結了。

至於格言是以發人深省的方式平添人類行爲的光輝。如：

在步步高昇之時，別忘了把握住下面的。

把格言加上一點趣味的穿插，又成另一種妙語。如：

近年來，空氣污染已成爲眾所周知的殺人兇手了。一日和小萍吃冰回來，行經一家麵包店，聞麵包香氣四溢，不禁多吸了幾口，口中還說：「好香啊！」小萍卻幽默地說：「嗯！最好的空氣污染。」

故事、軼事、小品文、荒謬故事，也是笑話的表達形式。通常軼事和故事指的是相同的東西，但是軼事多半特指名人或偉人的傳記故事，其中蘊含著哲理。小品文是將故事或軼事濃縮成不能再短的形式。而荒謬故事是把故事加以擴展、誇張，說相聲用的成套的笑話即是。

誇張，能使表達的論點更形銳利。

反語，則是以輕描淡寫或隱喻的方式使諷刺不那麼刺耳，或者有時間對問題提出反問，造成令人痛苦的幽默。

諷刺是指能反映人類愚蠢的一種幽默。而嘲諷是較苛刻的諷刺和反語，而俏皮話是有諷刺意味的妙語，如：

到釀酒廠去，叫他們給你扣上了瓶蓋。

綜觀上述的各種形式的笑話，可明白笑話之所以能使人發笑的動力，乃在起於一種心理的對比所產生的意外感。凡是不傷人、無意的或善意的出人意料的情況，都具有使人發笑的力量，其中無論是誇大、不打自招、似是而非、一知半解、一語道破，皆有出人意料的成分。

笑是僅屬於人類的特權，因此笑話的對象是人。雖然，心理學家大都承認，人同時具有自貶和自傲、自衛和自虐雙重的矛盾欲望。但總是希望透過笑話帶來快樂或滿足，使人從痛苦的經驗和情緒當中掙脫出來，在快樂與滿足當中，並不希望自己受到傷害，否則兔死狗烹，並不能眞正引發快樂。所謂引發笑，不論有聲或無聲的舉動，也許看來很有趣，但是有趣的不是舉動本身，而是在於人用屬於自己的、有趣的方式去看它。有人腳踩上香蕉皮而滑了一跤，並不是什麼有趣的一幕，除非我們認爲它有趣。認爲有趣，那是因爲它是根植於無切實際的基礎上，並且具有趣味和遊戲的精神，它對我們是無害的。因此，我們可以說，笑話的本質是在於人情味，它的功能至少可以使人輕鬆，益壽延年。笑話的構成因素，乃是以人爲本，以善意的，有意無意的逗人一笑爲過程，同時透過輕鬆的方式表達嚴肅的眞理的傳播行爲。

笑話有層次的區別，以形象或動作爲主的笑話，如屬絕對的滑稽，則爲低層的笑話，這種笑話以本能爲主，其笑話的目的只是笑話的本身，不含任何的用意或目的。至於「殘陋的言詞」、「淫褻的言詞」，亦是屬於低下或卑俗的形式。這種的笑話，當然可以說給別人聽，而聽者亦當是個能做趣味思想者。有時，甚至衹能對自己講。至於所謂高層次的笑話，只有那些能笑自己，能對自己做趣味思想的人，自嘲之時，一切問題和困擾會自動削滅其重要性，而達到撫慰人心的效果。這種層次的笑話是所謂「有意義的」、「理性的」，它是含有某種的目的與用意，這種笑話包含了不同的文化層面，便不是人人都能接受的，衹有能充分把握其用意者，才會對它發笑，有人稱它爲幽默。這種幽默，能自嘲，在眞人面前不說假說，且能將常態化爲偶然，出人意料之外，也就是說它是理智中含有感情，它不僅不傷害到別人，且具有一種同情的性質，因此它是最富人情味的笑話。

第五節　略說中國的笑話

習慣的說法是：我國歷代是以儒家爲思想主流，儒家是尊德性、道問學，所以不尙幽默，當然更不輕易說笑話。可是事實並非如此，「五十年來的中國俗文學」在笑話部分裡說：

> 以文獻中去追溯笑話的最早發現，以中國爲最先。目前可以確定，在公元以前三百五十年——約當東周末期，已經有那笑話一類的記錄。可是歐洲的民俗學者曾經這樣說：「笑話這一術語，最初見於六世紀的諷刺的秘史。」所以追溯笑話的發現，最早在於吾國。（見正

中版頁 99)

以下略述我國笑話的源流：

一、我國笑話的源流

有關笑的理論已如前述，但我們仍可以說笑是人類特有的，亦可說是人生的一部分。所謂笑話的出現，當是人的智慧已日啓，對付各種問題之外，尚有餘力，從容出之，於是有笑話。或是對人之智慧本身發生疑惑，且發見人類的愚笨、矛盾、偏執、自大，於是笑話由此而產生。是以可知，笑話的出現，是代表著人類啓蒙的開始。

我國自古就是愛說笑話的一個民族。林語堂就認爲「孔子是最近人情的，他是恭而安，威而不猛，並不是道貌岸然，冷酷拒人於千里之外」(見聽華版「論孔子的幽默」一書，頁 47～48)。在古書裡，詼、諧、謔、嘲、俳、優等字，其意義雖不完全相同，但都有笑話的性質。

關於中國笑話的源流，有兩點必須注意的事實：

首先，我們必須了解，在中國笑話是小說內容之一部分，漢書藝文志：

> 小說家者流，蓋出於稗官，街談巷語、道聽塗說者之所造也。孔子曰：「雖小道必有可觀者焉。致遠恐泥，是以君子弗爲也。」(見藝文版二十五史本漢書補注冊二頁 899)

所謂「街談巷語、道聽塗說，」其中自有趣談之記載。王先謙補注云：

> 沈欽韓曰：滑稽傳東方朔博觀外家之語，即傳記小說也。文選注三十一引桓子新論曰：小說家合叢殘小語，近取譬論，以作短書，治身理家有可觀之詞。(同上)

據漢書藝文志，先秦已有小說專書，笑話是小說內容的一部分，先秦諸子書中既已有笑話的記載，則先秦小說書中，亦必有笑話的記載。藝文志所錄小說有十五家，一千三百八十篇：

> 伊尹說二十七篇
> 鬻子說十九篇
> 周考七十六篇
> 青史子五十七篇
> 師曠六篇
> 務成子十一篇

宗子十八篇

天乙三篇

黃帝說四十篇

封禪方說十八篇

待詔臣饒心術三十五篇

待詔臣安成未央術一篇

臣壽周紀七篇

虞初周說九百四十三篇

百家百三十九篇（見藝文版二十五史本漢書冊二頁898～899）

以上各書今皆不傳，但笑話既爲小說的一部分，則以上各書或有笑話的故錄，楊家駱曾懷疑宋子十八篇是笑話書，他說：

> 駱頗疑漢書藝文志小說家宋子十八編即孟、莊、列、韓等所記宋人事之彙集，如後世艾子雜說然。世以屬之宋鈃，鈃書應列道家或名、墨中，今見於小說家者，或非鈃書。倘所度不遠，則此宋子應爲笑話，專集之祖。（詳見世界版「中國笑話書」裡「中國笑話書七十七種書錄」一文，見頁1）

其次，可注意的是：笑話之見於文字，當與寓言同時。蓋先哲不離事言理，凡事實不足以明其理時，則飾爲重言，託爲寓言以喻之，也就是莊子所說：

> 寓言十九，重言十七，卮言日出，和以天倪。寓言十九，藉外論之。親父不爲子媒。親父譽之，不若非其父者也；非吾罪也，人之罪也。與己同則應，不與己同則反；同於己爲是之，異於己爲非之。重言十七，所以已言也，是爲耆艾。年先矣，而無經緯本末以期年耆者，是非先也。人而無以先人，無人道也；人而無人道，是之謂陳人。卮言日出，和以天倪，因以曼衍，所以窮年。（見莊子寓言篇）

寓言，藉外論之；重言，所以已言。要皆爲借事言理而設，先秦諸子都如此。故以子書證史事，必先察其所以言事之由而後始可引用。如孟子、莊子、列子、韓非子載宋人事，蓋或民間先有宋人故事，而後諸子引而用之。考諸子重言、寓言，有莊有諧，故笑話之見於文字，當與重言、寓言同時，也就是說，當時的笑話之所以能寄存於諸子的重言、寓言裡，乃取其諷刺勸戒。

其實，笑話在諸子時代，或許是一種自由的習尚，當時有優孟、優旃、優施、淳于髠等人以能言詼諧著名，史記有滑稽列傳，司馬遷並說明其緣由：

不流世俗，不爭勢利。上下無所凝滯，人莫之害，以道之用，作滑稽列傳。（見史記卷一百三十太史公自序）

孔子曰：六藝於治一也。禮以節人，樂以發和，書以道事，詩以達意，易以神化，春秋以道義。太史公曰：天道恢恢，豈不大哉，談言微中，亦可以解紛。（見史記滑稽列傳第六十六）

所謂「滑稽」，是指辯捷詼諧不拘之人。史記索隱：

按滑，亂也。稽，同也。言辯捷之人，言非若是，說是若非，言能亂異同也。（藝文版「史記會注考證」本，冊十，卷二百二十六，頁1。）

史記正義云：

顏師古云：滑稽，轉利之稱也。滑，亂也，稽，礙也。言其變亂無留滯也。一說，稽，考也，其滑亂不可考校。（同上）

索隱正義的解釋，已失史記本義，這是受後世儒家文以載道的影響。史記特著滑稽列傳，以後代有傳人，太平廣記詼諧門中，錄有一百十五人之多，嘲誚一門，尚不在內。

至於有關笑話的理論，則首推文心雕龍的諧隱篇，試引錄如下：

芮良夫之詩云：「自有肺腸，俾民卒狂。」夫心險如山，口壅若川，怨怒之情不一，歡謔之言無方。昔華元棄甲，城者發睅目之謳；臧紇喪師，國人造侏儒之歌：並嗤戲形貌，內怨爲俳也。又蠶蟹鄙諺，貍首淫哇，苟可箴戒，載于禮典。故知諧辭隱言，亦無棄矣。諧之言皆也。辭淺會俗，皆悅笑也。昔齊威酣樂，而淳于說甘酒；楚襄讌集，而宋玉賦好色：意在微諷，有足觀者。及優旃之諷漆城，優孟之諫葬馬，並譎辭飾說，抑止昏暴。是以子長編史，列傳滑稽，以其辭雖傾回，意歸義正也。但本體不雅。其流易弊。於是東方枚皐，餔糟啜醨，無所匡正，而詆嫚媟弄，故其自稱爲賦，迺亦俳也；見視如倡，亦有悔矣。至魏文因俳說以著笑書，薛綜憑宴會而發嘲調，雖抃推席，而無益時用矣。然而懿文之士，未免枉轡；潘岳醜婦之屬，束皙賣餅之類，尤而效之，蓋以百數。魏晉滑稽，盛相驅扇，遂乃應瑒之鼻，方於盜削卵；張華之形，比乎握舂杵。曾是莠言。有虧德音，豈非溺者之妄笑；胥靡之狂歌歟！……然文辭之有

> 諧隱，譬九流之有小說，蓋稗官所采，以廣視聽。若效而不已，則髡袒而入室，旃孟之石交乎？
>
> 贊曰：古之嘲隱，振危釋憊。雖有絲麻，無棄菅蒯。會義適時，頗益諷誡。空戲滑稽，德音大壞。

二、笑話的流變

中國文化最大的特質，在於倫理思想，這種倫理思想即是由孔子所建立。項退結在「中國民族性格素描」一文裡說：

> 中國文化史的開始期，我人已經可以看出一種基本方向，這個方向一直到現在，還沒有完全失去作用。那位從漢朝以來就被公認爲「至聖先師」的孔子，實在可以說是一個典型的中國人。我們知道孔子曾經收集了古代的詩篇（詩經），編了一部魯國的紀年史（春秋），又開創了一種以師徒關係爲基礎的教育制度。這三件事實可以說是整個中國文化史的特徵：中國文化從開始就不大注意去追求客觀眞理本身，而一向追求「修身、治國、平天下」的實際辦法，尤致力於每個人自身的修養，也就是倫理道德與藝術的修養。的確，中國文人所寫的多少有些像格言的短論，簡短的政論，逸趣橫生的書信與小品、詩詞，以及歷史性的記事（曾國藩編的經史百家雜鈔把古文分成論著、詞賦、序跋、詔令、奏議、書牘、哀祭、傳誌、敘記、典志、雜記各類，可以當作旁證），這一切並不以純粹的知識爲目的，而是要通過人的感情，對人生直接發生效用。上面所講的各種不同文體，都應用著類比的思考方式。這種思考方式是在於用各種比較烘托出一個主題來，並且使人切身感覺到它的合理。（見商務版「中國民族性研究」頁 45）

申言之，這種倫理性乃是以家庭爲基礎，而家庭中的成員，又以父子的關係爲主軸，父子的關係不但發生於家庭之中，而且擴及於宗教，乃至於國家。李亦園在「文化與行爲」一文裡說：

> 中國古代的君臣關係，實是父子關係的投射。由於中國社會的背景所孕育，中國人的性格因素，首先是服從權威和長上（父子關係的擴大），再則是各守本分。生存於中國宗族組織下的人，每一個人各有其一定的地位和關係，在這種關係中，個人不必也不能表現他自

己的才能，所以，中國人的性格又是保守和不喜變遷，不鼓勵個人主義。再進一步而言，由於個人始終生活於宗族圈中，因此養成一種相對的宇宙觀，這也就是一般所說的中庸態度。(見商務版「文化與行為」頁 18)

而林語堂在「吾國吾民」一書裡，曾歸納中國人具有下列的德性：

圓熟

忍耐

無可無不可

老猾俏皮

和平

知足

幽默

保守性（見德華版頁 39～69）

以「老猾俏皮」、「幽默」中；可見我們是愛說笑的民族。可是笑話卻不見容於士大夫。周作人曾於「苦茶庵笑話集序」一文裡，說明這種不為士大夫所重視的原因是：

查笑話古已有之，後來不知悉地忽為士大夫所看不起，不復見著錄，意者其在道學與八股興起之時乎。幼時讀聖經賢傳，見孟子述宋人揠苗助長芒芒然歸情狀，不禁微笑，孔夫子說其父攘羊其子證之，至今尚有如此笑話，若韓非子所錄種種宋人故事，簡直是後來呆女婿的流亞了。隨經籍志中著錄魏鄞鄲淳的笑林三卷，至唐有侯白的啓顏錄等，宋初所編類書中尚多引用，但宋朝這類的著作便很少，雖然別的方面俗文學正逐漸生長，笑話在文學的地位却似乎沒落下去了。明代中間王學與禪宗得勢之後，思想解放影響及於文藝，馮夢龍編笑府十三卷，笑話差不多又得附小說戲曲的末座了，然而三月十九天翻地覆，胡人即位，聖道復興，李卓吾與公安、竟陵悉為禁書，墨憨齋之名亦埋沒灰土下，笑府死而復活為笑林廣記，永列為下等，不為讀書人所齒，以至今日。(見里仁版「苦茶庵笑話集序」頁 1～2)

而林語堂更在「論幽默」一文裡引申說明如下：

幽默只是一種從容不迫達觀態度，鄭風「子不我思，豈無他人」的女子，也含有幽默的意味。到第一等頭腦如莊生出現，遂有縱橫議論摔闔人世之幽默思想及幽默文章，所以莊生可稱爲中國之幽默始祖。太史公稱莊生滑稽，便是此意，或索性追源於老子，也無不可。戰國之縱橫家如鬼谷子、淳于髡之流，也具有滑稽雄辯之才。這時中國之文化及精神生活，確乎是精力飽滿，放出異彩，九流百家，相繼而起，如滿庭春色，奇花異卉，各不相模，而能自出奇態以爭妍。人之智慧，在這種自由空氣之中，各抒性靈，發揚光大。人之思想也各走各的路，格物窮理，各逞其奇，奇則變，變則通。故毫無酸腐氣象。在這種空氣之中，自然有謹愿與超脫二派，殺身成仁，臨危不懼，如墨翟之徒；或是儒冠服，一味作官，如儒家之徒；這是謹愿派。派一毛以救天下而不爲，如楊朱之徒；或是敝履仁義，絕聖棄智，看穿一切，如老莊之徒；這是超脫派，有了超脫派，幽默自然出現了。超脫派的言論是放肆的，筆鋒是犀利的，文章是遠大淵放，不顧細謹的。孜孜爲利，孜孜爲義的人，在超脫派看來，只覺好笑而已。儒家斤斤拘執棺槨之厚薄尺寸，守喪之期限年月，當不起莊生的一聲狂笑。於是儒與道在中國思想史上成了兩大勢力，代表道學派與幽默派。後來因爲儒家有「尊王」之說，爲帝王所利用，或者儒者與君王互相利用，壓迫思想，而造成統一局面，天下腐儒遂出。然而幽默到底是一種人生觀，一種對人生的批評，不能因君王道統之壓迫，遂歸消滅，而且道家思想之泉源浩大，老莊文章氣魄，足使其效力歷世不能磨滅，所以中古以後的思想，表面上似是獨尊儒家道統，實際上是儒道分治的。中國人得勢時都信儒家，不遇時都信道教，各自優遊林下，寄託山水，怡養性情去了。中國文學，除了御用的廊廟文學，都是得力於幽默派的道家思想。廊廟文學，都是假文學，就是經世之學，狹義言之，也算不得文學。所以眞有性靈的文學，人人最深之吟咏詩文，都是歸返自然，屬於幽默派、超脫派、道家派的。中國若沒有道家文學，中國若果眞只有不幽默的儒家道統，中國詩文不知要枯燥到如何，中國人之心靈，不知要苦悶到如何？（見牧童版「現代文粹」頁 241～243）

目前所見記載笑話的人，都是反對理學的人。一般說來，元明之後，詼諧說笑變成一種行業，清朝更盛，業此者，稱爲說相聲者，其目的在於取樂。因此，若想了解中國的笑話文學，或許應當由戲曲、傳奇、小說、小調中去找。祇有在這些不登大雅之堂的小說優伶裡，才可見民族的幽默滑稽。

三、中國笑話的整理

歷代以來，笑話就是笑話，少有人肯加以整理與研究。直到民國十三年以後，才打破了因襲過去的對笑話的看法，而把它看作民俗學研究的資料。也就是說笑話獲得了學術的評價。不幸，這種整理與研究卻因中樞遷台而中斷。

我國古笑話，有存於古書裡，有流行於鄉野民間。因此，所謂中國笑話的整理與研究，應有兩個方向，就縱的方向而言，要把中國從古迄今的笑話書，集合在一起，加以整理，校訂和印行。就橫的方向而言，要把中國的笑話選精取銳，並且加以研究與比較。而本文則以縱向爲主。

在中國，笑話是小說內容的一部分。據漢書藝文志，先秦已有小說專書。而漢魏間的笑話專書，文心雕龍及隋書經籍志亦有著錄。
文心雕龍所謂「魏文因俳說以著笑書。」雖不見三國志提及，亦不見各種文獻引錄，但確實有書名。而隋書經籍志可見笑話專書有

笑林三卷
笑苑四卷
解頤二卷（藝文版隋書頁 507）

笑林今有清馬國翰輯本。以後歷代皆有笑話流傳，宋、明兩代，雖理學最盛，而笑話專書卻也最多，祇是不見存於衞道之士而已。明「永樂大典」可見有關「笑」如下：

卷一萬六千八百八十八　　笑　　事韻一
卷一萬六千八百八十九　　笑　　事韻二詩文
卷一萬六千八百九十　　笑　　笑談書名
卷一萬六千八百九十一　　笑　　笑苑笑海（見世界版冊四，目錄卷之四十四）

以上各卷，今皆不存，無由取證。

至於四庫全書，小說類分敘述雜事、記錄異聞、綴輯瑣語等三派，據總目提要所述，其中可見詼諧談笑者如下：

世說新語三卷：皆軼事瑣語，足以談助。（見商務版「合印四庫全書總目提要及四庫未收書目禁燬書目」本冊三頁 2884）

朝野檢載六卷：而於詼噱荒怪。（同上頁 2885）
唐國史補三卷：助談笑，則書之。（同上頁 2885）
大唐新語十三卷：然其中諧謔一門，繁蕪猥瑣，未免自穢其書。（同上頁 2886）
大唐傳載一卷：間及於詼諧談謔，及朝野瑣事。（同上頁 2889～2890）
雲溪友議三卷：侮謔古聖。……逸篇瑣事，頗賴以傳。（同上，頁 2892）
雲仙雜記十卷：其書雜載古今逸事。……殊可駭笑。（同上，頁 2892～2893）
南部新書十卷：多錄軼聞瑣語。（同上，頁 2900）
涑水記聞十六卷：司馬光撰。妖異有所警戒，詼諧有所補益，並告存之。（同上，頁 2901）
歸田錄二卷：歐陽修撰。多記朝廷軼事，及士大夫談諧之言。（同上，頁 2903）
萍洲可談三卷：宋朱彧撰，即軼聞鎖事，亦往往有裨勸戒。（同上，頁 2920）
堂齋漫錄一卷：宋曾慥撰。助名教，供談笑，廣見聞。（同上，頁 2920）
投轄錄一卷：宋王明清撰。陳振孫謂所記皆奇聞軼事，客所樂聽。（同上，頁 2922）
張氏可書一卷：其餘瑣聞軼事，爲他說家所不載者，亦多有益談資，雖詼諧神怪之說，雜廁其間。（同上，頁 2923）
聞見後錄三十卷：宋邵博撰，參以神怪俳諧。（同上，頁 2925）
程史十五卷：宋岳珂撰，其間雖多俳優詼諧之詞（同上，頁 2927）
東南紀聞三卷：餘皆南北宋之軼聞（同上，頁 2931）
樂郊私語一卷：元姚桐壽撰，所記軼聞瑣事（同上，頁 2935）
輟耕錄三十卷：明陶宗儀撰，惟多雜以俚俗戲謔之語（同上，頁 2936）
菽園雜記十五卷：明陸容撰，旁及談諧雜事（同上，頁 2935）
漢武洞冥記四卷：舊本題後漢郭憲撰，東方朔因滑稽浮誕以匡諫（同上，頁 2943）
續齊諧記一卷：梁吳均撰，（同上，頁 2947）

博異志一卷：亦稱非徒但資笑語（同上，頁 2949）

甘澤謠一卷：唐袁郊撰，而瑣事軼聞，往往而在。（同上，頁 2953）

太平廣記五十卷：宋李昉敕監修，（頁 2955）

酉陽雜俎二十卷續集十卷，唐段式撰，而前集漏軼者甚多，悉鈔入續記中爲十卷，（頁 2963）

續博物志：舊題晉李石撰，軼聞瑣語（頁 2964）

至於存目所見有：

笑海叢珠一卷：舊題唐陸龜蒙撰（頁 3008）

東坡問答錄一卷：舊題蘇軾撰，詼諧謔浪，極爲猥褻。（頁 3008）

開顏集二卷：宋周文玘撰，其書皆古來詼諧事（頁 3009）

談諧一卷：宋陳日華撰（頁 3009）

諧史一卷：舊題宋沈俶撰（頁 3009）

滇稽小傳二卷

笑苑千金一卷：舊本題張致和撰

醉翁滑稽風月笑談一卷：（以上皆見頁 3010）

六語三十卷：明郭子章編，諧語七卷（頁 3013）

廣滑稽三十六卷：明陳禹謨編（頁 3013）

諧史集四卷：明朱維藩編

古今寓言：明陳世寶撰，體近俳諧（頁 3014）

廣諧史十卷：明陳邦俊編（頁 3014）

從上述引錄可知，存目者概皆爲笑談專書，但因無益於治道，是以存目不收。而小說家裡，自以太平廣記最值珍貴，太平廣記裡所見笑談類有：

詼諧八卷（自 241 卷至 252 卷）

嘲誚五卷（自 253 卷至 257 卷）

嗤鄙五卷（自 258 卷至 262 卷）

其實，中國的笑話資料，何止萬千，衹是缺少有系統的整理。如以收錄而言，其中最有名的當首推馮夢龍。馮氏可說是以民俗觀點收錄笑話的先驅。

在民國初年，笑話仍然是文人筆下的消遣作品，直到民國十三年間，它才昂然地抬頭來，因此當時北京大學研究所對於民俗文學發生興趣的學者們，就開始重視笑話。從此以後，笑話被認爲是中國民俗學研究的重要資料，因而正式爲中國學者們所重視，進而公開徵集、整理、發表和作爲學術研究。

而後，中樞遷台，研究中斷。至民國五十年，始有楊家駱編輯「中國笑話書」問世，該書可說是集笑話之大成。該書所輯錄，酌刪其複，至於過於庸俗猥褻者，亦削而不載，計輯書七十七種，其中六種（艾子雜說，醉翁談錄嘲戲綺語、艾子後語、艾子外語、憨子雜俎、雪濤小說）因已先刊於中國筆記小說名著第一集外，該書實收七十一種，凡一百四十四卷，一千八百一十二則。該書並有中國笑話書書錄二卷：上卷著錄已收七十七種；下卷爲佚書，待訪書四十六種，及今人所編古笑話集五種。及書後錄劉勰文心雕龍諧隱篇，及趙旭初中國笑話提要。前者爲笑話文學之理論，後者用以補書錄之所未詳。而本書最大的缺點，就是刪除各書的前言之類，蓋前言乃各書編著之緣由，今遭刪除，深覺可惜。

目前笑話書頗爲流行，其中以常春樹書坊所出「笑的文學」二十一種爲最多。

至於各類書報雜誌也皆有談笑文章，其間首推中文版「讀者文摘」的「開懷篇」、「浮世繪」、「世說新語」、「意林」、「珠璣集」等專欄。除外，綜合月刊從民國五十八年一月起，每期都有「趣味問答」（綜合月刊停刊後，則移到婦女雜誌），很受讀者喜歡，並將五十八年到六十八年期間刊出者整理刊行爲「趣味問答集」一書。又六十六年中副闢有一小塊小專欄「趣譚」，每天刊一、二則笑話、趣事。亦普遍受歡迎，且歷久不衰，至今亦已出「趣譚」四輯。

至於，致力於笑話之研究，且加以提倡者。民國初年有林語堂先生，目前則有祝振華先生，祝先生致力口頭傳播，民國六十三年四月出版有「怎樣講故事、說笑話」一書，此書是有關「說笑話」的最佳中文參考書。至於理論的研究，自當首推姚一葦的「論滑稽」一文，本文雖是就「美的範疇」立論，而事實上可做爲笑話的理論，本文「貳」、「參」部分即取材自此文。

四、中國笑話的分類

我們是個喜歡說笑的民族，歷來也有許多好滑稽的學者與愛笑話的文人，如東方朔、蘇東坡、紀曉嵐等，但他們隨便說笑，並沒有做爲一種學術來研究。雖然，自宋朝到清朝，記載笑話的書不少，不過多是錄舊。但至少表示有學者注意。尤其是趙南星的「笑贊」、馮夢龍的「古今談概」、醉月子的「精選雅笑」、潘游龍的「笑禪錄」、石成金的「笑得好」、游戲主人的「笑林廣記」。除原笑話外，又都添上了解釋與評語。其中「笑得好」一書中，每條下都注有講說時神氣應該怎樣，聲音應該怎樣，聲音應該怎樣，方能發笑等等的說法，雖不一定有助於說笑話，但至少表示已注意到超語言部分的應用。至於把笑話加以分類，就世界版「中國笑話書」，可見者如下：

啓顏錄（據敦煌寫本）分：論難、辯捷、昏忘、嘲哨等四類（頁7～18）

笑府分：腐流、殊禀、刺俗、形體、謬誤、閨風、雜語等七類。（頁231～239）

廣笑府分：儒箴、官箴、九流、方外、口腹、風懷、尚氣、偏駁、嘲謔、諷諫、形體、雜記等十二類。（頁240～262）

古今譚概分：迂腐、怪誕、癡絕、專愚、謬誤、無術、苦海、不韻、癖嗜、越情、佻達、矜嫚、貧儉、汰侈、貪穢、鷙忍、容悅、顏甲、閨戒、委蛻、譎知、儇弄、機警、酬嘲、塞語、雅浪、文戲、巧言、談資、微詞、口碑、荒唐、雜誌等三十六類。（頁263～310）

新話摭粹分：恢諧、諧謔等兩類。（頁311～314）

笑林廣記分：古豔、腐流、術業、形體、殊禀、閨風、世諱、僧道、貪吝、貧窶、譏刺、謬誤等十二類（頁452～463）

其中「古今譚概」對於各類皆有加以說明。以上各家分類皆以內容分。周作人在「苦茶庵笑話選」一書裡，曾對笑話加以歸納並說明，試引如下：

> 笑話的內容，根據笑林廣記的分類，有十二類，即一古艷，（官職科名等）二腐流，三術業，四形體、五殊稟，（癡呆善忘等）六閨風，七世諱，（幫閒娼優等）八僧道、九貪吝，十貧窶，十一譏刺，十二謬誤，是也。總合起來，又可以簡單地分做挖苦與猥褻兩大類，二者之間固然常有相混的地方，但是猥褻的力量很大，而且引人發笑的緣固又與別的顯然不同，如挖苦呆女壻的故事，以兩性關係爲材料，則聽者之笑不在其呆而在猥褻，如戳破肚皮（見笑府，此本未錄）等例可見，即均屬此類，故猥褻的笑話爲數殆極多。所謂挖苦者，指以愚蠢殘廢謬誤失敗爲材料的皆是，此類性質不一，有極幼稚簡單者，亦有較複雜者。大抵人情惡常而喜變，對於違反習俗、改變常態的事物言動多感興趣，此在兒童最爲明顯，故「張貌」則笑，見爹爹戴寶寶的帽或寶寶戴爹爹的帽亦均可笑，而卓別林在銀幕上且以此藝術傾倒一世，可謂偉矣。其次則幸災樂禍，雖是人之

大病，然而此種機微的表現在凡人都不能免，聽了人家的愚蠢謬誤，能夠辨別，顯出智力的優勝，見了別人的殘廢失敗，反映出自己的幸運，這大抵是使人喜樂的原因，或者也可以作精神的體操之一助罷？十年前，我記錄徐文長的故事數則，說明中曾云，「從道德方面講，這故事裡的確含有好些不可爲訓的分子，然而我們要道知，老百姓的思想還有好些和野蠻人相像，他們相信力即是理，無論用了體力智力或魔力，只要能得到勝利，即是英雄，對於愚笨孱弱的失敗者沒有什麼同情，這只要檢查中外的童話傳說就可以知道。」這幾句話借了來又可以當作別一部分的說明。至於猥褻的分子在笑話裡自有其特殊的意義，與上面所說的頗有不同，的確，猥褻的事物在各色社會上都是禁制的，牠的突然的出現，原也是一種違反習俗改變常態的事，與反穿大皮鞋或酒渣鼻有些相像，不過，牠另有一種無敵的刺激力，便去引起人生最強大的大欲，促其進行，不過並未抵於實現而以一笑了事，此所以成爲笑話而又與別的有殊者也。這個現象略與呵癢相似。據藹理斯說，呵癢原與性的悅樂相近，容易引起興奮，但因生活上種種的障礙，不能容許性的不時的發現，一面遂起阻隔，牴牾之後阻隔隨去，而餘賸的力乃發散爲笑樂，其實悅樂在笑先，笑則不復樂也。英國格萊格（J. Y. T. Greig）在所著「笑與喜劇的心理」第五章論兩性猥褻的（男女關係事物）不雅的（兩便事物）篇中曾說，「在野蠻民族及各國缺少教育的人民中間，猥褻的笑話非常通行，其第一理由是容易說。只消一、二暗的字句，不意地說出，便會使得那些耕田的少年和擠牛奶的女郎都格格的笑，一種猥褻的姿勢，使得音樂堂裡充滿了笑聲；其第二個更爲重要的理由則是有力量，猥褻的笑話比別種的對於性慾更有強烈的刺激力。」由此看來，我們對於這類笑話的橫行可以得到諒解，但是其本相亦隨明瞭，短長顯然可知，翻開各笑話書即見此類疊出不窮，而選擇安排到恰好處，可入著作林者，蓋極不易得，即爲此故。其表示刻露者，民俗資料上多極有價值，今惜未能選入，但可取其稍稍爾雅者耳。猥褻歌謠故事與猥褻語之蒐集工作亦甚切要，今日國風乃趨於浮薄與苛酷兩端，如何可言，即云且待將來，亦不知此將來將在何日或畢竟有否也。（見里仁版，頁 V～XI）

周作人把中國古代笑話分爲兩類。而齊如山則從另一角度把中國笑話分爲三類：

隨便說的笑話

關於詩詞的笑話

成套的笑話（詳見聯經版「齊如山全集」冊十，頁 5853～5884）

隨便說的笑話，可以算是最初的笑話，都是談話時，隨時的機警，偶而說出來有趣味的話，或是朋友談天，無意中說出來的趣話，而詩詞的笑話，乃緣於譏諷他人，有時靈機一動作成，有時特爲編製。至於成套的笑話，篇幅都比較長，大多數都是說相聲的人所編。引申的說，隨便說的笑話和成套的笑話，可說是屬於口說的民間笑話。而詩詞的笑話，則是屬於文人的書寫笑話。

第六節　怎樣說笑話

笑話只有付之於完整的語言行爲，才顯得出笑話的本色。但有關滑稽形象等超語言部分，實在不易掌握與說明。笑話之所以難說，此或爲原因之一，因此，有關超語言部分，只能闕而論。

笑話的傳播，包括說者和聽者。說笑話固然很困難，聽笑話也不太容易。只有說得好，聽得好的笑話，才能發揮笑話的最大功能。因此擬就說者與聽者應具備的條件立說，同時對於培養學童說笑話的方法，略加說明。

一、笑話的結構

笑話的特質在於一種心理的對比所產生的意外感，這種意外感是使人發笑的動力，可是表達這種「情況」的最後一句話，必須在客觀上看來是「神來之筆」，才能激起畫龍點睛的高潮。我們知道所謂意外感，並非孤立的，它是從對比中而來，這種對比是有其架構。因此，在說明笑話的人應具備的條件之前，擬先了解笑話本身的結構，祝振華在「話說笑話」一文裡，認爲笑話本身應具備的條件是：

第一：開始平平常常。

第二：過程交待清楚。

第三：結局出人意料。

第四：表達乾淨俐落。（見黎明版「說話的藝術」頁 54）

如果是書寫笑話，還需要有標題，這個標題必須含蓄恰到好處，以收相得益彰的效果。如

原來如此

甲：你請了佣人，爲什麼還自己煮飯？

乙：我已經和她結婚了。

這個笑話雖然只有兩句，卻具備了笑話的一切要素。一開始，甲說乙既然請了佣人爲什麼還自己煮飯，這是應當提出的問題；這一點就是這個笑話在形成高潮之前的全部過程，這個過程交待得十分清楚，所以格外顯得出「結局」出人意料——原來乙已經娶了她！這個笑話表達得乾淨俐落，標題也很恰當。

申言之，說笑話首先要注意以與人們生活有關的人、事、物爲題材，才比較容易被聽眾接受和體會。是聽眾生活圈中所熟悉並且相關的人物，聽起來必定饒有趣味，且容易有優越感。

其次，喜歡說笑話的人，皆具有幽默感。尤其要善於做幽默的收尾。所謂幽默的收尾，是指結局出人意料之外，及表達乾淨俐落而言。笑話的結尾，依若虹先生在「笑的藝術」所做分類如下：（以下參見六十七年哲志出版社版，頁 121 至 144）。

1. 即興式的結尾

這類笑話都以方言、江湖話或詼諧語、俏皮話做爲結尾，由於語言的聲調、意義巧合，使通則笑話「活」了起來，而引人發笑。如：

洗手不幹了

小孩子暑假回爺爺家住，有一天，正幫忙擦地板的時候垃圾車來了，奶奶說：

「送垃圾去！」

回來以後奶奶又說：

「洗手！」接著催他繼續幫忙，他笑著說：

「洗手不幹了。」（趣譚第四輯，頁 184）

2. 利用對方無意間說出的話來結尾

如

總幹事？（張不飛）

前省訓團教育長梁孝煌先生，日前來花蓮旅遊，對救國團林總幹事很風趣地說：

「總幹事，你總是在幹事，辛苦辛苦！」

林總幹事急忙回答：「報告教育長，總是在幹事不敢當，我覺得我總得幹點事才對！」（趣譚第四輯頁 143）

如果能進而利用製造笑話的法則，逗得大夥兒捧腹大笑，並圓滿結束了一場即將爆發的吵架，則更具意外感。

3. 逆轉的結尾

這種笑話的結尾方式通常很少用到，它把結尾的內容或理由事先講明，然後再陳述一則笑話故事。如：

善有善報

有位客人到主人家去拜訪。

客人說：「善有善報，惡有惡報，有陰德就有陽報，你說對不對呀？」

主人說：「是呀！這是很有道理的。」

客人感慨地說：「現在的社會講義氣的人已經很少囉！眞是世風日下，人心不古！」

主人也說：「是呀！現在的人都很現實，好人不多！」

主客兩人你一言我一語，談得十分投機。

一會兒客人要回去了，主人送他到門口，說道：「好走！我不送了。」

客人忽然回頭說道：「哦！我今天手頭不便，借我五百塊錢，怎麼樣？」

4. 讓聽者自己去揣摩的結尾

用這種方式結尾的笑話，不像一般的笑話一聽就容易了解，而必須先想一下，才體會出來。如：

有一天，父親帶著孩子逛街，經過一家服裝店時，孩子就對父親說：「爸爸！媽媽說你昨天剛領薪水！」

孩子的意思是想買新衣服，而不直截了當的說出來，讓他父親去揣摩。

5. 循環性的結尾

這種類型的笑話，在日常生活當中經常可以聽到。例如街頭巷尾都在議論，某某男士喜歡拈花惹草，不顧家庭，儘管開始時沒有明顯地說出該男士是好色之徒，但是把他的「惡行」一條條「清算」的結果，最後還是要歸納到他好色的性格上，只不過多繞了一個圈子而已。

6. 判斷錯誤的結尾

這是由「錯覺」、「估計錯誤」或「判斷錯誤」所引起的滑稽感而造成的笑話。如：

仁丹鬍子

一位董事長的回憶錄這樣寫道：

「當我第一天到一家公司上班時，對公司的同事都很陌生，當時男士留仁丹鬍子的風氣很盛行，我卻不知情，以爲有社會地位的人才可以留這種鬍子，因此我在公司上班的第一個禮拜，把工友誤認爲經理，畢恭畢敬地向他行禮，他也客客氣氣地回禮，那時我對經理不擺架子而能禮賢下士的泱泱大風，眞是欽佩！」

當董事長把他過去的事情告訴新進的員工時，全體都哄堂大笑。這則回憶錄所以會成爲笑話，是因爲董事長「錯誤的判斷」所引發的幽默。

7. 糊塗的結尾

這種類型的笑話是利用主角的「糊塗行徑」來當結尾的，這個主角可能是個獃子，也可能是個糊塗蟲，以他的糊塗故事做爲笑話的「中心」和結尾，我們也不妨說是以主角的糊塗滑稽做爲通則笑話的關鍵。如「雅謔」有則：

呆子

吳中某富翁有一呆子，年三十，倚父爲生。父年五十，有術者爲他們推命，父壽八十，子當六十二。呆子哭著說：「我父壽只八十，我到六十歲後，餘下的那幾年，靠誰養活呢？」(據商務本伍稼青輯「中國笑話選」頁 20 引)

8. 以危險關頭當結尾

這種方式是笑話中最漂亮的結尾，它以最後一句話使本來沒有什麼趣味的故事，得到圓滿的效果，而顯出它的幽默，也就是利用最後一句話點活通則笑話。如：

貓捉老鼠

深夜裡，一個男人敲一家醫院的門，裡面的護士小姐問道：「什麼事呀？」

男人急著回家：「請醫生到我家看病。」

護士小姐說：「醫生現在睡著了，有什麼急病嗎？」男人趕緊說：「小姐，請快點喊醒他吧！因爲我太太吞下了一隻老鼠。」

護士小姐說：「呵！那有什麼不得了？你回去叫你太太再吞一隻貓就好了！」

9. 以動作當結尾

這類笑話的結尾是動作而不是語言。前面八種結尾方式的笑話聽了就能體會，但是這種方式就必須邊說邊表演，才能顯出它的幽默。

總之，笑話的結尾在於出人意料之外。所謂出人意料之外，即是源於有和別人不同的想法，而和別人不同的想法，時常是由於能從各種不同的角度作自由聯想，或是停止一般性、常識性的想法，也就是避免依循理論、法則。

二、說笑話的人應具備的條件

大家都認爲，說笑話的人必須具備幽默感，這句話雖然是公認的眞理，可是未免太籠統。幽默感是一種能力，是了解並表達幽默的能力。只是什麼叫做「具備幽默感」？又怎樣培養幽默感？祝振華先生在「怎樣講故事說笑話」一書裡（六十三年黎明版，頁 87 至 96）曾列舉六個條件，說明具有幽默感的人「應當」是個什麼「樣子」，以及培養幽默感的方法，並且也就是回答了前述的兩個問題。在六個條件中，第五個是「外國語文的能力」，個人認爲並非頂重要，是以闕而不論，以下試轉述如下：

1. 豁達的人生觀

要具備幽默感，第一個就得看得開，不可斤斤兩兩，患得患失。這種處世待人的態度，就是豁達的人生觀，豁達就是樂觀；不過，廣義的解釋，應當在樂觀之下，還能不斷進取，人生才有積極的意義。

2. 慈悲的胸懷

凡是有慈悲心的人，都是推己及人，善解人意；而且講求恕道，平易近人。據說，國父　孫中山先生以中國國民黨總理的身分領導革命的時候，有一次行動失敗，就在上海策劃重整旗鼓，準備俟機再舉。有一天，有幾位同志打麻將消遣，　國父正巧遇上，這幾位同志即覺得犯了過錯，不免一陣驚慌，這時候，　國父連聲要他們不要害怕，並且叫他們繼續打下去。他說：「打麻將很像革命，這一牌輸了沒有關係，看下一牌好了。」

這種充滿了人情味和慈悲心的幽默，以及恰到好處的機會教育，不但耐人尋味，而且發人深思，堪稱爲佳作。

3. 追根問底的精神

追根問底就是窮理。笑話雖然沒有結論，而且也沒有探求結論的必要；可是，說笑話的人——具有幽默感的人——必須將人生萬象看穿。不過所說的追根問底，並非斤斤計較，而是把人生看透的意思。要看透人生，就不能輕易放過某些一般人所謂的小節。例如有一個人看到他的一位在海關上負責檢查過往旅客的朋友，漫不經意地執行任務，忍不住問他道：「你們的檢查未免太隨便了，有沒有一定的檢查標準？」這位檢查員答道：「當然有。凡是嘴唇上冒汗的旅客，一定徹底檢查。」

這種檢查標準是以察言觀色的心理學知識制訂的，如果沒有把人類的心理弱點研究透徹，怎能制訂出來這種實用的標準呢？

我們要培養幽默感，必須觀察，對於常人不注意的現象，應格外留神，禾能夠獲得與眾不同的資料。這種心得，就可能成爲上上的幽默故事。

4. 勤於收集資料

一般資料來源，多半是報章雜誌等印刷品，當時剪輯資料，雖未必可用，但如果收集多了，自會有用處。除外，聽人說話也是最好的來源之一，因爲有許多絕妙的笑話，非用口頭傳播不可。

資料收集好比儲蓄，日積月累，聚沙成塔，是一種長程的工作，養成習慣，自然有所成就。

5. 出眾的口才

說笑話必須口才好，否則，即令笑話本身很精彩，也會把它說糟！所謂口才，並非專指用嘴巴說話的動作說的；而是包括超語言部分。表情對於說笑話的成敗關係很大。又，會說笑話的人，自己始終不笑，這是把笑話說成功的基本注意事項，不可違背。

以上所說的屬於說笑話者應具備的基本條件，以下略述臨場時應注意的事項：

1. 以口齒清晰，措詞恰當

只有口齒清晰，措詞恰當的人，才能把笑話說得生動有趣，使人發笑。

2. 善用懸疑

善用懸疑可以集中聽眾的注意力，使他們自始至終全神貫注在笑話上。

3. 了解聽眾

了解聽眾是很必要的，說笑話之前必須了解聽眾的知識水準、政治背景、宗教信仰、經濟地位，是否具有幽默感及一般心理，這樣，積極地可以產生相得益彰的效果；消極地可以防止發生副作用。

4. 保持不笑

說笑話的人自己保持不笑，是極爲重要的；不過，講完以後陪著聽眾笑一下，倒是可以的。

5. 認清場合

說笑話的人一定要認清場合，假如：至少在殯儀館裡不宜說笑話；又如，有女士在座的場合，絕對不應當說一些低級趣味的笑話。

6. 隨機應變

說笑話的人要能夠隨機應變，如不要到別人出面要請他說個笑話的時候才開始說笑話，因爲這樣的笑話往往效果不好，可能是不夠自然，而且大家期望過高不容易滿足的緣故。（以上參見黎明版祝振華「說話的藝術」裡「話說笑話」一文，頁 56 至 57）

三、聽笑話的人應具備的條件

聽是說的另一半，這是口頭傳播學者一致公認的理論與事實。有些學者甚至認爲聽比說更重要。因爲如果沒有人聽，口頭傳播就根本失去了意義。根據一項統計表示，人類的各種溝通方式，花在寫、讀、講、聽四種方式的時間比例是：

聽 40%

講 35%

讀 16%

寫 9%（見哈佛管理叢書「聽」頁 9）

可見聽是一門學問。時常有人在「聽」中做白日夢，或不斷點頭，也有人喜歡插嘴，更有人只喜歡聽漂亮話，其實這些都是「聽」的大忌。聽的目的不外是：爲獲得資料、消息，或鼓舞，爲享樂，爲講評、研究、判斷等。

因此在聽當中，要注意傾聽說話的內容；要對話題發生興趣；不要心存偏見，把話聽完，再作可否；才能從聽講中取得助益。一般說來，傾聽既可以使說話人得到精神上的支援；又能鼓舞他的情緒。如果你有機會發表演講，你會發現聽眾的正常反應，以及春風得意的表情，所給你的幫助是多麼有力。

以下略述聽笑話的人應具備的修養，約有下列三點：

1.豐富的知識

笑話本身有層次之不同，其間如理性笑話，則非人人所能了解，因此，如果想聽懂笑話，勢必具備有豐富的知識或常識。如有一次有人問一位美國名流，為什麼不到聯邦做官。這位名流說：「我不到聯邦政府做官的原因，使我想起一對愛爾蘭夫婦的故事來。有一天，這對夫婦駕車出遊，太太突然對丈夫抱怨說：「你沒有從前愛我了，你坐得越來離我越遠！」那位丈夫答道：「可是，我並沒有移動呀！」這個「笑話」對於不熟悉愛爾蘭的交通規則和汽車構造的人說，是沒有什麼好笑的。原來愛爾蘭的交通是靠左邊進行，汽車的方向盤通常在車子的右手，駕駛人當然也坐在右邊，這是第一點必須了解的。其次一點是，駕駛人受了方向盤的限制，所「坐」的位置是不能移動的，既不能太左，也不能太右，必須坐在正對方向盤的位置，方能操作自如。把這兩點徹底明白之後，也就是具備了這種常識之後，才可以明白這位愛爾蘭丈夫的話之所以「可笑」，那就是：他自己並沒有越坐離他的太太越遠，因為他的位置不容移動，而坐得越來越遠的乃是他的太太。明白了這一點，才可以進一步了解這位太太越坐越遠的「方向」是「靠左」，而不是向右，因此，這位美國名流眞正的意思是說：「並非我不願意為國家服務；而是由於美國政府越來越左傾，所以我才不去做官！」

2. 善解人意的修養

善解人意的意思，包括一個人的領悟力強，反應靈敏，判斷力強，而且要有相當強的聯想力。以上述的笑話為例，如果不能在極短促的一剎那之間了解，並聯想到一切的相關因素，無論如何也不能了解全部的內涵。

3. 合作的精神

合作的精神含有忍耐的意義。聽笑話的人，必須要具有合作的精神和忍耐的工夫，因為聽笑話必須聚精會神，一字不漏，並且特別注意關鍵的情節或字句，才可以聽得完整，判斷正確，了解徹底。由於笑話的高潮一定在最後出現，所以從開始就得耐著性子仔細聽，不可性急；把笑話的過程聽得越仔細，越能享受高潮所產生的樂趣。（以上參見「說話的藝術」頁 57 至 59）

四、如何訓練學童說笑話

笑話是屬於滑稽藝術，其所以引人發笑的基本原則是在於「起於一種心理的對比所產生的意外感」，這種「意外感」，就是創造，而藝術的可貴處亦在於此。其實，創造力並不似人們想像中的令人困惑、神秘。一個人能夠說就能寫；看得到就能想像，會思考就能產生構想。創造力通常被認爲包含有兩種成分：流暢性和彈性，流暢性指的是針對某一問題而能夠順暢地和快速地想出很多解決方案的能力。彈性通常是指針對某一問題能發現多樣而獨特的解決的能力。目前心理學家已證明，每個兒童生來便具有創造，發明的潛能。但是傳統的學校教育，偏重邏輯思考的訓練，強調知識與事實的記誦，而忽略了解決問題與創造思考的啓發，甚至於被有意的抑制、窒息。只有重視「學習如何學習」與「重視學習過程」的教育思想，方能培養出「解決問題」及「創造思考能力」的學生，又創造力的養成，有賴情感的學習，只有兩者並用，方能相得益彰。這種創造性與情意性並存的人，對自己的經驗採開放性的態度。他能不受前定價值或社會期望所歪曲影響，而能夠自在的去觀察、去感受能力。這是所謂開放的心靈，只有具有開放的心靈的人，才能具有笑話的人生。這種開放的心靈是透過學習而來，也是教育的基本目標。只有開放自己，方能笑談人生。因此個人認爲，訓練學童說笑話的基本訓練，是在於整個心境的學習。首先，我們擬對妨礙創造思考的主要因素略加說明。如果我們把心智能力化成爲四個基本功能：

1. 觀察與注意
2. 記憶與回憶
3. 分析與判斷
4. 產生新構想，預知和想像不存在的事物（見哈佛管理叢書「如何開放你的創造力」頁 9）

一般說來，我們教育制度，花費太多的時間，用於培養前三者的功能，而卻忽略了第四項功能。又「創造思考與情意的教學」一書亦說明妨礙創造思考的主要因素有四：（見復文版前言介紹部分）

1. 概念的功能固著

由於習慣使然，常把某一事物限定在一種功能上的習慣性概念，因此常常限制了我們的思考，無法產生突破，去解決新問題。

2. 問題敘述不當

由於對所面臨的情境或問題，未能把握眞正問題所在，或者由於所提出問題敘述不當，因此阻礙了創造思考的產生。

3. 過去經驗的制約

由於受到過去經驗與習慣的影響，我們對於各種問題常有一套固定的反應方式，這種機械式的習慣反應，限制了一個人解決問題時擴散思考的發揮。

4. 缺乏擴散思考的練習

學校教育強調記憶、練習的聚斂式思考，注重紙筆測驗，偏重單一標準答案之評量，而忽略了應用，聯想之擴散式思考，更少採用表演、操作等方式來評量學生之想像與創意。

針對前述，如何開發學童的創造力乃是刻不容緩之事，而有關激發的原則與方法也有許多。但我們相信創造力的發展，大多是後天環境與教育的結果，也就是說，是經由學習而得來，以下略述其基本方式如下：

1. 觀　察

觀察是一切學習的基本。只有多觀察，才能入微。而觀察入微是衍生新知的不二法門。

2. 水平思考

水平思考是針對垂直式的邏輯性思考而言。

我們日常的思考，絕大部分是屬於垂直收斂式的。如在學校讀書考試和各種知識傳遞的過程中，問題的答案，無論型式爲何，往往非對即錯，相當清楚明確。這種以對錯爲指標，以是非作爲基礎的思考法，不但常見常用，也極爲其重要。它幫助我們推理、析疑、解難和學習運用知識。

可是，假如一個問題有很多種可能的解答，評估這些答案的時候，我們不問對錯，只問那一個答得最妙、最幽默、最富奇想、最有創意。則思考作答就不能僅依賴垂直收斂法，而必須用水平思考法。

這種思考法，求解的思路從各個問題的本身向四週水平發散，各自指向不同的答案，所以也叫「發散式思考法」。這種水平發散式的思路，彼此間談不上特別相關，每種答案也無所謂對錯，但往往獨具創意、別富巧思，令人拍案驚奇，玩味無限。

至於如何導使心向，使其能應用水平思考，賀蘭德（Morris K. Holland）在「應用心理學」一書裡，曾提兩個可行的方法：（見桂冠中譯本頁 47 至 52）

第一是腦力激盪

創造性思考庄少包含有兩個階段：觀念的產生及觀念的評價。創造力的障礙常常生於第一個階段，也就是無法產生新奇的觀念。腦力激盪是個助益創造性觀念的產生的方法。它的基本信條是：觀念產生期間，絕對不可對產生的觀念作任何評價。腦力激盪的基本原則是：

絕對禁止批評與評價。

觀念愈新奇愈好。

觀念愈多愈好。

歡迎他人意見的組合與改進。

腦力激盪通常都是在團體中進行。如果想獨立作，可拿出紙筆把你所想到的一切觀念記下來，等到你已經想不出任何觀念時再去評價它們。

第二是同質類比

同質類比和腦力激盪一樣，也是增進創造力的方法。這兩種方法都強調觀念的產生絕對不能受到消極想法（如批評或評價）的壓抑。腦力激盪打破心向效應的主要方法是新構想、新觀念的激盪與引發；而同質類比則應用類推方法來獲致有創意有效用的觀念。同質類比利用類推法來使熟悉的事物變得生疏。也就是說，打破習慣化的心向與成見，戒除盲目的惡習，並以新的方式來觀察問題，處理問題。

同質類比運用數種不同的類推方式來獲致許多新奇有效的觀念。最常見的類推方式稱爲直接類推，也就是將現有的問題與某些已知系統做比較；如想要解決在水中建築橋樑或房屋的問題，就先去觀察思考各種水中動物築穴的方法，生物系統的築穴特性可能給你的問題提供創造性的答案。另一種常用的類推方法稱爲親身類推，也就是說，當事者假想自己爲問題的某一部分，如發明家想像自己是個齒輪。假想自己是個齒輪，可能會使你產生某些新的構想，找到創意十足的解答，這兩種類推方式的效能，都是使熟悉的變爲奇異的，都有助於創造。

以上所述是屬於創造心態的養成。可隨時在教學過程中加以導向。導向的應用，可參考陳英豪等人所編著的「創造思考與情意的教學」。至於實際練習說笑話的有效方法，當然要有環境，所謂環境，就是說要有機會多聽與多說。如果老師本身能以笑話做爲教學的導引，則學生自然會有環境。更可在國語課程多加利用，如利用成語、雙關語、格言、俏皮話、歇後語、詩句等，加以變形或改裝。

也可以叫學生朗誦笑話。朗誦時最好就像面對著聽眾說笑話，一本正經。朗誦時應當特別注意一字一句毫不含糊。這種的朗誦對說笑話有很大的幫助。

並可以做笑話的欣賞與分析。如點明引人發笑之處，或不說出題目，由學生來訂題目。

當然，更應該鼓勵學生多說笑話，蒐集笑話，或看有趣的漫畫。果如此，自能朝向一種創造的心態，其實，所謂的創造力就是指創造的能力。但創造是由什麼所構成？無法一言以蔽之，對某一個人而言，創造可能是指發現一個星球，對另外一個人，可能就是彈鋼琴或打網球，對某些人是繪一幅罕見的好畫，更可能只是試試新玩意而已。因此我們認爲學童能說個有趣的笑話，比發現星球更具創造性。

第七節　幽　默

幽默一辭是從英語 Humour 音譯而來，音義兼備，相當傳神，是林語堂先生的手筆。不過幽默二字，也是我國古文學中的現成語。屈原懷沙有云：

　　眴兮杳杳，孔靜幽默。

洪興祖的註解是：

　　孔，甚也，詩曰：亦孔之將默。默，無聲也。言江南山高澤深，視之冥冥，野甚清靜，漠無人聲。一云孔靜兮，史記默作墨。（見藝文版「楚辭補註」頁 225）

幽默是形容山高谷深荒涼幽靜的意思，幽是深，默是靜。而音譯而來的幽默，是指意義深遠耐人尋味的一種氣質，與古文學中的現成語幽默二字所代表的意思似乎頗爲接近。

英語屬於拉丁語系，因此 Humour 一字也是源於拉丁文，原爲 Humor。這個拉丁字可以作某種氣質解釋。

幽默一詞所代表的那種氣質，在西方有其特定的意義與歷史。據古代希臘生理學的說法，人體有四種液體：血液、黏液、黃膽液、黑膽液。這些液體名爲幽默（Humour），與四元素有密切關聯。血液似空氣，溼熱；黃膽液似火，乾熱；黏液似水，溼冷；黑膽液似土，乾冷。某些元素在某一種液體中特別旺盛，或幾種液體之間失去平衡，則人會生病。液體蒸發成氣，上升至腦，於是人之體格上的、心理上的、道德上的特點予以形成，是之謂他的脾氣性格，或逕名之他的幽默。完好的性格是沒有一種幽默主宰他。樂天派的人是血氣旺，善良愉快而多情。膽氣粗的人易怒、焦急、頑梗、記仇。黏性的人遲鈍，面色蒼白、怯懦。憂鬱的人貪吃、畏縮，多愁善感。幽默之反常狀態能進一步導致誇張的特點。四種液體完全適合的狀態就稱爲健康。

歐洲文藝復興時期意大利的批評家，把這種醫學與生理學的術語，轉用到文藝方面。Humor 一字轉爲意大利語的 umore，意思是說「要做某種事的特殊天性」。

在英國伊利沙白時代，幽默一語成了人的「性格」（disposition）的代名詞，繼而成了「情緒」（mood）的代名詞。

這個解釋爲性格的 Humour，到了十七世紀發生了變化。就是當這個字轉用在口頭傳播時，雖然沒有急智洗鍊，可是卻能夠更出奇、更自發，而且特別表現出說話人的人品中的詼諧意味。英國人自認他們獨有的幽默特性，駕乎古今各國的文學之上，並且認爲英國人最富於幽默感。

幽默的譯名，當初亦引起頗多爭議，林語堂在「論幽默的譯名」裡說：

> 「幽默」二字本是純粹譯音，所取其義者，因幽默含有假痴呆之意，作語隱謔，令人靜中尋味，果讀者聽者有如子程子所謂「讀了全然無事」者，亦不必爲之說穿。
>
> 此爲牽強說法，若論其詳，Humour 本不可譯，唯有譯音辦法。華語中言滑稽突梯，曰詼諧，曰嘲，曰謔，曰謔浪，曰嘲弄，曰風，曰諷，曰誚，曰譏，曰奚落，曰調侃，曰開玩笑，曰戲言，曰孟浪，曰荒唐，曰挖苦，曰揶揄，曰俏皮，曰惡作謔，曰旁敲側擊等。然皆或指尖刻，或流於放誕，未能表現寬宏恬靜的「幽默」意義，猶如中文之「敷衍」，「熱鬧」等字亦不可得西文正當譯語。最近者爲「謔而不虐」蓋存忠厚之意。幽默之所以異於滑稽荒唐者。一、在於同情於所謔之對象。人有弱點，可以謔浪，己有弱點，亦應解嘲，斯得幽默之眞義。若單尖酸刻薄，已非幽默，有何足取？張敞謂夫

> 婦之間有甚於畫眉者，漢宣帝不究其罪，此宣帝之幽默。鄭人謂孔子獨立郭門，「纍纍然若喪家之狗」，子貢以實告，孔子欣然笑曰「形狀未也，而似喪家之狗，然哉！」此孔子之幽默。二、幽默非滑稽放誕故作奇語以炫人，乃在作者之觀點與人不同而已。（見聞明版「語堂文集」下冊，頁 864 至 865）

幽默一詞，目前已相當普遍化。林語堂認爲幽默是人生之一部分。在「生活的藝術」一書裡說：

> 幽默一定和明達及合理的精神聯繫在一起，再加上心智上的一些會辨別矛盾、愚笨和壞邏輯的微妙力量，使之成爲人類智能的最高形式。（見德華版第四章「論近人情」頁 84）。

又在「吾國吾民」一書裡也說：

> 幽默者是心境之一狀態，更進一步，即爲一種人生觀的觀點，一種應付人生的方法。無論何時，當一個民族在發展的過程中，生產豐富之智慧足以表露其理想時，則開放其幽默沒有旁的內容，只是智慧之刀的一幌。歷史上任何時期，當人類智力能領悟自身之空虛、渺小、愚拙、矛盾時，就有一個大幽默家出世，像中國之莊子，波斯之喀牙姆（Omar Mhay, am）希臘的亞理斯多德，雅典民族沒有亞理斯多德，精神上不知要貧乏多少，中國倘沒有莊子，智慧的遺產也不知將遜色多少。（見德華版頁 61）

我們知道幽默一詞有複雜的意義，但如果我們是指語言的幽默，亦即是此種語言能使人發笑，爲滑稽言詞之一種，不涉及其他意義。當幽默作爲言詞的一種形態時，它不同於機智。機智純然是理智的，而幽默則是理智中含有感情，它不僅不傷害到別人，且具有一種同情的性質，它可以說是笑話的最高境界。因此我們可以說，幽默的精義在於其中所含的道理，而不在於舞文弄墨博人一粲。因此，林語堂認爲幽默一語的最好解釋是：「會心的微笑」。（見開明版「語堂文集」下冊頁 859「會心的微笑」一文）也就是說，幽默是以一種悲慟且富同情的態度來洞察人生。因此，它能逗引人發出一種含有思想並發人深省的笑，不是冷嘲那樣使人在笑後而覺得辛辣。它是極適中的使人在理智上、情感上感到會心的、甜蜜的、微笑的一種意味。幽默的人生觀是眞實的、寬容的、同情的。幽默看見人家假冒就笑。凡是善於幽默的人，其諧趣必愈幽隱，而善於鑑賞幽默的人，其欣賞尤在於內心靜默的理會，大有不可與外人道之滋味，與粗鄙顯露的笑話不同。幽默愈幽愈默而愈妙。由此我們可以說：幽默是指一種特性，能夠引發喜悅，帶來歡樂，或以愉快的方式娛人，並使人從痛苦的經驗和情緒當中掙脫出來。至於幽默感，則是一種能力，是了解表達幽默的能力。而幽默的能力，則是一種藝術，是運用你的幽默感，應用幽默，來增進你與他人的關係，並改善你對自己眞誠的評價的一種藝術。

我們曾說，充分的幽默感是說笑話的人的第一條件。而所謂有幽默感的人，應具備有：豁達的人生觀，慈悲的胸懷，追根問底的精神，勤於收集資料，出眾的口才，（詳見前述）這是具有幽默感的人，所具備的心態。有人說幽默感是天賦的，多寡不等，不可強求，但我們相信幽默感也是經由學習而得來。當然，爲幽默感而幽默的職業幽默家，是不會有趣可言，因爲這種職業家有時說了長長的笑話，也不知道聽者的不感興趣。所以有人以高爾夫球爲例說：「如果你去看球賽，那很有趣。如果你自己下去打球，那是娛樂。如果你以此爲工作，那就是高爾夫。」我們不必刻意去做幽默專家，但我們可以和幽默相處，因爲幽默本身即是一種人生觀，它是落實於人類眞實的人情味上。我們不是天生就有幽默感，也絕非用金錢可以買到，只要我們肯去探索、培養、發展。在我們運用幽默力量之前，必須先創造並發展屬於自己的幽默力量。首先，我們要能夠加速運轉我們趣味和遊戲的精神。我們懷著好玩、有趣的心情，就可以多多表露自己，減少自我表露而帶來的痛苦，有了趣味和遊戲的精神來充電，幽默自然從其中而生。以下略述與幽默相處的實際方法：

1. **趣味的思想**

抓住一個情況，把它由裡往外翻，或從下倒上顛倒過來，站在新的角度去看它，看到它趣味的一面——即使情況看來似乎沒有指望，婦女雜誌的「趣味問答」是個很好的現成例子。

趣味的思想，可以自由自在的借用格言、成語、諺語、名言等，然後加以修改，賦予生命，加上你自己的題材，成爲適合自己的幽默。

也可以就語言加以聯想，一則幽默，往往都是由人對語言的特殊聯想構成的，語言的聯想，首先從推翻你舊有的習慣或成見做起。我國的語言，同音異義的很多，正可提供有趣味的文字遊戲的機會。

也可以從觀念的聯想與比較入手，幽默的首要條件是機智，而機智又往往是因觀念的聯想和新穎的比較而來。如例舉鯨魚和雞的共同點。如果你的答案是：兩者都不會喝酒也不會爬樹，就很有趣了。

也可以從吹牛入手，吹牛不必誇張自己。如把吝嗇誇張到極致。誇張除了可從量上誇張外，還可以從內涵的誇張裏給人迴不相同的感受。如打落牙齒和血吞，就是一種適切的誇張。

當我們做趣味的思想時，是以與人不同的方式思想，我們抗拒無意義的傳統習慣，遏止因襲別人。因趣味的思想能破除虛僞，進而發現眞實，實現自我。凡事皆能從多元的角度去看，更能想想趣味的一面，所以不會怨天尤人，自尋煩惱。

2. 笑談自己

以輕鬆的態度面對自己，而以嚴肅的態度面對人生的工作。如果適得其反，就會有煩惱。不成熟的個性常在於視自己爲世界的中心，而成熟則伴隨以視自己和群體有合宜的關係。

當我們發展出妥當處理大小失誤的能力，在心理就算成熟。當然，對小錯誤比較容易做到，如把早餐的麵包烤焦了，能夠一笑置之。但是如果你錯過了升遷的機會，或者坐失發財的良機，就更需要將你眼前的失誤拿來和人生的終極目標做一個比較。就長遠來看，你還是有機會達到成功的——那一點損失算什麼！

只有能以輕鬆的態度面對自己的人，才能笑談自己，並與他人一同笑。以自己爲對象的笑，可以解開誤會，摒除錯誤，擊倒失敗，重振士氣。學習去看你自己行爲趣味的一面，你會獲得自尊，因爲你能寬容自己的小錯誤或缺點，並且還能給人一個榜樣，證明笑談自己可以增進自信心。因你有勇氣笑自己，使得他人也感到能自在的笑他自己。而且當你與他人一同笑的時候，你不會傷害他人，也不會令他人不悅，因爲你已證明你是一個能與他人共歡笑的人，而不是在一旁取笑批評他人的人。

當你能笑談自己，而別人也認爲你是個開得起玩笑的人——特別是以自己爲開玩笑對象時。你就能使人歡笑，使人快樂。你做愉快的事，說愉快的話，就會把這歡樂散佈到四周。同時你亦掌握到與他人之間的關係，這種與他人相處的人際關係，是我們要以最嚴肅來面對的事。也只有透過笑談自己的幽默，方能保融洽與歡樂。（七十三年四月）

參考書目

一、

1. 《笑的藝術》，若虹著，哲志出版社。
2. 《幽默與東西方文學》，林語堂著。
3. 《日笑錄》，董顯光著，大林出版社。
4. 《怎樣講故事說笑話》，祝振華著，黎明文化事業公司。
5. 《幽默的藝術》，赫伯特魯原著，鄭慧珍譯，獅谷出版社。
6. 《幽默逗笑術》，林振輝編著，大展出版社。
7. 《發揮你的幽默感》，林瑋編，國井文化事業公司。
8. 《兒童文學》，林守爲著，自印本。
9. 《兒童文學研究》，吳鼎著，遠流出版社。
10. 《兒童文學論》，許宗義著，自印本。
11. 《兒童文學研究》，葛琳編著，中華電視出版社。
12. 《幽默啓示錄》，蕭政信編著，于人書坊。
13. 《語堂文集（上、下）》，林語堂著，台灣開明書店。
14. 《如何開創你的創造力》，哈佛管理叢書。
15. 《水平思考法》，愛德華．波諾原著，謝君白譯，桂冠圖書公司。
16. 《創造思考與情意的教學》，陳英豪等著，復文圖書公司。
17. 《創造與人生》，歐森原著，呂勝瑛等著，遠流出版社。

二、

1. 《中國笑話書（七十一種）》，世界書局。
2. 《醉翁談錄》，羅燁撰，世界書局。
3. 《艾子雜說（五種）》，世界書局。
4. 《東坡禪喜集》，明徐長孺輯，老古文化事業公司。
5. 《莊諧選錄（上、下）》，新文豐出版公司。
6. 《諧鐸》，清沈起鳳著，考古文化事業公司。
7. 《文苑滑稽譚》，雲間顚公著，新文豐出版公司。
8. 《滑稽文集》，硯雲居士編纂，新文豐出版公司。
9. 《繪圖解人頤》，胡澹菴原輯，錢愼齋增訂，新文豐出版公司。
10. 《世說新語校箋》，楊勇校箋，宏業書局。

11. 《苦茶菴笑話選》，周作人選，里仁出版社。
12. 《古人軼聞集錦》，周增祥輯，道聲出版社。
13. 《幽默人生抄》，三浦一郎著，顏孫顯譯，文皇社。
14. 《雅俗共賞》，包學禮編著，常春樹書坊。
15. 《漫畫漫話》，張君菡編選，常春樹書坊。
16. 《俏皮小品》，張樂水編輯，常春樹書坊。
17. 《油詩三百首》，抱殘守缺齋夫編著，常春樹書坊。
18. 《古典幽默》，司馬尚編譯，常春樹書坊。
19. 《遊戲文章》，抱殘守缺齋夫編著，常春樹書坊。
20. 《文學記趣》，鍾健明編著，常春樹書坊。
21. 《俏皮話》，張弓長編註，常春樹書坊。
22. 《俏皮話》，尚英時編註，常春樹書坊。
23. 《中國笑話》，趙善增編著，常春樹書坊。
24. 《中國笑》，抱殘守缺齋夫編著，常春樹書坊。
25. 《古今笑談》，抱殘守缺齋夫編著，常春樹書坊。
26. 《笑的人生》，程思嘉編譯，常春樹書坊。
27. 《可笑的世界》，卓明誠編譯，常春樹書坊。
28. 《滑稽文學》，抱殘守缺齋夫編註，常春樹書坊。
29. 《俏皮的風涼話》，尚英時編註，常春樹書坊。
30. 《人海小幽默》，彈冠客編譯，常春樹書坊。
31. 《俏皮話精選》，尚英時編註，常春樹書坊。
32. 《文人軼事》，康明華編著，常春樹書坊。
33. 《絕妙好聯》，唐伯虎等著，常春樹書坊。
34. 《絕妙好詩》，張弓長編註，常春樹書坊。
35. 《打油詩》，抱殘守缺齋夫編著，常春樹書坊。
36. 《大人物的小故事》，周增祥譯輯，道聲出版社。
37. 《大人物的小特寫》，周增祥譯輯，道聲出版社。
38. 《中國歷代笑話》，王進祥編著，星光出版社。
39. 《中國的笑話文學》，大夏出版社。
40. 《笑破肚皮》，林明德撰譯，河洛出版社。
41. 《中國笑話選》，伍稼青輯，商務人人文庫。
42. 《四書成語謎語聯語及趣聞》，李炳傑編著，正文書局。

43. 《西笑錄》，錢歌川譯，傳記文學社。
44. 《浮世繪》，輯讀者文摘。
45. 《世說新語》，輯讀者文摘。
46. 《名人現形記》，龔鵬程編著，你我他出版社。
47. 《莫非定律》，朱邦彥譯，聯經出版社。
48. 《奇詩共賞》，林守誠著，水芙蓉出版社。
49. 《再賞奇詩》，林守誠著，水芙蓉出版社。
50. 《名流趣話錄（二冊）》，趙蔭華編著，台灣學生書店。
51. 《歇後話》，言兆銘編，銀海出版社。
52. 《北平的俏皮話兒》，齊鐵恨編著，中國語文月刊社。
53. 《北平歇後語辭典》，陳子實主編，大中國圖書公司。
54. 《趣味問答集》，綜合月刊社。
55. 《拾趣錄》，伍稼青輯，台灣學生書局。
56. 《拾趣續錄》，伍稼青輯，台灣學生書局。
57. 《民國名人軼事》，伍稼青輯，學生書局。
58. 《西洋幽默選粹》，金仲宣編著，聯亞出版社。
59. 《奇諺妙喻》，楊光中編著，林白出版社。
60. 《奇諺妙喻續編》，楊光中編著，林白出版社。
61. 《妙言妙語》，楊光中編著，林白出版社。
62. 《妙言妙語續編》，楊光中編著，林白出版社。
63. 《妙事多多》，金家曄編譯，大展出版社。
64. 《幽默小品》，凡人編著，西北出版社。
65. 《笑話樂園》，凡人編著，西北出版社。
66. 《古典笑話》，王進祥編著，星光出版社。
67. 《新笑林》，蘇明偉譯，國家出版社。
68. 《幽默小品（中國篇）》，常笑生等著，高國書局。
69. 《最近笑林廣記》，劉省齋論著，大行出版社。
70. 《輕鬆笑話》，張行德編，綜合出版社。
71. 《滑稽笑話》，張行德編，綜合出版社。
72. 《中國民間故事笑話集》，陽明書局。
73. 《中國名人笑話》，陳虹編著，環宇出版社。
74. 《幽默笑話選集》，劉劍能編著，志昌出版社。

75. 《中國笑話故事》，孟仲仁編著，出版家文化事業有限公司。
76. 《天葫蘆》，牧童出版社。
77. 《世界偉人輕鬆面》，道滿三郎著，邱春木譯，暖流出版社。
78. 《郎狗猫娘》，喬莫野譯著，三越出版社。
79. 《大陸笑話集（第一輯)》，黎明文化事業公司。
80. 《趣譚》，喬獲樂編，彩虹出版社。
81. 《儒林趣譚》，顏孟坪著，台灣新生報出版部。
82. 《笑話趣譚莞爾集》，任翔南著，台灣新生報出版社。
83. 《哈哈笑（第一輯)》，讀者文摘特輯。
84. 《哈公語錄》，哈公著，香港縱橫出版社。
85. 《少數民族機智人物故事選》，鄭謙慧編纂，中國瑜伽出版。
86. 《新聞眉批》，金聖不嘆輯，聯經出版事業公司。
87. 《洋蓋仙耍花招》，李奠然神父編著，種衍倫譯，皇冠出版社。
88. 《土耳其幽默大師》，黎克難編譯，華欣文化事業中心。
89. 《古典文學妙趣》，錢化鵬編著。
90. 《天下幽默集》，洪潤澤譯，新將軍出版公司。
91. 《趙寧詩畫展》，趙寧著，華視出版社。
92. 《開胃小品》，台灣新生報印行。
93. 《開心小品》，台灣新生報印行。
94. 《趣譚（一、二、三、四)》，中央日報社。
95. 《仙吉兒童文學廿四期（笑話專輯)》，屏東縣仙吉國小。
96. 《小笑話（全)》，徐武雄編輯，大千出版事業公司。
97. 《歡樂年年》，陳美儒主編，台灣新生報出版部。
98. 《甜蜜的兒語》，龔顯男著，龔氏出版社。
99. 《新小笑話》，福將文化事業公司。
100. 《幽默筆記》，桂文亞編寫，聯經出版事業公司。
101. 《俏皮天地》，朱邦彥譯，聯經出版公司。
102. 《趣味笑話》，福將文化事業公司。
103. 《小小笑話集》，作文月刊社。
104. 《看古人說笑話》，謝武彰編撰，啓元文化事業股份有限公司。
105. 《小人國》，傳堪輯，聯經出版事業公司。
106. 《哈哈鏡》，幼獅文化公司。

107. 《有趣的笑話》，顏炳耀編著，青文出版社。
108. 《開心的微笑》，謝麗淑編著，青文出版社。

三、

1. 〈滑稽列傳〉，司馬遷，見藝本版「史記會注考證」卷一百二十六，冊十。
2. 〈諧隱〉，劉勰，見弘道版語譯詳註「文心雕龍」頁 198～211。
3. 〈論滑稽〉，姚一葦，見開明版「美的範疇論」頁 228～271。
4. 〈論笑與淚〉，宮城音彌著，李永熾譯，見牧童版 71.6.「人性的分析」頁 67～84。
5. 〈談笑話的整理〉，齋如山，見聯經版「齊如山全集」冊十，頁 5841～5884。
6. 〈笑話〉，婁子匡、朱介凡編著，見正中版「五十年來中國的俗文學」頁 99～115。
7. 〈談幽默感〉，林語堂，見德華版「生活的藝術」頁 83～87。
8. 〈論孔子的幽默〉，林語堂，見德華版「論孔子的幽默」頁 83～87。
9. 〈論幽默〉，林語堂，見德華版「吾國吾民」頁 61～66。
10. 〈話說笑話〉，祝振華，見黎明版「說話的藝術」頁 52～59。
11. 〈幽默是一種創造性的攻擊方式〉，吳靜吉，見遠流版「心理與人生」頁 28～31。
12. 〈幽默的感受〉，夏元瑜，見時報版「談笑文章」頁 89～100。
13. 〈談幽默〉，梁實秋，見正中版「雅舍雜文」頁 143～148。
14. 〈由三句半詩領略笑談的技法〉，如陵，見 72.6.19.及 20.兩日中央日報副刊。
15. 〈笑談的世界〉，仲父，見 72.7.22.中央副刊。
16. 〈台灣人的小笑話、台灣人的滑稽故事〉，片岡巖著，陳金田譯，見大立出版社版「台灣風俗誌」頁 369～418。

謎語研究

第一節　前　言

謎語源於「隱」，而其效用要皆不失諷誡。我國謎語，由於語言文字本身的特質所致，其體制皆建立於文字本身的形、音、義之上。尤其字謎，更見機智與情趣趣是我國獨有的產物。但謎語由於本身的特殊結構，難登入正統文學之林。

謎語的來源很早，《韓非子・喻老》：

> 右司馬御座，而與王隱曰……（見世界版「新論諸子集成」本，冊五，《韓非子集解》，頁 123。）

又《國語・晉語》五：

> 有秦客庾辭於朝。（見漢京版《國語》，頁 401）

到漢代，有稱爲射覆，東方朔爲此中能手，漸開後世諧讔之端。至唐代，種類已極繁多。五代時，其風不衰，但一般說來，謎語仍是寄存於民間爲主。

宋代，四海昇平，歲豐民樂，猜謎的風氣很盛。於是有職業性的「商謎」出現，「商」字的意義，就是任人商略。商謎，原爲少數人的遊戲，它作爲瓦肆中的表演技藝，從少數人的遊戲，演變爲群眾性的娛樂，這是謎的發展必然的結果。在宋代，商謎不但在瓦肆中流行，且作爲元宵節的點綴品，《東京夢華錄》卷六〈元宵條〉云：

> 正月十五日元宵，大內前，自歲前冬至後，開封底絞縛山棚，立木匠對宣德樓，游人已集御街兩廊下。奇術異能，歌舞百戲，鱗鱗相

> 切，樂聲嘈雜十餘里，擊丸蹴踘，……其餘賣藥、賣卦，沙書、地謎，奇巧百端，日新耳目。（見大立版《東京夢華錄外四種》頁34）

又《都城紀勝》瓦舍眾伎條云：

> 商謎，舊用鼓版吹賀聖朝，聚人猜詩謎、字謎、戾謎、社謎，本是隱語。有道謎：來客念隱語說謎，又名打謎。猜：來客索猜。下套：商者以物類相似者譏之，人名對智。貼套：貼智思索。走智：改物類以困猜者。橫下：詐旁人猜。問曰：商者喝問頭。調爽：假作難猜，以定其智。（見大立本《東京夢華錄外四種》頁98）

用鼓板吹「賀聖朝」，可見商謎表演時有音樂伴奏。於是乎在謎語的一路流變中，燈謎突起。所謂燈謎，始於宋，而終於明；終而流爲文人的詩文謎。也因此逐喪失其生命與朝氣。

謎語雖爲文字遊戲，但仍不失爲俗文學。一般說來，俗文學具有下列的性質：

1. 民族性

俗文學非個人創作，乃屬於民族集體的產物。民族的性格、德行、愛憎以及其生活的背景，最是表現於其中。俗文學如缺欠了民族性，就失去了它的特色所在。

2. 傳統性

俗文學的創作，固然最初的胚胎必然依從某一個人起俗；其完成的過程，須經過集體的修改，補充、承認和流傳。俗文學的部門，沒有一樣東西是即時生長的；它一定是經過長時間歷史傳統的淵源。

3. 鄉土性

樸素、率眞、尋常、厚重；或許粗鄙，但不下流。土味兒十足，地方色彩濃厚；而由於具有民族性而不囿於一隅。

4. 群體性

俗文學並非屬於某一階層或某一社會或某一教育程度或某一年齡的人，而是男女老幼，富貴貪賤，上智下愚所共有的，所喜愛的。

5. 口語性

俗文學它是生活在語言中，而非生活在文字上。固然現在俗文學各部門都有書本記載，但其不斷創造與傳承，還是在於千萬人的口語說唱。俗文學所賴以表現的第一件事，乃是它是口語的。

6. **和合性**

不堅持某一觀念或某一種傾向，不約束什麼，也不排斥什麼，只依著社會生活的習俗和民間傳承的進程順乎自然的推移，達到了和融的境界。（以上詳見正中版《五十年來的中國俗文學》頁 4 至 5）

至於俗文學的價值有下列七點：

1. 民族精神所據以表現。俗文學是潛況的民族文化產物，普泛的貫注著民族精神，它教育、鼓勵、安慰我們老百姓，引起民族心性團結，形成我們共同的愛憎。
2. 擴展了文學的領域。正統文學，多從俗文學發展而來。
3. 雅俗共賞，達到文學的普遍效用。俗文學非但老弱婦幼，甚至文盲也能欣賞。至於文人學士對於俗文學的欣賞比一般要來得境界擴大，特具深度。
4. 老百姓從俗文學接受教育而構成人格。
5. 俗文學永伴人生。
6. 俗文學是各科學術研究的上等資料。民間傳說和社會歷史進化的痕跡，常在俗文學的各部門之中。
7. 方言古語的寶廟。語言爲文學的要素之一，俗文學的這個要素，多的是方言古語的包含。在語言學研究上，最是不可忽視的一個領域。

（以上詳見《五十年來的中國俗文學》頁 18～21）

屬於俗文學的謎語，當然也具有上述的性質與價值。從歷史的考察，民間口頭謎語題材多樣，且富生活氣息與地方色彩。由於它結構上的特殊性，又不是以塑造人物形象來教育人爲主；因此，它並不如一般的俗文學作品一樣，以反應重要的世態人情爲特點。可是它既是俗文學，就必然會反應人民的種種豐富的知識。更重要的是它也必然會在某種程度上直接反映人民群眾所目擊的社會生活、世態人情和自己對待這些問題的特定思想感情；有時還帶有某種喜劇性、諷刺性。譚達先認爲我國的謎語在不同的歷史時代中對人民群眾在培養智慧上起著不同的作用。他說：

> 總的來說，謎語在中國古代和近代雖同是給人們培養智慧的口頭作品，但它的作用是不很相同的：（一）在古代，謎語是教育成人，同時也是教育兒童的好作品。這就是說，在古代，謎語主要表現在對

> 人們起著思想、政治教育和知識教育的雙重作用，其中某些作品還有著「興治濟身，弼違曉惑」的特殊作用。這個歷史時期的作品，自然是藝術作品。（二）在近化以來，謎語主要是起著娛樂身心和對兒童進行知識教育的作用。這個歷史時期的作品，所謂「興治濟身，弼違曉惑」這種爲遠古謎語所具有的特別的作用，已逐漸消失，因此，它已主要是作爲兒童教育的口頭作品而存在和傳播著。民間謎語上述的不同作用的出現，正是它在長期歷史發展過程中所形成的必然結果。（見《中國民間謎語研究》頁41）

拋開歷史與教育不論，我們認爲謎語是吸收知識、增進智慧、鍛鍊思考、陶冶性情，自娛娛人的絕妙工具；瑞君在《摩燈謎語》一書裡，認爲其功用有五：

1. 陶冶性情。
2. 啓發思想。
3. 振奮精神。
4. 增加知識
5. 發揚國粹。（詳見水芙蓉版頁13～14）

在謎語的流變裡，主要當屬源遠流長的「謎語」。這種「謎語」即是所謂的民間謎語，或稱口頭謎語；舉凡城市或窮鄉僻壤，不論其文化水準高低，各地方均有各地方的謎語，是一般成年人與兒童們彼此口頭上所傳誦的一種難人的遊戲，爲競賽知識方法之一種。各個地方皆有其獨特風格之謎語存在，永遠流傳著古老的陳腔濫調，互相傳猜，有區域性的。與諺語、歇後語有異曲同工之妙。能說謎語的人不一定要有學識；衹要他的記憶力強，對謎語愛好有興趣；他在此處聽了人家說過的，換了一個地方，他就自炫其能，將所聽到的，原原本本說出來給人家猜。這種較智鬥思遊戲，在百姓社會裡，是一種消遣解悶的高雅娛樂；並可附帶測驗出來某人思考靈敏，某人腦筋遲鈍。這完全是以口頭傳誦，而不須書寫；識字不識字之人皆可參加。是以陳光堯在《謎語研究》一書裡說：

> 廋辭有諷刺的特色，隱語只在隱寓意思，射覆語全爲迷信的傳說，風人體多係一般詩人的隱語，燈虎乃舊文人的謎文謎，謎語則是現在一般民眾或兒童們彼此口頭上所玩弄的把戲。（據商務版頁5）

這種民間謎語趣味深長，思想活潑，字句清淺，聲調和諧，結構曲折而自然，因此能爲一般民眾所接受。其中更有小謎語，是專屬兒童閱讀，這種小謎語字句淺顯而雅潔，音調自然有韻律，趣味深長如小詩歌，完全用模仿人物狀態，而以抽象方法描寫。兒童對它有濃厚興趣，因其內容不含典故；兒童的個性好奇，有求知慾，腦筋好活動，這種小書，其內容成分範圍甚小，祇限於人、物、事三種；物的成分要佔三分之二，大都是日常生活裡眼前的東西。總之，這種小謎語其特點是：易記、易念、易猜，字句簡潔，又都有押韻，唸起來順口，猜起來有趣，兒童對它有濃厚的興趣。這種謎語的興起，乃是自明清以來；尤其是清末民初，在各地區深入民間而鬱勃的燈謎，竟逐漸衝破適時應景的拘束，反璞歸眞，再加上新學制的提倡，以及地方教育的普遍發達，謎語遂與兒歌、（童謠）潛然匯流，結合成爲新興的小謎語。特別是在各地農村，每於農閒之夜，有見識的大人們，總喜歡提供一些謎語給小孩子們是猜，逗著玩樂，作爲相娛節目。小謎語除了易記、易唸、易猜之外，更可以啓發兒童的智慧，並藉以培養兒童的判斷力；對往日的兒童來說，它更是文化生活中不可或缺的藝術珍寶。

目前，幼稚園與國小課程標準皆列有謎語，謎語屬於詩歌部份；在國小國語第五冊有「小鯉魚猜謎語」，第八冊有「猜謎語」。在兒童的生活天地，點綴一些趣味盎然的謎語來猜射，可以調劑兒童的身心，充實生活，對兒童的智慧具有啓迪的作用。就兒童心理而言，給兒童的謎語，年幼的兒童以生物謎、器具謎、人事謎爲主，年長的兒童才提供地名謎、字謎、成語謎，除此之外，更應注意：

1. 合於兒童生活。
2. 便於兒童發揮辨別能力。
3. 富有趣味性。（見許義宗《兒童文學論》頁 6～7）

猜謎本是兒童所喜愛的活動，時至今日，能以謎語做爲教材者似乎不多見，以個人所見，較爲出色的兒童謎語讀物有：

《我來說你來猜》，林武憲著，中華兒童叢書，民國 63 年 2 月。

《謎海尋寶》，尤增輝編著，兒童圖書出版社，民國 63 年 10 月。

以學校而言有

《仙吉兒童文學（謎語專集）》第三十六期，仙吉國小主編，民國 71 年 7 月。

至於爲兒童編寫的謎語入門書有：

看故事學燈謎　朱瑞君指導　民國71年6月　千華出版社

該書故事是曾小英編寫，謎語則是朱瑞君指導。當然，目前已漸漸有人加以重視。如屏東縣兒童語文教育研究會所舉辦第二屆小天使兒童文學創作獎徵選品中，就有謎語的創作一項。

其實，非僅小謎語不受重視，就是成人謎語，亦未見有何氣象。曾細觀謎語之書，皆滯留於「格」的解說，少有權變的時代性著作。更不論學術性的研究，其間可觀者有：

《謎海》，程振民，民國41年，世界書局。

《燈謎的猜和作》，王素存，民國49年，世界書局。

《謎語古今談》，陳香，民國66年，商務人人文庫。

《摩登謎語》，瑞君，民國68年，水芙蓉出版社。

一般說來，目前對於謎語的研究，實在比不上民國初期。民國初期，俗文學受人重視，當時北京大學有《歌謠周刊》，中山大學有《民俗周刊》（後改季刊），婁子匡主編有《孟姜女月刊》。於是展開對於俗文學的收集與研究。就燈謎而言，重要的著作有：

《謎史》，錢南揚，民國17年中山大學語文歷史研究所印行。

《謎語研究》，陳光堯，民國19年商務印書館。

《民間謎語全集》，朱雨尊編著，民國21年，世界書局。

《謎語之研究》，揚汝泉，民國23年天津大公報社出版。

而這些書目前似乎未有人翻印。至民國六十八年，又有譚達先的《中國民間謎語究》問世，就歷史與理論而言，可說是目前最好的著作，坊間有翻印本。

由於本人執教於師專，且對教育與兒童文學頗有興趣；加上多觀察與經驗，發現目前的教育，不能教導學生思考與情意的培養。缺乏思考，則不易養成對眞理的執著與追求；缺少情意，則能構成和諧的生命。站在語文教師的立場，頗思加強謎語與笑話的教材，以便有助於思考與幽默的養成。是以不揣陋學，披閱有關謎語書冊，編集成文，以做爲師專生兒童文學的教材。其間所論有：起源、別名、術語、體制、類別、特質、製作與猜射等項，旨在提供學生對謎語有個基本的認識與了解，進而能加以應用。至於文人的詩文謎，因無助於教學之用，是以存而不論。對於謎語，本人仍屬未入門者；非但不藏拙，且牽強附會雜說橫陳，蓋所謂拋磚引玉，有待指教者也。

第二節　謎語的意義

本節所述，包括謎語的由來，謎語的別名，與術語釋例等三部份，茲分述如下：

一、謎語的由來

謎語，並不是一種普通的語言，究其起源，或可先就字源加以考查。《說文・言部》附：

> 隱語也，[illegible]言謎，迷亦聲。（商務版，《說文解字・詁林》第四冊，頁 1100）

清鈕樹玉《說文新附考》云：

> 謎疑迷之俗字。《玉篇》謎米閉切，隱言也。按《廣韻》不收謎，疑迷之俗字者。迷訓惑，與謎義有合，《漢書》敘專幽通賦，迷與對爲韻。（同上）

又清王玉樹《說文拈字》云：

> 謎，隱語也，從言迷聲，莫計切。墨卿曰：演緐露，古無謎字。若其意制，即伍舉、東方朔謂之隱者是也。至鮑照集則有井謎矣。《文心雕龍》自魏代以來，頗非俳優，而君子隱化爲謎。謎也者，迴互其辭，使昏迷也。《廣韻》亦不收謎字。（同上）

從以上引錄可知古無謎字，謎字正式見之於書，是從鮑照的詩中開始，鮑照字謎三首：

> 二形一體，四支八頭，四八一八，飛泉仰流（井字）。頭如刀，尾如鉤，中央橫廣，四角六抽，右面負兩刃，左邊屬雙牛（龜字）
>
> 乾之一，九隻立無偶。神之二，六宛然雙宿（土字）（見藝文版《全漢三國晉南北朝詩》冊二，頁 887）

而事實上，在魏以前，詩中充斥著謎語意味的，亦已經不少了。至於最早爲它下定義的是《文心雕龍》的〈諧隱篇〉。

> 謎也者，迴互其辭，使昏迷也。

謎語是要迴互其辭，使人昏迷。也就是說謎語是具有繞彎子說話，使猜迷者感到迷惑的情況。推測其原因可能有三：

第一種是保密。上古時代，以結繩做爲記事的工具，「結」有一定的公式，各部落爲了保密，有時在公式之外再加上一些僞裝的「結」；須先解除僞裝，才能明白所記載的事，這就是謎的始祖。

第二種是爲了顧面子。因某種場合有時候不宜直說，轉彎抹角打個比喻，彼此心照不宣，事情也就解決了。

第三種是鬥智。由遊戲、難人、好勝等心理，起先僅供文人嘲謔而已，漸漸販夫走卒也起來，逐漸演變成現在大家喜歡的元宵節「燈謎晚會」。至於兩宋謎風潮盛，益趨巧妙，在謎語的一脈中，燈謎異軍突起，蘇軾、秦觀、王安石、黃庭堅，常以隱語相酬和，謎風爲之大開，同時逐漸由士大夫附會風雅，開始流傳成爲民間的文字遊戲，所以花樣更爲繁多，雅俗兼蓄。以後各朝均有謎集問世，謎風始終不衰，至清朝的乾隆嘉慶年間謎風最盛，連章回小說《紅樓夢》、《鏡花緣》裡都大謎謎語。民國初年，猜謎的風氣到達最高潮，抗日軍興，大陸　連年兵荒馬亂，猜謎本是一種消閒文學，於是日漸沒落。(以上參見水芙蓉版瑞君《摩登謎語》頁 3 至 4)

二、謎語的別名

從前列引述可知，今日所謂的謎語，即是由古代隱語蛻變而來。而在隱語之上，還有一個「廋辭」，它才是謎語的始祖。由廋辭流傳到現在，別名頗多，究其來源，不外以「謎」名，以時稱，以具號，以俗謂等數途，在歷代典籍中，所發現的詞語雖然名稱不同，而實質上都是謎語，如春秋時代的「隱」、「隱語」、「隱辭」，漢代的「射覆語」、「離合」、「字謎」，唐朝的「反語」、「歇後」、「風人體」，王代的「覆射」，宋朝的「地謎」、「詩謎」、「戾謎」、「社謎」、「藏頭」、「市語」，元朝的「獨腳虎」、「謎韻」，明朝的「反切」，「商燈」、「豬燈」、「彈壁燈」、「彈壁」、「燈虎」、「燈謎」、「春燈謎」，清朝的「春謎」、「春燈」、「燈虎」、「文虎」、「謎謎子」、「謎子」、「縮腳虎」、「切」等等，以下略述最常見的別名，並見其發展概況：

1. 廋語、廋辭

廋，揚雄《方言》卷三：

> 廋，隱也。(見鼎文版《方言校箋附通檢》頁 23)

而郭注云：

> 謂隱匿也。音搜、索也。(同上)

可知廋字有藏匿的意思。《論語》有「人焉廋哉」之語。至於廋辭，《國語・

晉語》五：

有秦客廋辭於朝，大夫莫之能對也，吾知之焉。（見漢京版《國語》頁 401）

而《尚書·湯誓篇》有：

時日曷喪，予及汝偕亡。（見藝文版《十三經注疏本》，《尚書正義》頁 108）

及《詩經·大雅·桑柔篇》有：

維紱不順，自獨俾藏。百有肺腸，俾民卒狂。（見藝文版《十三經注疏本》，《毛詩正義》，頁 656）

以上兩則詩歌即是後世人稱爲廋辭，這種廋辭是一種「諷刺歌謠」或「諷刺詩歌」。而宋代周密在《齊東野語》裡則說：

古之所謂廋辭，即今之隱語，而俗謂謎。（見新興本《筆記小說十三篇》第四冊頁）

2. 隱　語

隱語，可說是「言及之而不言」，也就是說隱其基本事，而假他辭出之。有關隱語的解說，首推《文心雕龍·諧隱篇》最爲詳盡：

隱者、隱也。遯辭以隱意，譎譬以指事也。昔還社求拯於楚師，喻眢井而稱麥麴；叔儀啓糧於魯人，歌佩玉而呼庚癸；伍舉刺荊王以大鳥；齊客譏薛公以海魚；莊姬託辭於龍尾；臧文謬書于羊裘；隱語之用，被于紀傳，大者興治濟身，其次弼違曉惑。蓋意生于權譎，而事出于機急，與夫諧辭。可相表裏者也。漢世隱書，十有八篇，歆固編文。錄之歌末。昔楚莊、齊威，性好隱語。至東方曼倩。尤巧辭詆戲。但謬辭詆戲，無益規補。自魏代以來，頗非俳優；而君子嘲隱，化爲謎語。謎也者，迴至其辭，使昏迷也。或體目文字，或圖象物品，纖巧以弄思，淺察以衒辭，義欲婉而正，辭欲隱而顯。荀卿蠶賦，已兆其體；至魏文陳思；約而密之；高貴鄉公，博舉品物；雖有小巧，用乖遠大。夫觀古之爲隱，理周要務，豈爲童稚之戲謔，搏髀而抃笑哉！然文辭之有諧讔。譬九流之有小說，蓋稗官所采，以廣視聽。若效而不已。則髡袒而入室，旃孟之石交乎。（見世界版《文心雕龍》校任頁 104～105 頁）

文中所言「昔還社求拯於楚辭，喻眢井而稱麥麴，叔儀乞糧於魯人」，前者見於《左傳・宣公十二年》，後者見於哀公十三年，可說是隱語見於書之最早記載。

又從其中可見劉勰已稱贊作爲謎語雛型的「隱語」，被史書所記載，大的可起「興治濟身」的改進政治作用；小的可起「曉惑解疑」的培養智慧的作用，它甚至可以在隱機應急中，起「諧辭」一樣的作用。

在戰國時代，隱語作爲一種口頭藝術形式，已有相當的勢力。至於採用比較接近後代謎語的表現手法來描繪物類的形狀、功用、寫成文章，並且一直流傳至今的，則要算戰國時代荀子的「蠶賦」。

3. 射覆語

關於射覆語，《辭源》的解說是：

> 射覆者，以卜爲遊戲也，如漢東方朔、魏管輅等故事，具見史冊。金元時猶存此法，均通書術者爲之，今已不傳。而別有賦射酒令，用相連字句，隱物爲謎以射之，則文人之遊戲而已。（見商務版《增修辭源》頁 654。）

東方朔事見《史記・滑稽列傳》，管輅事見《漢書》。這種覆射猜物，是靠數術敷衍幫助其成功。今日兒童猜物，雖沒有數術可依靠，亦須有智慧，天資聰穎兒童，能審察對方四周的環境，有何種物件可以被他利用，或依對方現在做什麼，身邊有些蛛絲馬跡可尋，才可做爲猜的根據，雖不能連射輒中，相差亦不會過遠，由此可說謎語是經過射覆階段。

4. 離合體

到了後漢，射覆之類，一變爲離合體，如關於曹娥碑題字，據說出自後漢蔡邕之手，但在古書裡，就有過兩段記載：一段是南朝劉敬叔在《異苑》卷十裡說：

> 陳留蔡邕，字伯喈，被難過吳，讀曹娥碑文，以爲詩人之作，無詭妄也。因刻石旁，作「黃絹幼婦，外孫𩐍臼」八字。魏武見而不能了，以問群僚，莫有解者。有婦人浣于江渚，曰：「第四車解」既而禰正平也。衡即以離合義解之。或謂此婦人，即娥靈也。（見新興版《筆記小說十觀・冊一》，頁 86）

另一段是南朝宋劉義慶在《世說新語・捷悟第十一》也有這個說法：

> 魏武嘗過曹娥碑下，楊修從，碑背上題作「黃絹幼婦，外孫𩐍𩐍整臼」八字。魏武謂修：「卿解不？」答曰：「解。」魏武曰：「卿未可

言，待我思之。」行三十里，魏武乃曰：「吾已得。」令修別記所知。修曰：「黃絹，色絲，於字爲絕。幼婦，少女也，於字爲妙。外孫，女子也，於字爲好。韲臼，受辛也，於字爲辭，三十里乃覺。」（見宏業版楊勇《世說新語校箋》頁 441）

如上所說，把「黃絹幼婦外孫韲臼」八個字進剖析，再組成「絕妙好辭」這就是隱語中的一種「離合體」，它是逐字相拆以成交的雜體詩。對它的解釋人，前一段話認爲是東漢禰衡（正平），後一段話爲是楊修，說法不同，而且所記載魏正帝到過江東，也非事實。這顯然是民間傳說，而不是特定的史實。宋代孫慶詩有「廋語尙待黃絹婦」之句，可見當時有人仍稱離合體爲「廋語」。但是，這裡至少反映了從後漢時期，在民間已流行著隱語中「離合體」這種形式。

經過漢、魏、晉、宋、齊、梁、陳各代，離合體都很流行，《文心雕龍‧明詩篇》也提到「離合之發，則明於圖讖」，正是證明。宋代劉義慶在《世說新語》裡，就具體地記載了魏代的離合體流行的情況：

楊德，爲魏武主簿。時作相國門，始搆欀角，魏武自出看，使人題門作「活」字，便去。楊見，即令壞之。既竟，曰：「門中活，闊字，王正嫌門大也。（見宏業版楊勇《世說新語校箋》頁 440）

又：

人餉魏武一桮酪，魏武噉少許，蓋頭上題爲「合」字以示眾；眾莫能解。次至楊修，修便噉曰：公教人噉一口，復何疑？（見上頁 441）

5. 謎　語

譚先在《中國民間謎語研究》一書裡，把早期謎語演變到宋代的列表如下：

廋辭（春秋）→隱語（春秋和戰國）→射覆（前漢）→離合體（後漢、魏、晉、宋、齊、梁、陳）→謎語（宋）

謎語到了隋代，已更爲接近後代的藝術形式了。而唐代，謎語的種類更爲繁富了。至宋代，由於社會生產力比從前有了新發展，許多城市的市民階層正在興起，城市居民很需要包括民間藝術在內的文化生活，來滿足他們的要求。就在這種特定的情況下，大城市的民間謎語的創作與演出眞是盛極一時。宋孟元老《東京夢華錄》卷五〈京瓦伎藝〉：

崇觀以來，……在京瓦肆伎藝……，毛詳、霍百魄，商謎。（見大立

版《東京夢華錄外四種》頁30）

卷六元宵：

> 正月十五日元宵，大內前，自歲前冬至後，開封府絞縛山棚，立木正對宣德樓。游人已集。御街兩廊下。奇術異能，歌舞百戲，鱗鱗相切，樂聲嘈雜十餘里。……賣藥、賣卦、沙書、地謎，奇巧百端，日新耳目。（同上頁34）

南宋灌園耐得翁《都城紀勝》瓦舍眾伎條：

> 商謎，舊用鼓板吹「賀聖朝」，眾人猜詩謎、字謎、戾謎、社謎，本是隱語。（同上頁98）

南宋周密《武林舊事》卷六「諸色伎藝人」：

> 商謎：胡六郎，魏大林，張振、周月巖、明和尚、東吳秀才、陳贇、張月齋、捷機和尚、魏智海、小胡六、馬定齋、王心齋。
>
> 射覆：女郎中。（同上，頁460）

南宋吳自牧《夢粱錄》卷二十：

> 杭之猜謎者，且言之一二，如有歸和尚及馬定齋，記問博洽，厥名傳久矣。（同上，頁312）

從以上引錄可知，在宋代，謎語已和其他歌舞百戲一樣，廣泛地在民間流傳。而且出現了說謎語的專業藝人，專門場所。甚至像蘇軾、秦觀，王安石、黃山谷等大文學家，還以謎語相酬。特別到了南宋，還有了謎社的興起，《都城紀勝・社會》條云：

> 文士則有西湖詩社，此社非其他社集之比，乃行都士夫及寓居詩人。舊多出名士。隱語則有南北堂齋、西齋，皆依江右。謎法、習詩之流，萃而爲齋。（同上，頁98）

總結以上所述，可知謎語在宋代，可謂昌盛，且因此流變而成三大支流：

1. 滯流的支派是謎語。
2. 浲流的支派是讖語。
3. 暢流的支派乃爲燈謎。（見商務版陳香《謎語古今談》傍五）

本文所稱謎語，一者取其通稱，再者即指「滯流的支流是謎語」而言，這種謎語有生活氣息，語言通俗，是民間傳播的口頭謎語。這種口頭謎語，在國內各省縣市窮鄉僻壤，不論其文化水準高低，各坊方均有各地方的謎語，是一般成年人兒童們彼此口頭上所傳誦的一種難人的遊戲，爲競賽方法之一種，每一個地方，皆有其獨特風格之謎語存在，永遠流傳著古老的陳辭濫調，互相傳猜，有區域性的，與諺語有異曲同工之妙，能說謎語之人，不一定要有學識，祇要他的記憶力強，對謎語愛好有興趣，他在此處聽了人家說過了，換了一個地方，他就自炫其能，將其所聽到的，原原本本說出來給人猜，使人家搜索枯腸，絞盡腦汁，人人有好勝心理，並且當眾人之前猜中了，面子也很光榮，這種角智鬥思遊戲，在平民社會裡，是一種消遣解悶的高雅的娛樂，並可以附帶測驗出來某人思想敏捷，某人腦筋遲鈍，這完全是以口頭傳誦，而不須書寫祇限字音相通，而不注意字義扣合，年深日久，已成了習慣，也就沒有人來指謫了，茲舉例已供參考。例如面題「窮漢不肯賣鋪蓋」。猜古人名一，「劉備」。則諧音「留被」二字，在北方被子稱鋪蓋。又如「龍王爺領兵剿匪」。猜地名一。清海。則諧音「青海」二字。

而現在的謎語，亦是如此。現在的謎語是以人物、地事爲主。

至於讖語，乃自宋以後，五行相生相剋以及神鬼迂怪之，逐漸僭假於謎語，甚至進而坐洚，以成爲讖語與詩讖。讖語，即所謂預言。大略可分爲兩類：上焉者，冀仰攀易理；下焉者，則僅俯囿於術數。而下焉者遠比上焉者多，且又全皆趨流於僞託與附會，如乾坤萬年歌，馬前課、推背圖、藏頭詩和燒餅歌。其實，這種格局，一面完全僭假謎語，一面卻又疏導讖語而使流變爲讖語詩，也就是以後坐洚而成爲的讖詩。讖詩，則至今尚普遍散見於民間各地的寺廟，供人抽占。有兩類，一類爲藥讖，附處方；一類爲靈讖，以猜卜吉凶禍福。

6. 燈　謎

在謎語的一路流變中，燈謎有如高潮突起。

燈謎，始於宋，而盛於明。

《蔗境外集》載：「仁宋朝，四海昇平，歲豐明樂，元夜前後，燈火六街，士人遊賞彩燈之餘，競作謎條，懸獎徵射，名曰商燈。」

《委巷叢談》載：「杭人元夕，多以謎爲猜燈，任人商略。永樂初，錢塘楊景昌，以善謎名。」

《橐園春燈話載》：「謎必用燈，不知何人作俑。古名商燈，又曰春燈，或呼爲燈虎，虎字必有所本，商則取商權之義。惟春燈之名，最爲雅碻。蓋春市一燈，文小集，必在上元良夜，金吾不禁時也。」

春燈、又稱春燈謎；不過，風氣蔚起之後，則又不局限於上元前後，中秋也成為猜的極好時節。

《瀟湘戲墨》載：「猜燈，或稱猜燈猜；燈虎，或稱文虎，俗謂之射文虎。元夜，秋夜，皆有盛會。」（以上引文皆間接引自商務版陳香《謎語古今談》頁 17）。

燈謎有：拆字、離合、損益、會意、捲簾、集錦、繫鈴、解鈴、梨花、徐妃、錦屏、求鳳、蝦鬚、藏珠、落帽、脫鞋……等格，或云二十四，或曰三十三。而現在習見的，則只有拆字、會意、損益、捲簾諸格；特別是拆字、會意，一來屬於正格，二來由於通俗，所以最見有人運用，也的確最受歡迎。

總之，燈謎是作家用文字創作的書面謎語，比較雅化，從思想感情到藝術趣味，都與口頭謎語不同。在燈謎體例中，必須註明「格」，而在口頭謎語，即無格的規定，這是燈謎與謎語最顯著的差別。

當然，謎語仍有許多的別稱，如啞謎、謎兒、春燈、班燈、彈壁、社、破悶、打呆、打古仔等，雖然名稱因時代或地方有別，但它的意思是相同的。以下試列成簡明圖表如左：

名稱	廋辭	隱語或隱	射覆語	風人體	燈虎或虎	謎語或謎
時代	上中古	中上古	中上古	中近古	近古現在	現在
性質	隱語	隱語謎語	謎語	謎語	詩文謎	謎語

（此表錄自陳光堯編著《謎語研究》頁 2）

三、術語釋義

試就有關謎語所用術語解釋如下：

1. 謎　面

謎語的題目，懸出供人猜射，在謎語界的術語稱為謎面。

2. 謎　底

謎底揭曉的答案，稱為謎底。

3. 射

猜謎語的「猜」字，有人稱為「打」，在謎語界的術語則稱為射。案燈謎又稱文虎，《辭源》的解釋是：「謂之虎者，喻其不易中也。」故猜謎猶如以矢「射」之。

4. 扣

射謎語或解釋謎語時，謎面的某幾個字相當謎底某幾個字，相當」這個字在謎語界稱爲「扣」。扣的意思，即「面」「底」的字句，不論字數多少，句子長短，意義須渾合一體，不露痕跡，即所謂玉盒底蓋，合成一個無雕刻痕跡的玉盒，「扣」得不遺空字，即所謂絲絲入扣。一般說來，字的扣法，有以「義似」，以「成語」，以「人名」，以「名稱」，以「典故」等種。扣是猜謎入門的第一關。有些固定公式，是猜謎者必須熟記的，如「竹」「蓮」可扣「君子」，「松」可扣「大人」。

5. 範　圍

在謎面下有行偏右較小的字，謎語界的術語稱爲範圍，由它所定的範圍內尋求謎底。它是說明謎面，是隱射什麼東西的名稱和數量，在這個範圍內尋求謎底。

6. 格

爲了能使謎面與謎底的意思完全符合，在兩者之間立下特殊的關係，謎語界的術語稱爲「格」，是一種提示，也是一種限制。燈謎的「格」據說始於明末，爲揚州馬蒼心所創作，格是謎的外圍保障，猜謎如果不能先將「格」的一關攻破，則謎即無法猜中。如：

禮儀之邦　射中學學科一、（秋千格）

案秋千格謎底限用二字，顚倒讀之，始能扣以謎面，顚倒念成「文國」，「文」明「國」家即「禮儀之邦」。因此謎底是「國文」。

燈謎產生格的原因有三：一爲謎語製作者絞盡腦汁縝密佈置，猜射者搜遍枯腸努力突圍，經過長時間的較量，平鋪直敘的謎語，如同老生常談，已不堪一擊，不得不製造一些新的陷井，以迷惑對方，謎語有了「格」，就等於陣地中多了一重障礙，猜謎者若不先將「格」一關攻破，則謎即無法猜中。二爲一個良好的謎語，謎面要使用現成詞句（古今書籍的文句、成語、字或中外地名、人名），而謎語製作時，往往因謎面多或少出一字，或上下倒置，要棄之，則失一天然謎面，甚爲可惜，故特設一「格」，不但可彌其缺陷，且化腐朽爲神奇，得臻兩全其美。三爲天然完整之謎材，大都前人已製作成謎語，剩下者已非謎材，故非別出心裁，另創「謎格」，以拓展思路不可。

清代的燈謎有二十四格，會心格最古，曹娥格其次，增損格（離合格）又次之，餘如蘇黃、諧聲、別字、拆字、皓首、雪帽、圍棋、玉帶、粉底、正冠、正履、分心、捲簾、登樓、素心、重門、旋珠、垂柳、錦屏風、滑頭禪、無底囊等格。

蛻變到現在，只賸了：露春、碎錦、繫鈴、解鈴、捲簾、落帽、脫靴、折領、蝦鬚、梨花、串珠、錦屏（鴛鴦）……等格，實因按格構思，較難臻文情並茂，漸有失傳趨勢，一般人已很少知道二十四格的全部名稱了。

現在的各種「謎格」中，以捲簾格流傳最廣，不但巧妙絕倫，且簡易明記，以謎底倒讀反扣謎面，韻味十足，最爲傳神。反觀梨花、粉底、繫鈴、脫帽、脫靴等格，在明清之際，曾廣泛運用。唯現代已不多見，這與時代背景有關，因背誦，讀死書的時間已過去，謎材不須硬問舊書中翻尋，錯字、別字、本音及諧音，都已思空見慣，彼此不求甚解，見怪不怪，「謎格」較不受重視。

7. 主　燈

即燈謎大會，主持解答的人，一般均爲謎語製作者，也稱爲主稿人。

8. 司　鼓

一般燈謎大會，設有司鼓一人，射中一謎，經過出謎人的通知，擊鼓三下，諧音「通、通、通」，含有恭維猜者是「通」家之意。未射中者，給予鑼聲一響，以資分別。

9. 謎　材

指可以作爲「謎」底「材」料。如古今人名、地名、事物及名詞等。凡屬謎材至少須具有大原則中之一，即：（一）一般人所必讀、曾讀之書，及普遍能涉獵過，共同瞭解的事物。（二）膾炙人口，眾所歡迎、或老少咸感興趣的章句，詞語及事物。現代社會傳播快速，所謂謎材，無所不包，已無彙集「謎材」之必要。

有關術語解說如上。以下試就謎條及稿冊格式略加說明。其實謎條內容如何寫，紙張幅面大小，本沒有一定規矩，這也要隨著環境需要而定。三、五謎友團聚在一起，隨便玩玩，甚至不用紙張亦可。如在大庭廣眾之下，慎重其事做一次大會，幅面就要放大，內容所包括各種條件，都要書寫明白，要使猜謎者在距離五公尺外的地方看清楚才合式。試附式式及證明如左：

1. **謎底稿冊**

此冊不用代字，衹有號碼、謎底、贈品三項，由出謎人攜帶，面積愈小愈好，使於查考之用，如下圖：

謎底稿冊

號	1	2	3	4	5	6	7	8	9	10	
謎底											
贈品											

2. 贈品冊

此冊用阿拉伯字編號，採橫式自左向右，紙張不拘泥大小，按照每一個代字在冊中分爲一個部分，三、五個出謎人皆用此一冊，易於查對。如下圖：

贈品冊

代號	甲	甲	甲	甲	甲	甲	甲	甲	甲	甲	甲	甲	甲	甲	甲
號碼	1	2	3	4	5	6	7	8	9	10	11	12	13	14	15
贈品名稱															
數量															

3. 謎條式樣

眉端上空白，若由一個團體主辦的，塡上團體的某某社，某某會字樣，商號立辦的，塡上商號名稱，文虎候教，是出謎人自謙之詞，範圍內虛線右邊，塡射某某書句及數量，虛線左邊塡格名，無格即空著，謎底由猜中人自塡，同時在猜中人之下簽名，贈品由出謎人的量此謎條之難易劣，應給贈品厚薄，於未贈出以前塡好，不能待被猜中後補塡，作者由出謎者簽名，最下邊是編號，字第之前塡上一個代表序，以免與另一人謎條號碼混亂不分，假如有三個人在一起，各準備一百條，代字可取作者之名一個字代表之，或用甲、乙、丙代之，三個人分別各擇一字，例如甲準備一百條，則自甲字第 001 編起，至 100 止，若爲八十條，則 081 至 100 之號空著不用，乙準備一百條，自乙字第 101 起至 200 止，兩亦依例編號，三個代字不同，號碼則不重覆，猜謎人在謎場猜某條，衹要報出某字號我猜什麼，不必要報出謎面，謎條有了代字編號，出謎人再增加幾位，也不致紊亂。如下圖。

謎條式樣附式

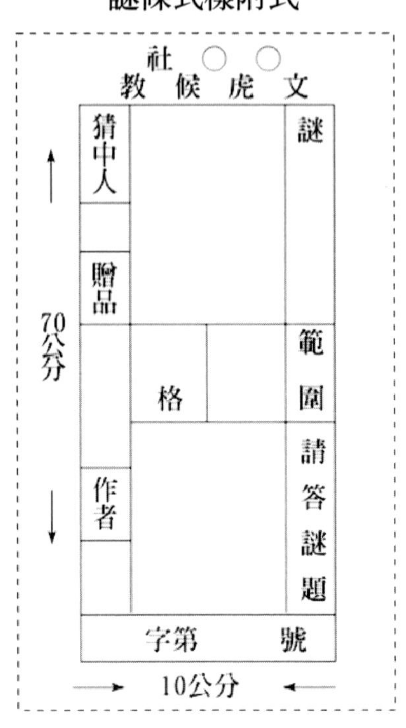

（以上有關謎條及稿冊格式，皆採自世界版程哲民《謎海》頁126～130）

第三節　謎語的體制與類別

本節所述，包括謎語的體制與類別兩部分。試分述如下：

一、謎語的體制

謎語雖屬小道，但並不是一種普通的語言。就基本面而論，謎語當是出自《詩經》中「賦比興」的比之流。他和歌謠、諺語、詩詞、戲曲一樣，都是有韻的趣味文字，富有藝術上的價值。

謎語不是一種普通的語言，這是源於它的特殊結構，謎底的結構分為兩大部分：

一、是謎面、即喻體

二、是謎底、即本體

猜謎時由出謎人給猜謎者說出謎面，佈個疑陣，轉移方向，叫猜謎人去猜測，去思考，以便找出謎底。謎面與謎底之間類似喻體與本體之關係，二者因為有聯繫，始能通過謎面表現謎底。由此可知，謎面、謎底皆是不可缺少的有機部分。我們也可以說：謎面是手段，謎底是目的。因此，謎面與謎底之間必須有共同點或相通點。也就是說，謎面對謎底中須有一點或幾點是十分相似的。這樣，猜謎人才便於根據自己的生活閱歷，知識、修養與藝術經驗，加以揣摹、聯想，從而找出謎底。因此謎語是很完美的隱喻，而隱喻的關鍵即是在於「格」，謎語雖屬一種娛樂性文字遊戲，但其製作亦有依據。謎語之有「格」亦如詩之有體有韻一樣，「謎格」有內格、外格之分，內格即是體制，亦有稱體裁。外格即是一般所謂的格。謎語用格，必須標明格之名稱；而體制、體裁則不能說明，概言之，其體制結構與我國文字最初產生原因相似，因此欲瞭解謎語體制，應先明六書。六書爲原始造字六種基本方法，也就是說，它是我國文字的組成要素和構造法則。我國文字是表意的文字，既非衍形，也不是衍音，而是衍義的，這種衍義文字是由象形文字蛻變出來，與意義的關係最爲密切。但與形體和聲韻也都有密切的關係，因此我國文字實際包含了形、音、義三方面，也就是說形、音、義是我國文字的三要素。我國的表意文字，不像象形文字，但求其形與義，而略其聲，也不像標音文字，但求其音與義，而略其形。當然，這種表意的文字，是以衍義爲主，注重意象的變化和發展，表現在文字上，有本義、引申義、假借義等，往往由於一個主體的觀念（即義根），會發展分裂成一系列的字體，所以我國文字的精神，注重意義的轉注和引申，發展和變化。至於形體、聲韻，就字音而言僅四百一十九種，乘上四聲及輕聲讀法，也不過一千二百種左右。（有些音四聲不全，或沒有輕聲讀法），就字形而言，大漢和辭典所收單字，計有四萬玖仟玖佰陸拾貳字，平均每個讀音有四十一個字左右，是以不能避免許多字同音。又因衍義，是以有借義出現我國文字因形、音、義而有「離合」、「借音」、「合音」、「牽附」、「演化」等現象出現。而這些現象應用在修辭學上，則有「藏詞」、「析字」、「雙聲」、「對隅」等格。而應用到謎語上，則爲製作的原則。至於我國文字構造法則，則爲六書。卞書原爲造字的六種方法。六書是：象形、指事、會意、形聲、轉注、假借。這六種方法，在每一則謎語中，皆含有上項因素在內。王素存在《燈謎的猜和作》一書裡，認爲燈謎用以使人昏迷的僞裝工具有：

> 象形、指事、會意、形聲、轉注、假借、增損、離合、釋面、象底、諧聲、兼體、意轉。（見世界版頁 14 至 18）

而事實上即是指我國文字的組成要素和構造原則而言，我們可以說謎語的體制是以六書爲主，形音義的離合、借音、演化等現象爲輔。因此我們勢必對主輔等原則有所了解，而後始能參互變通，判斷虛實，方知虛字有虛字的來歷，實字有實字的寓意，正扣反扣、旁敲側擊、形容刻劃，變幻詭譎，種種技巧，皆不離主輔兩原則。而離合、借音、演化等現象，乃是因六書而來，是以本文僅論六書。

1. 象　形

文字起源於圖畫，許慎《說文解字・自序》云：

象形者，畫成其物，隨體詰詘，日月是也。（見漢享版四部善本新刊《斷句套印本說文解字注》頁672～764，以下所論六書許文皆出此。）

象形和指事，分別在虛實之間。造字之初，有可象的形，有不可象的形。不可象的形，而以符號表示意中的虛形想像，這是指事。可象的形，也是由意中先動了繪畫的思想，然後隨物體彎彎曲曲的畫成物體的形狀，使人能認識，便算達到造字的目地。所以象形是圖畫，而不一定是惟肖惟妙的圖畫。我國的文字是表意的文字。但因文字的本身，係由象形　文字蛻變出來，不免還帶有象形的痕跡，如較早的甲骨文，以及後來的大篆，小篆都是如此。隸楷以後，因爲形體上增波磔，變方筆，似與象形無關，但實際象形的意味，終不能完全脫略。衹是有的字，有時須以古文字畫寫方能看出，如木字古寫𣎳，就可看出上半象形枝幹，下半象形莖根，如純依現行正楷，有時不易尋求形象。

謎語象形體制，有簡有繁，如：

兔加冠　射字一　冤

木載笠　射字一　宋

殘星幾點伴新月　射字一　心

斜月殘燈無吠犬　射字一　然

第三例以心字三點象殘星，一鉤象新月，蓋取其形近似，第四例謎底分作三部分，上左邊象斜月，下面四點會意殘燈，上右犬字，謂吠字無口僅有一犬，故難吠也。

2. 指　事

許慎《說文解字・自序》云：

指事者，視而可識，察而見意，上是也。

指事字是用符號表示抽象的事物，象形字是描繪具體的事物的形狀，這是指事和象形的分野。不過指事和象形都是一個不可分析的獨體的「文」，如果可以把它們分析成爲兩個不同的文，那便是字而不是文，這便是指事、象形和形聲、會意的分野了。

指事的字，不須古寫。指是手指，指事即指某一項事，人類所作爲，皆謂之事，如人事、謀事，事半功倍，事過境遷等。

謎語指事，可分單純與合體，其製法比較其它體制容易分析，但亦有迂迴曲折，峰迴路轉之勢，並不定是直線的，如：

設卡收稅，射孟子一句　上下交征利

凡關捐收稅款之設，稱之爲卡。謎底上下交三字作一讀，則上下二字合併爲卡，征利二字扣合面句，非靜心思索，不易領會，又：

上不在上，下不在下，不可在上，且宜在下，射字一　一

謎面看似簡單，一經加上了上、下、不、可、且、宜這六個字烘托陪襯，使射者精神上起了一種分散作用，其措辭之巧妙，運心之靈活，眞使人不向「一」字上著眼。

3. 會　意

許愼《說文解字・自序》云：

會意者，比類合體，以見指撝，武信是也。

類，是事物；誼，是意義。指撝，猶言指揮，是說心中所要指出的意思。會意字是會合兩個或兩個以上獨體字的意思，成功一個意義。這組成的份子，不包含聲符，而是組成後成爲一個代表語言的聲符。

謎語中會意一體，地位很爲重要，份量也特別多，文字學中的會意，是會合之會，而謎語之會意，爲「領會」之會，領會即是心中覺悟，其作法是扣意而不扣字，術語稱爲包意，在謎面字裡行間，已包括意思在內，不必要根據每個字的本文去推測猜想，還有由謎面之意向上搜索與向下追尋兩種方法，這是謎語會意的奧祕，也是每則謎語必備的條件，射者對於一則謎語，能先將作者之寓意弄明白，斷定它是嵌典或包意，再將包圍圈縮小成了一個焦點，則不難迎刃而解。如：

個中消息　射七唐一句　說與旁人渾不解

逝者如斯夫不舍晝夜　射刊物名一　暢流

王亦曰仁義而已矣　射國名一　敘利亞

何謂信　射四書一句　不失人亦不失言

4. 形　聲

《說文・自序》云：

形聲者，以事爲名，取譬相成，江河是也。

所謂「以事爲名，取譬相成」，事便是形符或意符，名便是字。取譬，便是用聲符譬況語聲；相成，便是合成一個字。也即是一邊取一個字的意義，一邊取一個字的聲音，兩體相合，就稱爲形聲字。形聲字和指事、象形的字，並不混淆，因爲指事象形是獨體的文，形聲字是合體的字。形聲字和會意字也不致混淆，因爲合體字以意爲主，其中不含有聲符在內的，便是會意字。合體字含有聲符在內的，便是形聲字。我國字以形聲字爲最多，據朱駿聲統計，《說文》九千三百五十三文，內指事一百二十五，象形三百六十四，會意一千一百六十七，形聲字七千六百九十七。可見形聲字是最方便的造字法。

謎語之形聲體制，依「形聲」二字本義解釋，形是形容，聲是聲音，做謎語根據這個條件，謎面要用形容詞描寫所隱之字與書句或物體，謎底所隱射之物或字與書句，必須依謎面之意譯成諧音相扣，始合規矩準繩。如：

錯把邪心虧兩點，左右都是假惺惺　射字一　辦

謎面邪心，乃指歪斜的斜，寓心字少了兩點之意，左右兩個辛字，用惺二字擬諧其聲，故稱之爲假也。又

不是姻緣也並頭　射字一　韻

謎面姻緣二字，係暗指謎底諧聲音員二字，並無夫妻緣分之意。

5. 轉　注

《說文・自序》云：

轉注者，建類一首，同意相受，考老是也。

有關轉注之解釋，眾說紛紜，但大致說來，不外主形、主義、主音三大派，且大都認爲轉注與假借是用字之法，而非造字之法。

謎語之轉注作法，因受了文字學轉注說的紛紜，是以也就成份不多，且成就亦不高，其作法仍在形、音、義三派之內，如：

夜不閉戶　射字一　俞

這是主義，根據謎面之義，夜不閉戶，是形容政治清明，民生安定，也就是說沒有小偷，謎底俞字，乃是偷字少人字旁，寓字無人之意，由謎面之意，聯想注意到無宵小偷竊，義多一轉，洽合轉注之法。又如：

知法犯法　射字一　亞

知法犯法，是明知故犯，亦即有心犯法。犯法即是惡人，知法犯法，是「有心爲惡」，謎底亞字，下面如一心字成惡，不是「有心爲惡」了嗎？

6. 假　借

《說文・自序》云：

假借者，本無其字，依聲託事，令長是也。

假借亦爲用字之法，它是寄託在借來的字形、音、義裡。「本無其字」指假借字形而言，「依聲」指假借字音而言，「託事」指假借字義而言，是以人借字形、音、義三個條件。

後世學者，把假借字分爲兩類，一爲絕對假借，即本無其字之假借，因根本就沒有這個字，只好將有一點關係之字借來應用，例如「來」字，本是周借瑞麥，古無「往來」之來，借瑞麥之來以爲「往來」之來。二爲相對假借，即是原有本字，用字者倉促之間，記不得本字，於是假借「聲同義近」之字，後世人也跟著效法，便也不用本字只用借字了，如「男女」之「女」，借爲「爾汝」之「汝」，「農田」之「田」，借爲「畋獵」之「畋」，諸如此類的假借字，古文中甚多，今人所習用之字，如鞦韆，寫爲秋千。叮嚀，寫爲丁寧。又如「馬馬虎虎」，「吊兒郎當」，「糊塗」，「糟糕」，這類假借，層出不窮，皆是後人借出來的，大家均已默認，隨著使用，不以爲怪了。

謎語假借，也分爲兩類，一是借音，二是借義，借音即是絕對假借，謎底多半採用現成書句，擇其中有某一字爲古時借用字，其字必須與近時某字可以相通的，但現在的用法，已作另一個字解釋，成爲專用字了，偶而此字出現於作品裡，一般人認爲係寫別字，製謎者，就利用這個機會，選爲謎底，因有怎樣一個別字在內，使人不大注意，實在就是利用那個古人假借字，作爲障眼，若遇精通小學的打虎將，那就瞞不過去了，謎語這種遊戲，是一種道道地地的文字心理戰，移用「兵不厭詐」四個字來評論，是很恰當的。借義之法，爲相對假借，在謎面無論主語、賓語、形容詞、副詞，總有一個或幾個字，與謎底中之字有相對關係的，所謂借義者，借謎底關係字之義，反扣謎面之關係，整個謎底之意義，決對不照原書本來之意義解，只須將內中之關係字別解，則整個意義變更，方能與謎面扣合，這是借義方面的條件，茲分別舉例如下。關於借音的如：

政　射古書名一　正字通

謎面政字，可以假借爲正，《論語》——「政者、正也、子帥以政，孰敢不正」。這種證明「政」與「正」古時是通用的，現在用法，「政」是「政治」，「行政」，「政綱政策」。謎底正字，是「正直」，公正，「正面」等解釋。所定猜射範圍爲古書名，一經揭曉，則變更本義，爲「正」字與「政」字相通，而不作古書名應用了。

關於借義的，如：

蓉兒轉來　射孟子一句　王笑而不言

謎底見《孟子·梁惠王章》，孟子問齊宣王，要他將治理國家最大的心願說來，宣王笑笑卻不肯說。謎面爲《紅樓夢》王熙鳳呼喚姪兒賈蓉語，賈蓉回來問嬸嬸還有什麼事吩咐，王熙鳳嫣然一笑，沒有什麼可說的，讀者也許還記得焦大喝醉了酒，說賈府只有門外石獅子是乾淨的，就可會意到這一笑意在不言中了，借用宣王一笑，將王熙鳳之調情，活生生的躍然紙上，謎語之趣味，眞是不思議矣。

二、謎語的類別

由於謎語源遠流長，是包羅萬象，是以分類不易。可見分類皆採內容或題材爲依據，試羅列王存素《燈謎的猜和作》，王惠群《燈謎講座》及瑞君《摩登謎語》分類如下表：

燈謎的猜和作	燈謎講座	摩登謎語
字謎	字謎	字謎
童讀謎		
四書謎	四書謎	
五經謎	五經謎	
子書謎	子書謎	
散文謎	古文謎	古書謎
韻文謎	詩詞謎	韻文謎
對聯謎		
成語謎		成語謎
諺語謎		
目錄謎	目錄謎	目錄謎
名稱謎	名稱謎	名稱謎

名詞謎		新名詞謎
畫謎		
陳設謎		
集合謎		
暗猜謎		
徵面謎		新詩謎
	其它	小謎語

其實這種分類有失支離，且不切實際，譚達先曾就《黃小謎》、《增補一夕話新編》、《滬諺外編》、《民間謎語全集》等書的謎底而論，他認爲近代以前的謎語題材，可概括成下列四大類：

自然現象、動植物謎（包括地名謎）

器物謎

人事謎

字謎（見《中國民間謎語研究》頁 42）

譚氏的分類是以民間謎語爲主，但不失明確，如果再加上「古書謎」（內含韻文、童蒙書）似可函蓋全部的謎語。由於民俗學的興起，因此有人從民俗的角度加以分類，如譚達先在《中國民間謎語研究》一書說：

> 謎語有兩種：一種是作家用文字創作的書面謎語，比較雅，從思想感情到藝術趣味，都與人民群眾的口頭文學作品不同。另一種是人民群眾傳播的口頭謎語。這顯然與前者有鮮明的不同。後者的出現比前者爲早，從淵源上，後者也是前者的老祖宗。（見木鐸版頁 1）

又有人從體制形式上加以區分，如程哲民在《謎海》一書裡，似乎可分爲三類：

文虎

謎語

小謎語（見世界版，頁 12～17）

又齊如山在《分類燈謎》一文裡，則案謎語的製作者與流傳範圍，分爲六類：

文人學者的燈謎

鄉村學究的燈謎

稍知文字者的燈謎

婦人孺子的燈謎

野老牧童的燈謎

齊氏論證這六類謎語，很有些常人所不及的看法，略加摘錄如下：

鄉村學究的燈謎，都較爲老實，而跳躍精神的較少，而且大多數較俗。稍知文字者的燈謎，若按經書說，他固不及學究，若論及社會中流傳的雜事來，他可比學究知道得多。這種人各處各村都是有的；凡管點小事，或和解些小事，總離不開他們。婦人孺子的燈謎，他們不叫作燈謎，北平說「破個悶兒猜」，名詞就叫做「破悶兒」，多半有關，但係地方土音，其實這可以說都是古音，也可以說是於音韻學有關係。（引自《五十年來的中國俗文學》頁 182）

以上分類提供參考。我們知道，謎語和時代是有其密切關係。而謎語之所以能至今不衰，亦當有其理由，陳香在《謎語古今談》一書裡，認爲謎語之所以繼續鬱勃和發展，計共有其主觀、客觀四大因素：

一是，趨向大眾化的寬闊道路。

二是，是雅俗方面，能夠齊頭並進。

三是，向地域性或以全書作對象發展。

四是，跨了一大步，向洋化發展。（商務版頁 24）

謎語要能發展，必須普及，而普及必須有群眾基礎，要有群眾基礎則必須走大眾化，也只有大眾化，方有民俗價值可言，所以古書謎及限格謎語不易爲大眾所接受，就目前而言，祇能流爲文人的文字遊戲。相反的，以現代題材爲主的謎語，則應運而生，如：

競選三部曲　射玩具　呼拉圈

浪費力量　射電影名星　白嘉莉

可謂清新通俗且有趣。

第四節　謎語的特質

歐美等國家，也有謎語的創作，但總沒有我們那樣高雅風趣，始終流行不廣，其癥結所在，乃因中國具有形、音、義語文之特質所致。我國語文的特質，爲孤立與單立，惟其爲孤立，故宜於講對偶；惟其爲單音，故宜於務聲律。運用起來頗具形、音、義之妙。這是世界上任何國家的語文，所不能比擬，也就是說我國謎語的體制，是以六書爲主，是以他們的謎語，比我國乏味少趣，而我國的謎語卻獨立成一門學問。

形成謎語的要素有三：

1. 就內容而言

要想像豐富，意義簡單而多變化，雅俗雜陳，老少咸宜，有豐富的知識，善射者嚮往，不精於謎道者，亦可懷著看棋、觀球的心情來欣賞。

2. 就形式方面而言

要音調自然，韻律和諧，字句簡明，趣味十足，獨饒風趣，詞句美麗而活潑自然，使人在精神上覺得美感。

3. 就潮流方面而言

要適合環境及時代潮流，不必源從舊書堆中翻案，要跟著時代演進，所謂「舊瓶新酒」，兼具國粹之雅，又復不失科學之趨，所以現代的謎語新趨勢，向新謎語拓展，朝洋化邁進，觸鬚則伸向地域性。（以上參見《摩登謎語》頁6～7）

引申之，謎語本是民俗的活動，它是用「極有興味地把某事物或現象隱去，就以這個（或這幾個）事物或現象爲背景，講說一首通俗、扼要的韻語詩。它是寓意性的描寫和提問形式相結合的口頭的特殊形式的作品。寓意性的描寫所指有兩方面：一則是指撇開事物的本來形象，而去描寫另一個寓意性形象；二則是指意不在說出來的表面形象，而在這個形象所隱藏的本來事物或形象。提問的形式，則是指它用提問的方式來說形象」（見《中國民間謎語研究》頁 1）簡言之，他的特質是在於「隱」。而所謂的隱是在於能充分表現出：

言及之而不言

迴互其辭，使昏迷也。

由此「言及之而不言」與「迴互其辭，使昏迷也」則爲謎語的兩大原則。

所謂的隱，分言之，就形式而言，他的形式簡約，而結構獨創。謎語的特殊結構，分爲兩大部分：一是謎面，即喻體；二是謎底，即本體。而謎面是手段，謎底是目的。猜謎時由出謎人給猜謎人說出謎面，佈個疑陣，轉移方向，叫猜謎人一塊猜測、思考，以便找出謎底。因此謎面與謎底之間是不同分的。

又就表達方式而言，則是在於「比」的應用。比，又稱比喻，或譬喻，是一種「借彼喻此的修辭方式」、凡兩件或兩件以上的事物中有類似之點，說話、作文時運用「那」有類似的事物來比方說明「這」件事物的，就叫譬喻。它的理論架構，是建立在心理學「類化作用」的基礎上。亦即是利用舊經驗引起新經驗。通常是以易知說明難知；以具體說明抽象，使人在恍然大悟中驚佩作者設喻之巧妙，從而產生滿足與信服的快感。就謎語的表達而言：謎面是建立於兩者之間必須有共同點或相通點之上，也就是說謎底必須有一點或幾點十分相似的，如此猜謎人才便於根據自己的生活閱歷、知識、修養與藝術經驗，進而揣摹、聯想，從而找出謎底，因此譚達先認為：

> 總上來說，採用隱喻、曲折的描寫、提問方式三者，便構成了謎語的最主要特徵。（見木鐸版《中國民間謎語的研究》頁5）

譚達先更進而歸納謎語的表現手法，他認為謎語的表現手法，是多種多樣的。在一則謎語裡，可以只用一種表現手法，可以兼用兩種或幾種表現手法，不管怎樣，都講究要用的特別巧妙。最主要的表現手法，有下列十種。

1. 比喻法

它是把另一個物品的形象，給這一個物品作具體的描寫，使之更為主動。這是謎語中最常見的表現手法之一，如：

> 牆上一個琵琶，任誰不敢拿他　射節肢動物　蠍子

2. 擬人法

它是把人以外的動物或無生命的物品，當成有思想感情的人來描寫。如：

> 身體不滿一寸長，身邊常帶一把槍。千軍萬馬都不怕，獨怕一個諸葛亮。　射昆蟲　蜂

3. 擬物法

它把一種物品比擬為另一種有生命或無生命的物品，這樣手法也很常見。如：

> 門前一顆麻，不滿三尺高。風來吹不動，雨來就開花　射日用品　傘

4. 多面法

它是對於謎底的描寫，逐個角度地變換著，即從兩個，三個，四個乃至更多的角度來描寫，這是換「角度」的手法，也是一種「面面觀」的手法。如：

> 畫時圓，寫時方，寒天短，熱天長　射自然現象　日

5. 反常法

它是抓住事物或現象的兩個、三個乃至四個以上的最為突出的反常的特

點，加以描寫。乍聽之，彷彿感到說得很荒謬，叫聽者無法組成一個事物或現象的完整形象。但只深入思考，卻又會感到維妙維肖。如：

行也是坐，立也是坐，坐也是坐，臥也是坐　射動物　蛤蟆

6. 反覆法

它是讓同一個詞兒先後出現幾次，以加強聽者對事物或現象的某種現象，從而啓發聽者的思考。如：

南方生我，北方殺我，日月用我，個個怕我　射日用　火

7. 排比法

它是以某一點爲中心，把幾個相近或相類的事件或現象、狀態，有條不紊地依排列在一起，而這幾個謎底的事物，也往往同屬於一，或者以某一點爲特點，至少是也看作同類的。有時只講一個謎底，採用排比法，就是講述它的幾種可以並列的情況如：

大哥大肚皮，二哥兩頭齊，三哥戴鐵帽，四哥一身疙瘩疤　射蔬菜四種　南瓜、冬瓜、茄子、苦瓜

8. 誇張法

它是把用來隱喻謎底的事物、動作、景物、時間、人數等性狀或數量，加以誇大，使之更有力地渲染謎底，如：

一根竿兒細又細，上接天來下接地，既不能拿起，又不能曬衣　射自然現象　雨

9. 諧音法

它是採用讀音相同或相近的字，做到表面說的這個字，實際上卻指的是另一個字的意義，稱爲雙關法。如：

綠衣裳，黃束腰，走到湯家灣，碰到湯家灣，碰到唐（諧糖）宰相，衣服都剝光　射食品　甜粽子

10. 套語法

在謎語裡，告訴聽者這則謎語是如何的難於猜中，或說對它該仔細地去猜，或說它是如何的古怪等等。同時，又往往加上一句或兩句比較定型的由出謎的人作出表態的「套語」，以有助於出謎人與猜謎人之間交流某種感情，這種表現手法，稱爲套語法，如：

一字九橫六直，前去問孔子，孔子也猜他三日　射字一　晶

11. 對照法

它是把兩種不同的事物或同一事物的兩個不同方面，放在一處來講述，使之相映照，更有奇趣。被用來對照的事物，有時是兩兩對立，有時是正反相對，有時是以反襯正，各有特色，如：

年紀輕的時候，毛兒長得雪雪白，年紀老的時候，毛兒變得漆漆黑
射學生用品　毛筆

12. 傳說法

它是把謎面平凡的人物、事件，講或彷彿如在富有浪漫主義色彩的神話，傳說境界中一樣，給說得出神入化，形成一種虛擬般的故事，使聽者彷彿聽到極饒特殊的藝術魅力的故事。如：

三千兵馬上木州，灣角將軍來領路，小秦王獨坐車帳，尉遲恭押陣在後頭　射商店用品　秤

（以上詳見《中國民間謎語研究》頁 77～89）

又就語言用辭而言，其特點最主要的是：通俗、具體、新穎，韻律優美，而且是一種極便於口誦及有兒歌風格的語言。

總之，謎語屬於民間文學，但亦有其藝術特點，《文心雕龍．諧隱篇》中說，謎語是：

義欲婉而正，辭欲隱而顯。

這就概括了謎語根本性的藝術特點，它的意思是說：謎語辯證地存在著兩個方面的藝術特點。即表面看來，似乎茫無邊際，實則十分確切，整個謎面必須是避開謎底的巧妙的隱喻，但又能正確地表現謎面。比起別的民間文學藝術形式來，謎語有其相對的特點，就是：它雖有所敘事，並不重在敘事；雖有所抒情，並不重在抒情；雖講究結構，並不完整；雖要有情節，並不曲折；雖描寫人物，並不複雜。而這一切藝術特點，又要服從於謎底與謎面巧妙結合這個根本性的藝術原則。

具體說來，謎語的藝術特點主要是下面三者：（見《中國民間謎語研究》頁 74～77）。

1. 形式簡約，結構獨創

謎語形式極其簡約，以五言體，七言體形式爲最多，四言體，六言體次之。也有長短參差錯落的雜言體。一般是四句頭，最短的僅有一句，甚至只

有一個字的。而其結構，具有獨創性，在於它表現主題思想，並不是呆板的，一覽而盡的。它往往是只有謎面與謎底緊密結合起來，才算意義完足；如果，只有謎面，沒有謎底，就不能構成謎語作品了。

2. 巧妙的隱喻與概括的暗示相結合

謎語不管採用什麼表現手法，謎語都具有豐富的想像，就其全篇的總體來說，在性質上是一個巧妙的隱喻。它必須隱約其辭的表現出直截了當，迴於明顯的正面說明，又不能培養智力。因而，它又必須做些概括的暗示，才能啓發猜謎人去多方面思考謎底。

3. 幽默風趣，情調詼諧

《文心雕龍》把諧隱並列，有〈諧隱〉一篇，其中論述古代謎語的風格說：

> 蓋意生於權橘，而事出於機急，與夫諧辭，可相表裡者也。

又：

> 然文辭之有諧隱，譬九流之小說。盡稗官所採，以廣視聽。

從以上可知，古代的謎語，就已如「諧辭」一樣，具有幽默風趣，情調詼諧的特點。蓋猜謎時，在培養猜謎人智慧的同時，還使人領會到它的幽默風趣，情調詼諧，並進而迸發出健康的笑聲。

第五節　謎語的製作與猜射

本節所述，包括謎語的製作與猜射兩部分。而所謂製作部分，則就好謎語的條件立說，茲分述如左：

一、謎語的製作

製作謎語須有豐富之學識與經驗，方能對於謎面之措辭，發揮其才能，使之造語材料不虞匱乏，而取之不盡，製作謎語者，又必須有技術，方能化腐朽爲神奇。

製作謎語之法，最重要的是選面與尋底，而最終的目的則是在於使其趣味。因此所謂好的謎語，當以有趣味爲主。有趣味的謎語，使人有滑稽幽默、靈活生動、且富機智之感。怎樣才算是好的謎語，瑞君在《摩登謎語》一書有所說明，試引錄如下：

1. 要深淺適宜

一般說來，謎語的好壞與難易深淺雖無必然之關係，換句話說，容易的謎有極好的，也有極差的，難猜的也如此，有好有壞。蓋好壞當以趣味爲主，有時候雖淺卻有令人想不到的靈活與生活，如：

以謎會友　射成語一　不打不相識

彼此近視眼　射七唐　兩處茫茫皆不見

老婆是人家的好　射成語　自討沒趣

蓋謎底一經揭曉，與謎面配合起來，有幽默感，値得回味，使人看了一目了然，謎面不須經過詳細說明，就是成功的好謎語。因此謎語不貴用格，其實現代大眾又有多少人懂格。至於專門的扣法亦不少。如：

無邊落木蕭蕭下　猜一字　日

無邊和落木都容易解釋，而蕭蕭下則不可思。必須要想到南朝宋、齊、梁、陳的君主的姓。齊梁君王都姓蕭，齊梁下繼的陳朝君王則姓陳。爲此蕭蕭下扣陳字，再除去邊旁的阝及木字而得「日」字。如此則純屬文字遊戲，了無趣味可言。

2. 要迎合時代

古代讀書以四書五經爲主，再以子書、古文、韻文等爲輔。現代除了《論語》、《孟子》及《唐詩三百首》外，已鮮有人研究，如再用這些作謎材，則猜射的人一定更少，有時雖不乏好謎語，但無濟於事。謎底與人接觸機會不多，是製謎的最大缺點，若要引起大家的興趣，應以現代中學的國文史地內容爲主。如此才能迎合時代需要，培養在校讀書風氣。如：

兄弟　射「師說」二句　生乎吾前，生乎吾後

3. 要趕上潮流

一般在日常生活上，娛樂性的電視與電影，它們的片名、節目及影歌刻明星等，都可以作爲謎材，而常見的大公司、大機關、商標名稱也都是良好的謎材，實在取之不蓋，用之不竭。

大老爺明鑑　射電視名星　上官亮

一顧傾城，再顧傾國　射洋片一　亂世佳人

4. 面底要完全扣合

謎面不要有多出的閒字，但也不要謎面的文字不足，以致解釋時很牽強，

謎面與謎底要能完全扣合，這樣解釋起來才能讓人心服口服。如：

雲破月來花弄影　射字一　能

雲破扣「厶」，月來扣「月」，影有不全及成雙之意，故花弄影扣「匕」。

5. 謎面要使用現成的句字

天地間任何事物，古今在何文句字畫，皆可作底，只要將底的意思杜撰一面加上，即成謎語。但要成爲一個良好的謎語，謎面與謎底均是現成的，製作者僅是把它尋找出來而組合在一起。如：

前事不忘，後事之師　射明朝人一　史可法

娘子　射四書一句　皆兄弟也

二、謎語的猜射

謎語的體制是以六書爲主，而使其成爲「迴互其辭，使人昏迷」的趣味文學，要想猜射謎語，亦須先對六書有個基本的認識。如：

太空人太空會合，季辛吉中東談和，杜魯門免職麥帥，李雅芳脱衣拍照　射四字　巧言令色

即是爲會意。當然，如果能有文法的基礎，並能博學多識，同時廣泛收集與研讀他人製作的謎語，自能培養猜謎的基本能力。尤增輝在《謎海尋寶》一書裡，曾借用外公告訴我們猜謎的方法：

先走正門；
如果正門進不去，
那就走後門；
如果後門也進不去，
那就走側門。

如果側門還是進不去，要怎麼辦？外公說：

再想一想，再試一試，
你一定能走進去！（見兒童月刊社本，頁 11）

而事實上，並沒有告訴些實際的方法。當然，他所謂正門，當然指對六書的了解而言；至於側門，或許是指「離合」「合音」等現象的了解。至於實際的猜射方法有：

1. 多方面著想推敲

謎語的製作和猜射，兩者的立場絕對不同，作者有意「使人昏迷」，面的

意思多轉彎抹角，猜者爲了不中其陷阱，可先由正面著想，發覺不對路時，則改從別的方向推敲，這樣才不會鑽入牛角尖。

見死不救　射職業名稱一　醫生

正面不易解，則由反面「活的才救」來射醫生。

又如：

穿背心難作弊　射成語一　長袖善舞

正面不能解，則由反面來想，穿短袖的背心難以作弊，則穿長袖的衣服必能作弊。

2. 研究謎面

射謎的唯一依據是謎面，因此猜謎時，須先將謎面詳加研究，如能發現其要點，也就是發現關鍵所在，自然容易射中，而不被昏迷。如：

大膽假設，小心求證　射口語二字　胡說

要猜射本題，必須先知道謎面爲「胡」適先生所「說」的話，如此自然能推測出謎底爲「胡說」。

同時，猜射時也要了解謎底絕對不能犯謎面，也就是說謎底絕對出現與謎面相同的字眼。若謎面與謎底有相同的字，即可自行判斷不是正確的謎底。

3. 猜謎的公式

通常文章講究文法，做詩詞要懂得韻律，猜謎則須了解怎樣「扣」，扣是謎語的靈魂，如不能將扣的方法弄清楚，則猜射謎語一定不能得到要領，很難猜中。扣的步驟，首重於了解謎面文字之義，除了本解外，還要變更詞意而換爲別解，將底的原意分解成幾個部分解釋，一個部分的解釋，術語叫「扣」，而幾個部分綜合起來成一個意思，正合謎面則謂之射。

根據謎面較重要的字，找出相對、相反、相等、相連的關係字，集中起來用去蕪存菁之法，將不合理而扣不上的字逐漸除去，最後剩下小部分，由這裡就容易找出謎底，這是猜射謎語的最佳途徑。

就謎學而論，扣法是較爲專門且高深，它涉及五行、方向、天干、地支、生肖等相互的關係，而這種扣法之典故是出於古代典籍，並非一般人所能了解。現代謎語的扣法，自當以能理解爲原則，否則，會淪爲晦暗艱深，構造牽強，形同僵枯。（七十五年六月）（本文曾獲國科會七十六學年度獎助。）

參考書目

一、

1. 《謎語研究》，陳光堯，商務印書館，民國36年4月三版。
2. 《謎史》，錢南揚著，中山大學民俗叢書第三十七種，民國58年，東方文化書局影印本。
3. 《謎拾評注》，唐景松著，黃朝傳注，新興書局，民國47年9月。
4. 《橐園春燈話》，張起南撰。
5. 《春謎大觀》（合刊本），俞曲園等，廣文書局，民國72年12月。
6. 《燈猜聯對指南》，王人英著，慶芳書店，民國49年6月。
7. 《燈謎大觀》，普天出版社，民國60年9月。
8. 《謎海》，程哲民著，世界書局，民國68年6月。
9. 《謎語古今談》，陳香著，商務人人文庫，民國71年5月。
10. 《摩登謎語》，瑞君著，水芙蓉出版社，民國72年7月。
11. 《中國民間謎語研究》，譚達先著，木鐸出版社，無日期。
12. 《燈謎講座》，王惠群編著，大夏出版社，民國71年10月。
13. 《廣州謎語》，劉萬章編，中山大學民俗叢書第十八種，東方文化書局影印本。
14. 《寧波謎語》，王鞠候編，中山大學民俗叢書第二十種，東方文化書局影印本。
15. 《河南謎語》，白啓明編，中山大學民俗叢書第二十二種，東方文化書局影印本。
16. 《燈謎叢話》，徐立倫著，民族正氣出版社，民國71年12月。
17. 《中華燈謎學初稿》（計三集），朱家熹編著，謎譚雜誌社。
18. 《新時代謎文集》，黃永文著，謎譚雜誌社，民國72年5月。。
19. 《燈謎入門及欣賞》，李文忠著，彰化社教館，民國71年10月。
20. 《四書成語謎語聯語及趣聞》，李炳傑編著，正文書局，民國76年5月。
21. 《拆字、趣詩》，呼延紅編著，將門出版社，民國71年11月。
22. 《文虎蒐集》，楊歸來編著，西北出版社，民國72年2月。
23. 《中國謎語大全》，孫岱麟著，西北出版社，民國71年12月。
24. 《燈猜謎語詩詞集》，莊明偉等編著，西北出版社，民國72年2月。
25. 《謎語七百則》，張孜衛著，星光出版社，民國72年1月。
26. 《謎語集錦》，阿呆編緝，阿爾泰出版社，民國71年1月。

27. 《繪圖童謠大觀》，廣文書局，民國 66 年 12 月。
28. 《北平諧後詞辭典》，陳子實主編，大中國圖書公司，民國 69 年 7 月。
29. 《妙言妙語》，楊光中編著，林白出版社，民國 66 年 9 月。
30. 《星光謎集》，陳高城、陳昆讚合著，星光出版社，民國 73 年 10 月。
31. 《中華燈謎學》，朱家熹編著，民族正氣出版社，民國 74 年 2 月。

二、

1. 《巧妙的書謎》，謝麗淑編著（35 開本）青文出版社，民國 63 年 3 月。
2. 《謎海尋寶》，尤增輝編著，兒童圖書出版社，民國 63 年 12 月。
3. 《我來說你來猜》，林武憲文，中華兒童叢書，民國 68 年 7 月。
4. 《奧妙的猜字》，戚克敏編著（35 開本），青文出版社，民國 69 年 1 月三版。
5. 《可愛的謎語》，顏炳耀編著（35 開本），青文出版社，民國 70 年 12 月 10 版。
6. 《新奇的猜謎》，顏炳耀編著（35 開本），青文出版社，民國 70 年 12 月 10 版。
7. 《小小的謎語》，王大明編著（35 開本），青文出版社，民國 70 年 12 月 10 版。
8. 《看故事學燈謎》，朱瑞君燈謎指導，千華出版社，民國 71 年 6 月。
9. 《小博士謎語》，綜合出版社，民國 70 年 6 月。
10. 《趣味謎語》（45 開本），文鴻編繪，莊家出版社，民國 70 年 6 月。
11. 《新兒童謎語》，李春霞著，樹人出版社，民國 71 年 2 月。
12. 《仙吉兒童文學》（謎語專集）26 期，仙吉國小，民國 71 年 6 月。
13. 《聯想式國小兒童猜謎語》第一輯三冊，林樹嶺編著，金橋出版社，民國 72 年 2 月。
14. 《詩的謎語》，舒蘭著，中華兒童叢書，民國 71 年 11 月。
15. 《謎語六百首》，蔡明潔著，東海出版社，民國 66 年。
16. 《謎語樂園》，黃桂雲編，大眾書局，民國 72 年 7 月。
17. 《新謎語》（45 開本），志昌出版社，民國 70 年 11 月。
18. 《趣味謎語》（45 開本），志昌出版社，民國 70 年 11 月。
19. 《台灣民間文謎》，陳定國作，現代教育出版社，民國 70 年 4 月。
20. 《小謎語大全》（45 開本），徐武雄編輯，大千出版事業公司。
21. 《數學趣談》，九章出版社，民國 70 年 1 月。
22. 《數謎》，孫文先編輯，九章出版社，民國 70 年 5 月。

23. 《猜猜看》，陳金田輯，中央日報社，民國 72 年 7 月。
24. 《科學謎語》（45 開本），新園出版社，無日期。
25. 《植物謎語》（45 開本），新園出版社，無日期。
26. 《動物謎語》（45 開本），新園出版社，無日期。
27. 《新小謎語》（45 開本），福將文化事業公司，無日期。
28. 《趣味謎語》（45 開本），福將文化事業公司，無日期。
29. 《謎語天地》（45 開本），福將文化事業公司，無日期。
30. 《謎語精華》（45 開本），福將文化事業公司，無日期。
31. 《謎語天地》（45 開本），劉武編著，水芙蓉出版社，民國 73 年 1 月。
32. 《妙謎語》（45 開本），劉武編著，水芙蓉出版社，民國 73 年 1 月。
33. 《猜謎語》（1、2），劉非源著，水芙蓉出版社，民國 73 年 8 月。
34. 《猜謎語》，先河文化圖書出版社，無日期。
35. 《謎宮之旅》，康維人著，啓元文化事業股份有限公司，民國 73 年 6 月。

三、

1. 《謎語》，婁子匡、朱介凡編著，見 52 年 6 月正中書局版《五十年來的中國俗文學》，頁 181～198。
2. 《謎語》，李獻璋編著，見 59 年 5 月振文書局版《台灣民間文學集》頁 244～293。
3. 《台灣的大人謎、台灣的小兒謎》，片岡巖著、陳金曲譯。見 70 年 1 月大立出版社《台灣風俗誌》頁 339～350。
4. 《謎語錦囊》，蕭政信編著，見 72 年 12 月廣場文化出版公司，版《幽默啓示錄》第二篇，頁 1～103。
5. 《謎之情趣》，紀金，見 73 年 2 月 22 日中央日報副刊。
6. 《國文教學的潤劑》，謎語，李炳傑，見民國 73 年 9 月份第 327 期《中國語文》月刊 61 至 71。
7. 《謎譚雜誌月刊》，台中縣謎學研究會，社址：台中縣清水鎮光華路 128 巷 10 號。

元宵夜炸寒單爺迎財神
——台東民俗之一

摘　要

本文旨在討論臺東民俗之一——元宵節炸寒單爺迎財神的來龍去脈，並分析其社會現象與可行性。全文計分：前言、財神的由來、武財神趙公明、趙公明到臺灣、臺東的寒單爺、結語等六節。並；附有「臺東縣警察局七十三年元宵節執行革除〈邯單爺活動陋習專案報告〉一文」。

壹、前　言

民俗是什麼？

民俗是指人民的生活與禮俗繁衍出的基礎文化。換句話說，它是人們生活風貌的呈現。在此前提下，民俗文化的主體是人，它必然要隨人民生活的不同而改變，許多中外的民俗學者，爲民俗所下的定義中，大體上都包括了：實用性、反覆性、融合性與改變性等幾種特性。仲富蘭於《中國民俗流變》一書裏，曾說民俗是透視社會的「廣角鏡」。他說：

> 民俗在本質上是文化，但它又是一種特殊的文化形態。它是從人類社會生活中產生，又回饋到社會生活中，與現實生活緊密相連，至於水乳交融，成爲社會生活組成部分中的重要「基因」。它是人類意識在心理上的沉澱積累，而這種沉澱積累形成一定的定勢，又是如

此強烈地滲透在現代人的意識深處，在現代中國人的生活裏，反射或者折射出古老的中華民族的優秀品質和陋俗劣質。它既是歷史傳統的因襲，又有現實的基礎。前輩給我們留下的遺俗仍在被因襲下來，流傳、演變、消亡、復合，但新的歷史時期，爲我們展現的更加廣闊的社會背景之下，又不斷地在萌發和演繹出新的民俗。如果執此一端，光看到民俗的傳承和變異，看不到它的萌發和新生，都是片面的。但歸根到底，民俗仍然是一種文化象現，不管是傳承變異還是萌發新生，它都離不開各個時代的社會爲它提供的客觀基礎。民俗是透視人類社會的「廣角鏡」。（見香港中華書局本頁 181～182）。

而今，台灣走向富裕之境，卻因過度迷信科技與經濟的繁榮，文化失去了灌溉，終而形成諸多問題；其中又以民俗文化的變質最爲嚴重。劉還月於《台灣的歲節祭禮》一書裏，推究其原因說：

四〇年代中期，台灣二二八事件的發生，使得台灣人對「祖國」的夢想幻滅，原本相抗於日人的「台灣意識」再次迅速凝結，當局爲了壓抑這股反抗力量，對台灣意識多方牽制，最明顯的乃是限制宗教信仰的發展，爲達目的，不僅制定諸多限制條款，更從學校及社會教育中，徹底將本土宗教信仰「迷信化」，半世紀以來，當局的這套政策顯然相當的成功，對於多數戰後新生的一代而言，民間信仰和迷信幾爲同義詞，便是切確的證據。（見《自立晚報》，頁 257）

台灣民俗文化的變質，一方面是當政者刻意的壓抑，無法正常發展；再者也因過度強調工商發展，文化失去了生存的空間，常民文化在受限制又被誤解的情況下，新生的智識分子寧願追求歐美風潮，不肯費時整理祖先們的遺產；中下階層的人士，別無選擇下，又缺乏文化心靈的培養與薰陶，只能浸淫在毫無精神的現代娛樂或感官享受上；空洞電視劇，博君一笑的電影以及大街小巷充塞的脱衣舞、指壓、油壓、色情理髮……都成了一般民眾樂於追求的低俗文化。

愈是工商業的社會，也許人們對於表象、無意義、缺乏精神的「速食文化」追求更爲殷切，即使文明如美國或歐陸國家，程度有過之而無不及，誠然，任何文明社會都無法避免這些現象，但在西方的世界中，只是一種配屬，人民仍有豐富的精神生活，有源自傳統文

> 化的嘉年華會，有國家級的民俗博物館，有名揚世界的民俗文化村，處處都可感受到不同種族特有的民俗風情，但在今天台灣，要找尋代表本土文化的東西，委實相當困難了；不過幸好還沒到絕望的程度，學甲的上白礁大典，也許是一個值得發展、開拓而成民俗文化表徵的本土慶典。（同上，頁 282～284）

其實問題的癥結除寺廟等主事者外，社會中的每個人都得負一點責任，執政者更應該通盤檢討，對台灣民俗的偏差政策，各方面一齊努力，我們的社會才能擁有本土性格，民俗才會有地方精神。緣於立足鄉土，與新生代對民俗的冷漠及無知。於是指導學生做鄉土民俗調查研究。

在台東鄉土民俗中，以炮炸寒單爺最有名，台東地區每年農曆元月十五、十六兩天，有一眾神繞境的民俗活動歡渡元宵，在此一活動中最吸引民眾的就是炮炸肉身寒單爺，據商家所言：鞭炮炸得愈旺，帶來的財富就愈多。

紮紅巾，著紅褲，赤裸上身的肉身寒單爺，有著謎樣的身世，有人說祂是流氓神，又有人說祂就是武財神——趙玄壇。因此選訂「寒單爺」做爲研究的主題。

學生邱子純、黃世一、薛光華等三人，分頭進行收集與訪問，或至文化中心搜尋相關資料，或翻閱有關報章雜誌。找到了台東唯一祭祀寒單爺的玄武堂，並訪問堂主李建智，追溯寒單爺的由來，及設堂緣由，又旁及海山寺、天后宮與地方人士。

他們在經歷了一個多月的資料收集與訪談後，終於對寒單爺的身世及其在台東的興衰有初步的瞭解。於是執筆爲文，但由於時間不足，且資料亦不完整，而訪問又未能把握重點，雖勉力成章，終是具體而微，於是接手撰述，就現成規模加以增補。尋根溯源追尋寒單爺的來龍去脈。

本文並非預訂的寫作論題，匆促與失忽處未免，但我仍必需感謝他們的努力與用心，沒有他們的努力與用心，我不會接手執筆。從執筆過程中，更可感受到新生代旺盛的求知慾，因此亦以不懈努力自勉之。

貳、財神的由來

財神，在傳統的舊社會裡是家家都敬拜的，逢年過節各地都有「迎財神」、「敬財神」的風俗。尤其是春節過年時，敬財神爺都用餃子上祭，敬罷財神之後，這些餃子就被說成是財神爺賜給人的「元寶」，吃了餃子就可以「財運亨通」、「金玉滿堂」了。又農曆新年期間各戲園第一天開始公演時要「擺台打通」，打過「三通」然後「跳加官」、「跳財神」，再加上一齣「天官賜福」，然後才演正戲。這些是民間希望生活富裕、財源茂盛的一種心願。

財神起於何時？因文獻不足，已無可考。或謂：人類追求物質享受，追求財富是共同的心願，在多神祭祀的社會裡，自然產生了「財富之神」，或稱之爲「財神」。

財神在基本上是「物神」之一，但是由於其賜人財帛，給人美好的生活，所以成爲人們的願望之神。

至於財神是誰？似乎亦無定說。我國民間將所有與財富有關的神靈都可稱之爲財神，因此對財神有多種說法，財神並不只有一位。呂宗力、欒保群於《中國民間諸神》一書〈財神〉條有案語云：

> 自從人類社會進入私有制經濟以來，財富就成爲支配人們社會生活的最重要的異己力量。至近代社會，資本主義生產方式在中國漸有發展，這種『拜物教』觀念就尤爲達。所以財神成爲中國各階層最普遍的信仰對象之一。然而各個時代，各個地區，對於財神的認識不完全一致，所奉財神遂因時因地而異。正如《集説詮眞》所說：『俗祀之財神，或稱北郊祀之回人，或稱漢人赴朗，或稱元人何五路，或稱陳人顧希馮之五子，聚訟紛如，各從所好，或渾稱曰財神，不究伊誰。』近代又有文、武財神之説，説者以殷代忠臣比干爲文財神，關帝爲武財神。
>
> 又據《民間新年神像圖畫展覽會》：『尚可於財神之旁看到天官、和合二仙，預兆幸福之龍等等（註：上神或係青龍，以青龍爲財神之風氣，在山東及浙江頗盛行）。平時財神常係單獨表繪，坐在畫之中央。倘有一女像坐在其旁時，其名稱乃改爲財公，而其妻乃稱爲財母。此原型大約係另一人物，然究竟爲誰，似不易確定。』可見財神種類頗多。（見學生書局版頁 725）

又仇德哉於《台灣之寺廟與神明》冊四「財神」條裏亦云：

> 考財神多而雜，通常以增福財神爲文財神，玄壇元帥趙公明爲武財神。據諸安仁營口日記略載，拜年先拜財神，財神在中，左有招財，右有利市。此與金龍如意武財神趙公明之招寶、納珍、招財、利市四部將合稱五路財神相接近。但民間常見之增福財神圖，亦有四位

侍神，據說亦爲招財、利市等神。

相傳增福財神生前曾任道州刺史，力阻販賣道州矮民爲奴，地方人士感其恩，奉爲福神，由祈福而求財，漸變爲增福財神，亦即今之文財神，另有謂文財神爲紂王之比干丞相。

有將五顯神稱爲五福財神，五通財神、或五路財神，在平劇《財源輻輳》中即將五路財神與五顯財神合而爲一，惟該劇將五財神隸屬於黑虎玄壇財神趙公明所指揮。按：連雅堂於《台灣通史》中說五顯、五福爲淫神、瘟神，而北平彰義門外則有五顯財神廟。

《易經·說卦》有「爲近利、市三倍」，世人以獲利甚豐稱「利市三倍」。左昭有「爾有利市寶賄」，《東京夢華錄》載「乞利市錢」，《北夢瑣言》有「不利市秀才」。是利市又含財富吉利及好運之義。財神左右之利市，招財或導源於此。

利市在唐宋時即爲財神，元人夏文彥所撰《圖繪寶鑑》，謂財神之部份「宋嘉禾好爲利市仙官，骨格態度，俗工莫及」。冀、魯、豫、蘇、皖各省民俗，每年春節初一至初五，有跳財神者，沿門逐戶乞討錢物，此種財神即利市仙官。又各商戶香案所供之財神，如非印就之財神像，則爲紅紙所書之「利市仙官」神牌。

財神有文武之分，亦有男女之別，據虞裕談撰載：江湖間，多祀一姥，日利市婆官，或言利市婆」，《中文大辭典》謂「利市仙官」又稱「利市婆官」，是被奉爲財神之一利市，則爲女性之財神。惟有謂「利市婆」爲神所居之地名，神非婆也。

叢辰家有財寶星或天財星，即財神之別名，天財星又稱天財星君。

我國北方民間拜黃、白、灰、柳爲財神，以爲祭此種財神可發意外之財，戰前政府發行黃河獎券及航空獎券，買者祈求中獎，即拜此種財神，所謂黃白灰柳者，黃、狐也，白、刺蝟也。灰、鼠也。柳、蛇也。

國人所拜之財神，除有丞相、刺史、元帥、淫神、瘟神，有男有女，有星辰、有狐、刺謂、鼠、蛇外，在文獻上尚有來自外國之財神，平劇《五穀豐登》及《財源輻輳》中、均有「西域善善國王」、「波斯神」，「回回」進寶、獻財。現民間財神畫像兩側二或四侍從中，右下方之目深長臉、頭纏布巾，手持珊瑚等寶物者，國人稱之爲「波斯進寶」，即爲來自回教國家之財神。再以北平人祭財神以公雞、鯉魚爲限，禁用豬頭證之，則更可證明財神來自西域、且爲回教徒，不吃豬肉也。按：我國與外通商較早者爲西域各鄰國，隋唐時稱「大含人」、「胡賈」等，均以財富聞名，外來之財神或導源於此。

我國奉胡人爲財神之文化，遠播世界各地，現法國巴黎傑魯奴斯基美術館藏有一件我國唐代之胡人俑，此陶俑較唐三彩更早，民國四十五年在西安郊外唐墓中亦曾發掘同樣者二件，日本、加拿大、美國也有類似此類造形之胡俑收藏。此類胡俑，被外人稱爲「奉納使者」，身作甲胄，頭戴毛皮帽，大眼高鼻，左膝著地，手持袋筒形之物。據日人水野清一謂，此袋筒裏滿裝金銀財寶，而西方人則將此袋筒與希臘主神宙斯扯上關係，謂係宙斯報答乳母所用之山羊角，內裝果穀財物，稱爲「豐饒之角」。秘魯國旗上圖案即爲此角。佛門之彌勒佛，又稱布袋和尚，在我國亦奉爲財神，日本人更奉爲七福神之一。蓋因其所負之布袋與胡人俑所持之山羊均象徵發財或福氣也。（見台灣省文獻委員會本，頁139～141）

財神雖不只一位，但常見的分類有二種：文、武與正偏之分。

1. 文與武

將財神分成「文財神」與「武財神」。文財神就是「增福財神」，廣東人最爲崇祀，稱爲「增福財帛星君」，在廣東人的傳說中，財帛星君是北斗星之一，是自然神。幻形入世的文財神，造形文雅，白臉長鬚，左手執玉如意，右手奉寶盆，上寫「招財進寶」四字，文財神與福、祿、壽、喜諸神合在一起成爲「福、祿、壽、財、喜」的五福神。

又有稱比干爲文財神，民間傳說比干是一位古靈精怪的財神，給商紂王挖了心，居然不死，於是走出王宮，來到民間廣散財寶。在《封神演義》的封神榜上，比干被封爲北斗七星之一（見九十九回），民間尊之爲財神。以一個無心的人爲財神，可說極具反諷。

武財神有二。一爲關公，他與曹操戰於下邳，兵敗被擒，終於降曹，封爲漢壽亭侯。人們於其潛歸劉備而重其義氣，並有「掛印封金」的奇行，再加上三國演義又說他在玉泉山顯聖，故後人奉之爲神。因爲他是武將，所以成爲武財神。另一個即是趙公明。

2. 正與偏

由於財的來源不同，有的正財，有的卻是偏財，因此，財神也有正財神和偏財神之分。

正財神是正派的，前述的文武財神都是正財神，偏財神即「五路財神」，亦稱「五通神」。

參、武財神趙公明

在眾多的財神中，以武財神趙公明最爲有名。呂宗力、欒保群於《中國民間諸神》中〈趙公明〉有案語云：

> 種種財神中，最有名的要數趙公明了。近代南方祀之極盛，即北方亦或祀之。趙公明有「正一玄壇」神號，故民間亦稱爲趙公元帥、趙玄壇。《破除迷信全書》據此以爲財神宋代本祭蔡京，後以趙爲宋之國姓，遂編造玄壇之名，封爲財神。此說頗謬。趙公明的傳說起源很早，本爲道教中神。始見於晉干寶《搜神記》，謂上帝差三將軍督鬼下取人命，趙公明即其中之一。梁陶弘景《眞誥》稱之爲土下冢中直氣五方神。可知魏晉至南北朝時，趙公明在道教中是被視爲冥神、瘟神一類的。所以隨唐以後，又有把趙公明列爲五瘟神之一的（參見瘟神條）。所以明《列仙全傳》稱趙公明等爲八部鬼神，周行人間，暴殺萬民，太上老君遂命張天師治之（見張天師條引）。然而元明以來，道書每稱張天師道陵初於龍虎山煉丹，天帝遣趙公明守護丹爐（參見張天師條）。於是逐漸傳說趙公明本秦人，於終南山得道，戴鐵冠，執鐵鞭，黑面濃鬚，騎黑虎，因護張天師丹爐有功，封正一玄壇元帥，能驅雷役電，喚雨呼風，除瘟禳災，買賣求財，使之宜利（見《三教源流搜神大全》）。其職掌雷部星宿，爲一道教執法天神。然而明小說《封神演義》稱其爲峨眉山仙人，以助紂抗周而亡身，後封爲正一龍虎壇眞君，下轄招寶天尊、納珍天尊、招財使者、利市仙官，則儼然是一尊財神爺矣。近代奉趙爲財神，實昉於此。明代或傳說趙名朗字公明，爲三國時名將趙子龍之從兄弟，則亦民間臆說耳。又據李調元《新搜神記》，蜀地本祭壇神羅公之俗，謂羅黑而持斧。

> 此本蜀地少數民族所奉之鬼耳。近代則轉稱壇神爲趙公明，此則又非財神矣。以趙公明爲壇神者，一因公明素有玄壇之稱，亦黑面；二因本有趙爲蜀地八部鬼帥、行瘟作疫之說（見張天師條引《列仙全傳》)。尤難解釋者，近代多稱趙爲回族，不食豬肉，故祭祀皆以牛羊肉，則匪夷所思矣。然或亦有說。中國自古以來之對外貿易，西方之波斯、阿拉伯商人貢獻頗多。唐時此風已盛，元以來更是如此。所以民間故事中每稱「波斯胡」(或稱『胡人』)識寶，善做生意。《聊齋志異》中有許多這類敘述。以財神爲回教徒，或即由此現實生活中印象而來？姑存此說以備考。(見學生書局版，下冊，頁732～733)

趙公明爲道教中的神明，乃一虛構人物。一般人都稱武財神趙公明爲「黑虎玄壇」，俗稱「玄壇元帥」，又稱「銀主公王」，民間通稱「玄壇爺」。他的全銜爲「正乙玄壇金輪如意趙元帥」，祂的塑像或畫像都是身騎黑虎，形貌威猛，從祂的尊容中找不出一絲「和氣生財」的神情，叫凡夫俗子實在想不透祂怎會作了「財神」。近人南宮搏氏認爲：「趙元壇的創作年月，大約在東漢時代，但三國晉六朝這位神道並不走運，我疑趙元壇是范蠡的化身，他曾統率越國大軍，武功赫赫，除此以外，卻無親可攀了。自越國滅吳之後，偕西施退隱，化名鴟夷子皮，發了大財，把錢花光，再化名陶朱公，又發了更大的財，子孫更加富足，這豈非財神麼？」〔註1〕

實則古往今來多少富豪，何以趙公明能財神掛帥？其實仔細考祂的官諱與身世檔案，或能明白其究竟。以下依時代先後述其轉化的過程。

一、晉人干寶「搜神記」

趙公明這個名字最早見於晉人干寶《搜神記》卷五：

> 散騎侍郎王祐，疾困，與母辭訣。既而聞有通賓者曰：「某郡某里某人。」嘗爲別駕，祐亦雅聞其姓字。有頃，奄然來至，曰：「與卿士類，有自然之分，又州里，情便款然。今年國家有大事，出三將軍，分布徵發。吾等十餘人，爲趙公明府參佐。至此倉卒，見卿有高門大屋，故來投。與卿相得，大不可言。」祐知其鬼神，曰：「不幸疾篤，死在旦夕。遭卿，以性命相託。」答曰：「人生有死，此必然之

〔註1〕據王世禎編著《中國神話——人物篇》，頁65～66。

事。死者不繫生時貴賤。吾今見領兵三千，須卿，得度薄相付。如此地難得，不宜辭之。」祐曰：「老母年高，兄弟無有，一日死亡，前無供養。」遂欷歔不能自勝。其人愴然曰：「卿位爲常伯，而家無餘財。」向聞與尊夫人辭訣，言辭哀苦，然則卿國士也，如何可令死。吾當相爲。因起去，明日更來。其明日又來。祐曰：「卿許活吾，當卒恩否。」答曰：「大老子業已許卿，當復相欺耶。」見其從者數百人，皆長二尺許，烏衣軍服，赤油爲誌。祐家擊鼓禱祀，諾鬼聞鼓聲，皆應節起舞，振袖颯颯有聲。祐將爲設酒食。辭日不須。因復起去。謂祐曰：「病在人體中如火，當以水解之。因取一杯水。發被灌之。」又曰：「爲卿留赤筆十餘枝薦下，可與人使簪之，出入辟惡災，舉事皆無恙。」因道曰：「王甲李乙，吾皆與之。」遂執祐手與辭。時祐得安眠，夜中忽覺。乃呼左右令開被，神以水灌我，將大沾濡。開被而信有水，在上被之下，下被之上，不浸如露之在荷，量之得三升七合。於是疾三分愈二。數日大除。凡其所道當取者，皆死亡。唯王文英半年後乃亡。所道與赤筆人，皆經疾病及兵亂。皆亦無恙。初有妖書云。上帝以三將軍趙公明、鍾士季，各督數鬼下取人，莫知所在。祐病差見此書，與所道趙公明合焉。（見新興版「筆記小說大觀」四編冊二，頁 871～872）

這段故事是講晉散騎侍郎王祐身染熱病，危在旦夕，他在昏迷中聽到昔日曾爲別駕的同鄉某人來訪，那位同鄉自稱是「趙公明府參佐，今年國家有大事，我今領鬼兵三千，需要你來作我的主簿……」。這時王祐才想起這位同鄉已然去世多年。由於老母年高，又無兄弟，於是他向鬼兵統領哀求，請上級赦了他。鬼兵統領並教他除病。病好之後，他爲了查證，找到民間確有流行的妖書說：「上帝派三將軍趙公明、鍾士季各督鬼兵，下界收人」，果然和中所見到的死去同鄉說的趙公明情形相符。

《搜神記》裏的趙公明，只是個冥神或鬼將軍，並無具體形象可言。

二、梁陶弘景《真誥》

趙公明在陶弘景《眞誥》裏則直接稱之爲五方諸神。《眞誥》卷十〈協昌期第二〉有建吉冢圓石文詞云：

夫欲建吉冢之法，去塊後，正取九步九尺名曰上玄辟。非華蓋宮王氣神，趙子都冢墓百忌害氣之神，盡來屬之。能制五土之精，轉禍爲福。侯王之冢，欲搖欲隱，起九尺，以石方圓三尺，題其文埋之土三尺也，世間愚人徒復千條萬章，誰能明吉凶四相哉！辟非之下，冢墓由此而成，亦由此而敗，非神非聖難可明也。必能審此術，子孫無復冢墓之患。能知墳墓之法，千禁萬忌一皆厭之。必反凶爲吉，能得此法，永爲吉冢，不足宣也。員三尺題其文曰：「天帝告土下冢中王氣五方諸神趙公明等，某國公侯甲乙年如干歲生，値清眞之氣，死歸神宮，翳身冥鄉，潛寧沖虛，辟斥諸禁忌，不得妄爲害氣。當令子孫昌熾，文詠九功，武備七德，世世貴王，與天地無窮，一如土下九天律令。(見台灣商務影印文淵閣《四庫全書》子部三六五道家類，第 1059 本頁 410)

所謂五方諸神，即指五瘟神而言。

三、元大德本《三教搜神大全》

《三教源流搜神大全》是本民間宗教的通俗類書，在書中有兩段有關於趙公明的記載。而趙公明在《三教源流搜神大全》裏開始有了變化。於〈五瘟使者〉條有云：

昔隋文帝開皇十一年六月內，有五力士現於凌空三五丈，于身披五色袍，各執一物。一人執杓子并罐子，一人執皮袋并劍，一人執扇，一人執鍾，一人執火壺。帝問太史居仁曰：「此何神？主何災福也？」張居仁奏曰：「此是五方力士，在天上爲五鬼，在地爲五瘟，名曰五瘟：春瘟張元伯、夏瘟劉元達、秋瘟趙公明、冬瘟鍾士貴、總管中瘟史文業。如現之者，主國民有瘟疫之疾，此爲天行時病也。」帝曰：「何以治之而得免矣？」張居仁曰：「此行病者，乃天之降疾，無法而治之。」於是其年國人病死者甚眾。是時帝乃立祠，于六月二十七日詔封五方力士爲將軍。青袍力士封爲顯聖將軍，紅袍力士封爲顯應將軍，白袍力士封爲感應將軍，黑袍力士封爲感成將軍，黃袍力士封爲感威將軍。隋、唐皆用五月五日祭之。後匡阜眞人游至此祠，即收伏五瘟神爲部將也。(見聯經版《繪圖三教源流搜神大全》頁 157)

這段記載裏趙公明的職位是瘟神，並清楚的說祂是秋瘟使者。證之於明人的神怪小說《北遊記》，可知趙公明仍屬瘟神，《北遊記》曾仔細描述祂被張天師和眞武大帝收服的經過。

可是在「趙天師」條，對趙公明的出身經歷就非常的詳備，其文有云：

> 姓趙諱公明，鍾（終）南山人也。自秦時避世山中，精修至道，功成，欽奉玉帝旨召為神霄副帥。按元帥乃皓霄度天彗覺昏梵氣化生。其位在乾，金水合氣之象也。其服色，頭戴鐵冠手執鐵鞭者，金遘水氣也。面色黑而鬍鬚者，北氣也。跨虎者，金象也。故此水中金之義，體則為道，用則為法，法則非雷霆無以彰其威。太華西台其府，乃元帥之主掌，而帥以金輪稱，亦西方金象也。元帥上奉天門之令，策役三界，巡察五方，提點九洲，為直殿大將軍，為北極侍御史。共漢祖天師修煉仙丹，龍神奏帝請威猛神吏為之守護。由是元帥上奉玉旨，授正一玄壇元帥，正則萬邪不干，一則純一不二，之職至重。天師飛升之後，永鎮龍虎名山。厥今三元，開壇傳度，其趨善謝功謝過之人及頑冥不化者，皆元帥掌之，故有龍虎玄壇，實賞罰之一司。部下有八王猛將者，以應八卦也。有六毒大神者，以應天煞、地煞、年煞、月煞、日煞、時煞也。五方雷神、五方猖兵，以應五行。二十八將，以應二十八宿。天和地合二將，所以象天門地户之闔辟。水火二營將，所以象春生秋煞之往來。驅雷役電，喚雨呼風，除瘟翦瘧，保病禳災，元帥之功莫大焉。至如訟冤伸抑，公能使之解釋公平；買賣求財，公能使之宜利和合。佰有公平之事，可以對神禱，無不如意。故上天聖號為高上神霄玉府大都督、五方之巡察使，九州社令都大提點、直殿大將軍、主領雷霆副元帥、北極侍御史、三界大都督、應元昭烈侯、掌士定命設帳使、二十八宿都總管、上清正一玄壇飛虎金輪執法趙元帥。（見聯經版《繪圖三教源流搜神大全》頁 142～143）

這條文字與〈五瘟使者〉條頗不同。到底是什麼人寫的？又根據什麼資料，都是值得研討的問題。如今試就原文分項詮釋其信息如下：

1.「趙元帥姓趙諱公明，終南山人，自秦時避世山中，精進至道，功成，欽奉玉帝旨召為神霄副帥，按元帥乃皓延霄度天慧昏梵氣化生……」。這段話說明祂的出身及初授神職的事。祂是「皓廷霄度天慧昏梵氣」化生，是明《北遊記》書中說祂是黑煞神的由來。又道家《典籍實錄》記載，趙公明是「日之精」，上古時十個太陽同時出來為害，帝堯時后羿射下九個，都在青城變成九個鬼王，其中八個都發病害人，只有一個變成人就是趙公明。

至於趙公明的具體形象是：騎虎，頭戴鐵冠，手執鐵鞭，面色黑而有鬍鬚。可知趙公明出身詭異，本屬虛構人物。

2. 「昔漢祖天師修煉化丹，龍神奏帝請威猛神吏爲之守護神，由是元帥上奉玉旨授正一玄壇元帥，……天師飛昇之後，永鎮龍虎名山。」這段說明祂因爲守護丹室而被封爲「正一玄壇元帥」，天師成道後從此祂也祿位高升，兼了許多要職。

3. 祂的全銜是：「上天聖號爲高上神霄玉府大都督、五方之巡察使、九州社令大提督、直殿大將軍、主領雷霆副元帥、三界大都督、應元昭烈侯、掌士定命設帳使、二十八宿都總管、上清正一玄壇、飛虎輪執法趙元帥。」這一大串職銜眞叫人大爲吃驚，再看祂實際的職權和所轄的部屬，那更是驚人。

> 部下有八王猛將，以應八卦也；有六毒大神，以應天煞、地煞、年煞、月煞、日煞、時煞也；五方雷神、五方猖兵，以應五行；二十八將，以應二十八宿；天和地合二將，所以象天門地户之闔闢；水火二營將，所以象春生秋煞之往來；驅雷役電，喚雨呼風，除瘟翦瘧，保病禳災，元帥之功莫大焉。至如訟冤伸昂，公能使之解釋公平；買賣求財，公能使之宜利和合。但有公平之事，可以對神禱，無不如意。

從記載上看來，在天上，祂似乎是位全能的神；同時在人間，祂管的事也眞不少。「買賣求財」只不過是其中的一件事。

至於祂怎會突然得到這麼高的官位和職權，目前文獻無可徵信。

四、明陸西星《封神演義》。

《封神演義》是部戰爭神怪小說，以武王伐紂的歷史爲架構，天命思想爲中心，加進許多匪夷所思仙道妖怪，變幻莫測的法術，於是展開一場接一場激烈的戰爭。而三教會同簽押的封神榜，是本書天命思想的具體呈現。

《封神演義》有關趙公明的記述，可見者有四十六回、四十七回、四十八回等三回爲主幹。其形象如下：

> 隱居於峨嵋羅浮洞。（見四十六回）
>
> 有門徒陳九公、姚少司。（同上）

用符籙一道降黑虎。(同上)

有神鞭、定海珠、縛龍索等寶物。(四十七回)

趙公明原是隱居於峨嵋山羅浮洞中修眞學道的截教人士。因聞太師征伐西歧時，邀他下山助戰，他一上陣，不但打了姜子牙昏死，還用定海珠打傷了五位仙人。後來被五夷山散人蕭昇、曹寶奪走定海珠及縛龍索，趙公明遂至三仙島向雲霄仙姑借金蛟剪，欲向燃燈等人報仇，然燈敗於金蛟剪，落荒而逃，遇見西崑崙閒人陸壓，陸壓獻一計給姜子牙，並書寫明白，上有符印口訣：「依此而用，可往歧山立一營，營內築一台，紮一草人，人身上書趙公明三字；頭上一盞，足下一盞燈，腳步罡斗，書符結印焚化，一日三次拜禮，至二十一日之午時，貧道自來助你，公明自然絕也。」(見三民版，頁 472)其後，子牙在歧山，以小小一張桑枝弓，三隻桃枝箭，一箭射右目，二箭劈心一箭，三箭射了草人。公明死於成湯營裏。

有關趙公明的爲人，鍾惺於四十七回有評云：

趙公明也只是恃得自己有寶貝，故此連勝。燃燈眾人一至，失卻諸寶，便自空拳失手，反去沿門托缽，凡有吾鼎者皆當自愛。(見三民版，頁 469)

又評云：

公明無寶珠，便自張惶失措；一有金蛟剪，又自恃此逞兇，所以終至失手。古人云：「謙受益，滿招損」，良有以也。(同上)

可知趙公明並非是什麼英雄或豪傑之士。

而後武王建國，姜子牙請玉符敕命於封神台封神，趙公明亦上壇受封：

命柏鑑：『引趙公明等上壇受封。』不一時，清福神用旛引趙公明等至台下，跪聽宣讀敕命。子牙曰：『今奉太上元始敕命：爾趙公明昔修大道，已證三乘根行；深入仙鄉，無奈心頭火熱。德業迥超清淨，其如妄境牽纏，一墮惡趣，返眞無路。生未能入大羅之境，死當受金誥之封。特敕封爾爲金龍如意正一龍虎玄壇眞君之神，率領部下四位正神，迎祥納福，追逃捕亡。爾其欽哉！

招寶天尊　蕭　昇　納珍天尊　蕭　寶

招財使者　陳九公　利市仙宮　姚少司』

趙公明等聽罷封號，叩首謝恩，出壇去了。(見三民版，頁 1021～1023)

於是乎財神的形象於焉顯現。雖然我們不能了解《三教源流搜神大全》、〈趙元帥條〉的資料來源，但是我們卻可以相信《封神演義》作者只斷章取義，刪去〈趙元帥條〉大部分紀錄，只留下終南山修道和「買賣求財，公能使之宜利和合」這一小部分職能。在封神榜上的封號是「金龍如意正一龍虎玄壇眞君之神」，他有四位部下：招寶天尊、納珍天尊、招財使者、利市仙宮。祂的職責是：「迎祥納福，追逃補亡。」於是祂完全脫去瘟神形象。從祂的職掌看來，並不是一位專職的財神。但是民間對於祂，卻只覺得祂是個財神，究其因緣，不得不歸功於《封神演義》的封神。而《封神演義》能促使趙公明財神的定位，似乎亦非偶然。

個人認爲趙公明的財神形象似乎早已存在，《封神演義》的封神只是具有定位的功能。我們可以說《封神演義》最大的貢獻是：把早就已流傳於民間的神話人物集合在一起，並且給祂們一個來源，使得祂們更成爲家喻戶曉的人物，成了民間膜拜的偶像。

且太公封神的傳說由來已久。《史記．封禪書》：「始皇遂東游海上，行禮祠名山大川及八神，求仙人羨門之屬。八門將自古有之，或曰太公以來作之……」又《舊唐．禮儀志》一引《六韜》云：「武王伐紂，雪深丈餘，五車二馬，行無轍跡，詣營求謁。武王怪而問焉。太公曰：此必五方之神，來受事耳。遂以其召入，各以職命焉。」這些都是太公封神的證明。

古人迷信，相信天命鬼神，說書人爲迎合聽眾，自然喜歡講這類故事。《封神演義》作者因此根據武王伐紂平話、姜子牙封神的傳說，逞其想像，集合流傳於民間的神話人物，大寫封神的故事。也因此在種種財神中，要以虛構人物趙公明最爲著名。

趙公明是通俗道教神明，且屬全國性神明，可是祂本屬虛構性人物，是以有人尋尋覓覓，爲他認祖歸宗。可是卻無法改變祂的虛構事實，也無法增益祂的神明性。

肆、趙公明到臺灣

趙公明玄壇元帥是屬於全國性通俗道教的神明，在臺灣雖然仍有奉祀，卻非鼎盛。本文擬描述祂到臺灣的情況及其有關的祭祀之民俗。

一、玄壇爺到臺灣

臺灣的移住民，絕大多數都是漢民族，尤其是以福建、廣東兩省爲主，所以臺灣的民俗習慣幾乎都和大陸的閩、粵兩省相同。因此，趙公明玄壇爺曾隨移民登陸臺灣也是件自然的現象。至於何時到臺灣？史無明文記載。其間《增記臺灣舊慣習俗信仰》一書，有〈草屯玄壇元帥廟慶與其延革〉一文，其文云：

> 三月十六日，是南投縣草屯鎮敦和路的敦和宮玄壇元帥的例祭日，屆時都要舉行盛大的祭典。(參照正月之卷二八)
>
> 嘉慶二十一年（1816 年）九月，彰州府平和縣的李元光，當他從福建遷來臺灣時，也順便把此神迎來臺灣，並且和草屯的十家姓李的人商議，各自施捨一部份金錢，作爲建廟的費用。到光緒十年，本廟遭受破壞，於是就由李定邦首先發起，向草屯、匏仔寮、南埔、北勢湳等各村落的李姓人家，募集一千多元爲費用，在同年三月動工，同年十一月竣工。據地方人士傳說，大約在一百一十多年前，林子頭的簡姓和李姓之間發生械鬥，當簡姓一族大舉襲擊李姓時，突然從本廟附近出現很多支援李姓的神兵，並使簡姓戰士身上所背的火藥爆炸，據說這完全是由於李姓所信仰的本神在顯靈。從此信仰的人頓時增加，不過後來威靈卻漸不太顯赫，香火逐漸衰弱。本廟的香燭費，是靠每年兩次化緣，就是由廟裏的人拿著果子餅挨家挨户贈給信徒，藉以募集「化緣粟」(化缽糧)。早在清朝統治臺灣之時，就在草鞋墩市場放一把秤和一個斗，凡是在這個市場買賣的貨品，都要徵收「斗稅」和「量稅」，作爲維持該廟的經費。稅率是：斗稅每一石抽五厘，量稅每百斤抽五厘，光緒二十四年（1898 年）廢除。(見眾文版，頁 510～511)

《臺灣舊慣習俗信仰》一書，原名《臺灣舊慣冠婚葬祭與年中行事》，是 1934 年日人鈴木清一郎著。本書是累積鈴木二十幾年在臺灣的調查與在生活上經驗的成果，是目前可見最早與可信的文獻。

據民國七十年底經政府登記之寺廟，趙公明到臺灣後，其廟宇有八，要皆以「玄壇元帥」、「趙元帥」、「玄壇爺」之名爲主神。據仇德哉編著《臺灣之寺廟與神明》，其廟有七：

寺廟名稱	負責人	地址	主神稱謂	教別	建別	縣市政府登記號碼	備註
南崁五福宮	王金來	桃園縣蘆竹鄉五福村	玄壇元帥	道教	募	○五四號	清光緒四年重建

玄壇爺廟	黃耀亭	臺中縣烏日鄉三民街昌明巷一三號	玄壇爺	道教	募	二一四號	清代創建
敦和宮	李秋庚	南投縣草屯鎮敦和里敦和路七四號	玄壇元帥	道教	募	○七七號	
鎮安宮	莊連興	宜蘭縣頭城鄉竹安里竹安路五八號	玄壇元帥	道教	募	一二七號	
澤安宮	游阿木	宜蘭縣冬山鄉大進路一六八號邊	趙公明元帥	道教	募	二三○號	
保安宮	謝吉祥	宜蘭縣冬山鄉丸山村丸山路九四號	趙公明元帥	道教	募	二三六號	清道光年間創建
天軍殿	蕭福壽	澎湖縣湖西鄉港底村六七號	趙公明	道教	募	○九三號	清

（見臺灣文獻委員會本，冊四，頁 156～157）

又臺灣雖普遍奉祀財神，尤其是商家，卻很少有獨立的財神廟。

雲林縣北港新街路側於民國六十九年新建完成之武德宮，以五路財神爲主神，於是始創臺灣地區財神寺廟主神之先河。在其沿革中，以武財神趙公明領中路，率四方兄弟爲東、西、南、北四路財神合稱爲五路財神，然對其四方兄弟之姓名則未予說明。

臺灣以財神爲主之寺廟，經登記者僅一座：

寺廟名稱	負責人	地址	主神稱謂	教別	建別	縣市政府登記號碼	備註
武德宮	陳茂霖	雲林縣北港鎮華勝路三三○號	玄壇元帥	道教	募	○七七號	

（同上，頁 141）

二、迎玄壇爺

趙公明的造型是：鐵冠、黑面、虯髮、執鐵鞭、跨黑虎，來臺灣後，則有厭惡寒冷的說法，因而要使用砲火來取暖神明，於是由單純的迎玄壇爺、走佛、或「擋玄壇爺」的行事，甚且演變成爲燒寒單爺或炸寒單爺。

所謂迎、走佛、怕冷、取暖，或擋或炸，個人以爲要皆與「財」有關。財神在舊社會裡是家家都敬的，新春期間各地有「迎富」、「迎財神」、「敬財神」的風俗。甚至有些行乞的人裝扮成財神模樣，挨家挨戶去送「元寶」，或用紅紙上印財神畫像，逐家逐戶去送財神。

又正月十五日上元節，民間以上元祭祝天官，祈求賜福，於是有神明繞境活動；再加上新春期間氣候寒冷，是以有怕冷之說，且撞、炸較具驚奇與意外。又放鞭炮更有熱鬧與喜氣，於是所謂走佛或撞玄壇爺的行事於焉形成。

所謂走佛，本意或指神明出巡繞境，而今專指上元夜迎玄壇爺繞境，民眾大燃鞭炮，係爲其暖身。迎玄壇即財神，很受百姓與商家歡迎，而後有燒或炸的行事，則屬流變的奇風異俗。《增訂臺灣舊慣習俗信仰》有〈玄壇爺誕辰祭典的奇風〉條，其文有云：

> 正月十五日夜晚，有祭祀玄壇爺的奇風，此神最討厭寒冷。祭祀的方法，是把玄壇爺的神像，安置在竹椅上，然後綁兩根長竹竿，由四名裸體彪形大漢抬著，在敲銅鑼的人的領導之下，一邊搖擺；一邊在街上巡迴。沿途人家一聽到銅鑼聲音，就趕緊把鞭炮準備好，當玄壇爺神像來到時，就點燃鞭炮對準大漢丟去。這時其他兩名大漢，就拿傘和掃帚遮擋鞭炮。各户人家都不吝惜鞭炮，而拼命往大漢身上丟，大漢卻都能處之泰然，繼續在街道上狂舞。據說這是因爲玄壇爺怕冷，所以才拚命放鞭炮爲祂驅寒。實際上是他們認爲，這四名大漢已經有神附體，而成爲不怕火熱的不死之身，所以無論如何往他們肉體上丟爆竹，他們也不會感覺到燒熱或疼痛。人們爲了考驗他們是否確實有神附體，才故意往他們身上丟鞭炮，假如他們說疼痛，就證明他們沒有神靈附體，是故意裝有神附體。還有一種說法，認爲玄壇爺是武將，即使遇到水火也不怕，因此就把這位神抬在神輿上，模仿水火不入的神通，抵抗沿途居民的爆竹底攻擊。因此觀眾往往用一個「麻滋糊」(用糯米作的黏餅)，沾在爆竹底下，燃後點燃丟去，目的是讓爆竹黏在大漢身上，往往爲此而把大漢炸得皮破血流。
>
> 其實所謂玄壇爺，就是商朝武官趙公明，又名趙玄壇。此人善於理財，終於積下巨萬家資。當武王伐紂時，趙玄壇爲商朝奮戰，不幸兵敗而爲國捐軀。商朝滅亡後，周武王爲嘉許趙玄壇的忠勇，特別追封他以「元帥」的封號。後來一些好事之徒，就在封神傳一部書裏，給玄壇元帥取名爲銀主公王，而加以戲劇化。並且說如果信奉銀主公王，就可以招財進寶致富，因此信仰並供奉此神者很多。關於玄壇元帥的祭日，各地方的日期都不同。例如臺北市大稻埕是正

> 月十五日，宜蘭縣頭城鎮鎮安宮是四月十六日，桃園縣蘆竹鄉五福宮、桃園縣大溪鎮大溪街仁安宮是在三月中任選一日，南投縣草屯鎮敦和宮是三月十六日（參照三月之卷該項），臺南縣大內鄉開靈宮是三月十四日。（見眾文版，頁451～452）

又王世禎《中國節令習俗》有〈燒韓單爺〉條，其文云：

> 這是臺灣上元另一種習俗。是由一群青年打扮成武林兄弟，選一壯丁，穿短褲，裸上身，坐於竹椅上，由眾兄弟扛著跑，此壯丁手持兩把掃帚，飾演「韓單爺」，弟兄們輪流替換，跟在後面的不停打鼓敲鑼助陣，各商家行號住户，備辦大量爆竹，等韓單爺通過，點燃鞭炮猛投向韓單爺，眾兄弟以掃帚掃撥，不使炮仔近身，最後還是燒得青一塊，紫一塊，呼嘯揚長而去。（見星光版，頁61）

或燒，或炸，本屬惡作劇，其目的在於求財，但卻有快樂的意義，人們藉著這個機會作弄「神明」一番。

三、寒壇爺

玄壇爺到臺灣後，除有燒、炸的奇俗外，其名亦衍稱有邯單、寒單、寒丹、韓單、寒壇之異名，亦有流氓神之說法。王世禎於《中國節令習俗》中〈燒韓單爺〉條云：

> 此風俗，傳說古時有地方惡霸叫韓單，無惡不作，欺壓善退。橫行鄉里，鄉民恨之入骨，惜無良策對付；一年上元節，一位路過壯丁提議，大家假意公宴韓單爺，一杯接一杯的致敬，把他灌得酩酊大醉了，然後眾人點燃爆竹，齊力投向韓單，活活把他燒死，此風俗今已消跡變樣了。（見星光版，頁61）

所謂傳說，本是查無其事的巧爲解說。至於活活燒死，則有尋釁報復之嫌，不足取法與徵信。

又韓單、寒丹、寒單之稱，當屬以訛傳訛的音誤。吳瀛濤《臺灣民俗》有〈迎玄壇爺〉條，其文云：

> 上元夜，迎玄壇爺遊境，或謂「走佛」。玄壇爺，或稱「寒丹爺」。相傳，玄壇爺爲商臣趙公明，又名趙玄壇，周伐商時陣亡，周代追封爲神。或傳，趙玄壇，自秦世隱居山中，精修道術，道家稱爲趙元帥，職司禳災保安，買賣求財，俗稱武財神。上元日，取其神像，安置竹椅，縛兩木作轎狀爲椅轎，由赤膊壯漢四人舁扛，鳴鑼遊行。

每到商店門首，必燃放爆竹相迎，並以爆竹燃投壯漢，壯漢毫無懼色，謂神附其身，故不怕爆灼。俗稱，玄壇爺畏寒，乃以鞭炮暖之。此夜，商舖燃放鞭炮，一家常達一兩小時之久，鳴畢，嘉賞金牌、紅包爲禮。（見眾文版，頁6）

又仇德哉《臺灣之寺廟與神明》有〈玄壇元帥〉云：

又有謂趙公明自秦代隱於山中，精修道術，道家尊爲趙元帥。俗稱趙公明畏寒，故又稱爲寒丹爺，是於上元夜遊巡境內，民眾大燃鞭炮，係爲其暖身。又民間信其富有，以武財神祀之。（見臺灣省文獻委員會版，冊四，頁156）

又有說由於生性怕冷，天寒心會痛，故稱「寒單爺」，所謂或稱、又稱，皆無可徵信之說。事實上，鈴木清一郎的《臺灣舊慣冠婚葬祭與年中行事》一書，並無寒單、韓單之說。

個人認爲所謂寒單之別名，或緣怕冷，由玄壇爺而有寒壇爺之稱，臺灣民間相信玄壇爺怕冷，所以在元宵夜有迎玄壇或玄壇的習俗，爲玄壇爺驅寒。婁子匡《臺灣民俗源流》有云：

台灣很少有獨立的財神廟，但卻普遍奉祀財神，尤其是商家。過去正月十五日，並且有「撞玄壇爺」的俗行，玄壇即是財神之一的武財神。「撞」的時候是四個赤膊壯漢，扛著兩根木槓，再把財神連神帶椅，縛在木槓上，然後鳴鑼遊行，搖搖擺擺地挨家挨户去「撞」，這時，各商家一見財神光臨，一定要大放鞭炮，有時一放可以放上好幾小時，而那四個壯漢，也必須表現絕大的勇氣，爆竹連頭夾面的轟來，要毫無懼色，始可在鞭炮放完之後領賞。所以，俗說又稱玄壇爺爲「寒壇爺」，必須大放鞭炮以增加其火氣，始能得其保佑而大進財源。（見民俗叢書六十四，頁43）

因玄壇爺而有寒壇爺，又因寒壇爺音誤衍化爲寒單爺、韓單爺、寒丹爺。

尋根溯源，所謂寒單，並非另有地方惡霸之人。其實，只是玄壇爺的音誤衍化而已。

伍、台東的寒單爺

劉還月《臺灣歲時小百科》中，有關台東歲時節俗記載有二則。其一〈炸寒單爺〉：

俗稱玄壇元帥、玄壇爺的寒單爺，也就是俗謂的「財神爺」，相傳寒單爺爲商朝的武官趙公明，因善理財終積下億萬財富，武王伐紂時，趙公明爲商朝奮戰而捐軀，在封神榜中封爲銀主公王，一般人稱作武財神。

民間俗信中，除舊臘及新春需迎接財神，有些地區更在元宵節，舉辦特殊的炸寒單爺的方式，以期新春發大財。昔日炸寒單爺都在晚上舉行，花東地區迎寒單爺的方式，是以竹椅綁上兩根竹桿做爲神輿，由赤膊的乩童化身爲寒單爺，坐在竹椅上，由四人抬著竹轎「走佛」（出巡之意）；台灣北部及中部地區，則是請財神或土地公在四轎上，由兩人扛著出巡，「據傳清光緒中葉，本市茶商正值鼎盛期，每值『走佛』，皆選購大量威力強大爆竹，令夥友圍在四週，點燃投擲，紙屑堆積，往往高可沒脛。」（王國璠《台北歲時紀》）；民間相信，寒單爺怕冷，且不懼水火，民眾乃擲鞭炮爲祂驅寒，且相信鞭炮炸得愈旺，將帶來更多的財富。

日領時期，台北大稻埕，宜蘭頭城鎮安宮，桃園蘆竹五福宮，南投草屯敦和宮以及花連玉里等地都有炸寒單爺的活動，不過日期並不同一天。

光復以後，這項具有暴力傾向、危險性高的活動逐漸絕跡，僅在花蓮玉里、台東、台北野柳、北投地區仍保存著這項舊習。（見台原版，頁 104～105）

其二〈台東眾神繞境〉：

台灣東部最偏遠的台東市，自清末葉降，每年元宵節都有一項特殊而著名的炸寒單爺活動，至八十年代中期，此項活動因「安全」的理由被禁止之後，當地居民乃以盛大的諸神繞境活動，與炸寒單爺活動相同，都是由天后宮主持，參與者並不限資格，只要事先報了名，於元宵前一天預定的地點集合便可，由於這項繞境活動，南達知本，北至富源，範圍相當廣，遊行者都以車隊爲主，每年都有數百隊參加，隊伍長達一公里以上，壯盛的場面可想而知。

台東的諸神繞境活動，大都舉行兩天以上，而最高潮是元宵夜繞境隊伍回到台東市，神轎和陣頭徒步繞境街市中，莫不使出渾身解數，表演出最精采的一面，所到之處，自是萬人空巷，熱鬧無比。（同上，頁 106～107）

劉氏行文與事實略有出入，大體言之，實際上二者是合爲一的活動，它是台東地區元宵夜獨有的活動。而今年倍受注目，據中央日報八十一年二月十八日台東曾正福報導：

> 台東地區各廟宇、社團及駐軍部隊爲慶祝一年一度的元宵佳節，將於今（十八）日上午九時起聯合舉辦爲期二天的市區巡境遊行活動，共計有六十五個陣頭參與盛會，主辦單位台東市天后宮昨（十七）日籲請民眾，除寒單寒外勿將鞭炮投擲在遊行人員身上或射回人群、車輛、神轎上以策安全。
>
> 今年遊行路線爲配合新闢道路，略有不同於往年，變動部分大致如下：四維路集合按序出發經中華路、漢陽路、仁和路、右轉正氣北路、左轉博愛路、更生路、右轉南清街、強國街、中華路再回到出發點，下午三點再按往年巡行路線遊行市區至天后宮前宮廟後解散。
>
> 而據主辦單位表示，由於每年元宵遊行盛況非常熱鬧，尤其再度出現的寒單爺更具特色，所以今年特別吸引日本富士電視台不遠千里來做全程的拍攝，可說是一項意想不到的收獲。不過，天后宮也再次提醒民眾，對於一些專門弄獅頭、伸長討錢，即俗稱的「大本乞食者」，應予以拒絕好扼止此項陋習。

以下擬述台東寒單爺的緣起，演變及其未來。

一、寒單爺的緣起

寒單爺爲何會和台東地區信徒結下深厚不解之緣呢？各家說法不一，但較可靠的說法是：據傳民國四十年左右隨著一位前山的信徒來到後山的台東，這戶人家在現今康樂橋下的沙洲上圈網飼鴨，並搭屋而居。未幾年（約二年），颱風來襲，河水暴漲，屋主由於不敢任意移動神像，擲神杯請求神明允與同行，但屢擲不允，屋主只得留下空屋與神像，自行逃去。

颱風過後，屋主卻發現洲中諸物皆毀壞殆盡，只有空屋及神像奇蹟似地留下來，當地人士嘖嘖稱道。屋主因鴨群流失而想回西部，當地一名綽號「大豬」的男人，向屋主請求將神明留置台東，經眾勸說，及經擲神杯神明同意的情況下，屋主才將有關神像的所知一切說出。於是，寒單爺就被留在台東地區讓信徒供奉著。

如今，大豬已過世，不知是由於屋主認識不足，或傳言失誤，所以僅知

「寒單爺」這個名稱，以及元宵夜炸肉身寒單爺的活動，至於其他則一無所知。

當初寒單爺是由「大豬」求置家中，所以最是供奉在「大豬」的家中，後因信徒增加，約在民國五十年左右，開始依民俗慣例以擲神杯方式選出爐主，由爐主請回供奉，至次年再重新選爐主，以維持香火不斷。

每年選爐主舉行祭典並供奉，雖不虞香火絕斷，但年年轉移，至民國七十八年底，台東寒單爺仍然沒有專屬祀奉的廟宇，僅在信徒中流傳，及一年一度的活動中才喚醒人們的注意。

二、肉身寒單爺

劉還月於《台灣歲時小百科》裡〈台東眾神繞境〉條說：

> 台灣東部最偏遠的台東市，自清末葉降，每年元宵節都有一項特殊的炸寒單爺活動，至八十年代中期，此項活動因「安全」的理由被禁止之後，當地居民乃以盛大的諸神繞境活動來慶祝元宵。（見台原版，頁106）

而事實上，台東地區是以眾神繞境爲主且爲先，所謂自清末葉以降，每年元宵皆有眾神繞境的活動。其事亦不可考。當時或有零星的廟寺有獨自的繞境活動。信而可徵的事實是：台東繞境活動自六十九年起，由天后宮主其事後始成規範。參與者要以廟宇神明爲主，後來除廟宇外，又有各公會、社團及駐軍部隊，儼然成爲一年一度新春期間，軍民宗教性質的聯歡活動，而所謂的寒單爺亦只不過是其中的神明之一而已。而六十九年之前，則由海山寺主其事，其間約有十餘年。在當時並無寒單爺的參與。至於寒單爺參與繞境的活動，據玄武堂李建智所言，約有十年的歷史，至於正確年代則不清楚。

由於有接財神、迎財神的觀念，致使有撞玄壇爺的行事。因此，在眾神繞境的「走佛」中，玄壇爺是最受注目的神明。傳統的撞，是四個赤膊壯漢扛兩根木槓，再把財神連神帶椅縛在木槓上，然後鳴鑼遊行，搖搖擺擺挨家挨戶去撞。這時，各商家見財神光臨，一定要大放鞭炮，越炸越發，有時一家可放上好幾小時，而那四個壯漢，也必須表現絕大的勇氣，爆竹連頭夾面的轟來，要毫無懼色，始可在鞭炮放完之後領償。

後來，因神像爲木製，冷暖不自知，改由赤膊的乩童化身爲寒單爺，或坐或立於竹椅上，任百姓或商家炮炸，即是所謂的肉身寒單爺。

而據說寒單爺一定在轎上，這是傳統。至於天后宮的武財神，則以神轎繞境爲主。一般說來，在轎上即爲寒單爺的代表；下轎後則同凡人。但晚期間則有許多信徒、觀眾猛炸那些搖搖擺擺走在行列中的乩童，且乩童人數頗多，並分散在行列中，蔚爲台東地區元宵活動的奇風異俗。

事實上，寒單爺本身並無乩童，而現代的肉身寒單爺，有許多人並不具備乩童的身份，他們願意被炸的原因很多：

有時想藉被炸去去霉運。

有時則是因宗教信仰，爲了還願。

另外，有些血氣方剛的小伙子，由於愛現出風頭，和大夥湊湊熱鬧。

三、禁止炮炸活動

民國七十年左右，寒單爺始正式參與繞境活動，而寒單爺的來歷，社會大眾仍然很陌生，基本上並不知道它是武財神趙公明玄壇爺的衍生。

對於用大異於其他神明遊行方式的轟炸肉身行徑，感到匪夷所思；再加上「大豬」當時所交往的大多是黑道分子，在「寒單爺」周圍常見道上兄弟來往，導致一般民眾的不易親近，甚且有流氓神的說法。在當時人們的心目中，「寒單爺」僅是每年出巡一次，以肉身接受炮炸，是充滿江湖味道的流氓神而已，並不能切入人們的生活。且其炮炸行事愈演愈烈，除肉身寒單爺有被炸得皮開肉綻外，並有挑戰的狀況出現。

所謂肉身寒單爺，紮紅巾、著紅褲、赤膊上身，在竹轎上硬拼幾個回合，立刻負傷，有的還炸出洞口，灼痕明顯，不過在眾目睽睽下，扮「寒單爺」的兄弟都不哼一聲，噴點「沙隆巴斯」類藥劑止痛便算了，忍痛的功夫頗讓人注目。

於是，引起有關當局的注意。在當時（七十三年）有綽號「鐵腕書生」的新任台東縣警察局長陳祥發的執行下，斷然禁止炮炸寒單爺的活動。

前任警察局長曾淇水也曾一度有意加以整頓禁止。在七十二年，警方調查出所有「寒單爺」的名單，開始加以監防犯罪。這份名單在陳祥發到任後，立即決定加強監控，主要原因是，警方發現，七十二年間發生的多件重大刑案，涉案者多列在名單之中。

在元宵節前五天的遊行協調會中，局長宣佈今年不准炮炸寒單爺。在元宵節前夕，警方指令台東分局及刑警隊，將「寒單爺」一一找來談話，並要他們立下切結書，不得舉行「炮炸」。

其次，警方找到支持炮炸寒單爺活動的一些負責人，再三轉知局長的意思，並施以顏色，在第二天於某人家中，當時緝捕一名通緝犯。同時擴大偵防，嚴密捉拿「遇案取締」份子，並移送矯正單位接受矯正處分。即是所謂的掃黑行動。

由於警察局採取強硬的禁止措施，是以在民國七十三年的元宵節就譜出休止符。《中國時報》七十三年二月十八日台東訊云：

> 台東地區流傳甚久的元宵節「炮炸寒單爺」活動，在警方嚴密的人盯人戰術下，第一次停止舉行。在兩天的神輿遊行中，沒有一位「寒單爺」挨炸。警方的人盯人戰術，兩天來共動用近二百四十八次的警力，直到十七日深夜零時，各路神輿解散後方告結束。
>
> 在警方人員全力以赴下，今年台東的寒單爺，只有信徒們抬著參加元宵大遊行，而不再舉行炮炸活動。
>
> 炮炸寒單爺是台東元宵活動中，最具爆炸性的節目，也是特有的風俗。七十一年間，並流傳到花蓮玉里等地。這項風俗在台東沿襲經年，今年第一次停止，使元宵節的慶祝活動，也更趨於祥和。

有關炮炸寒單爺的取締緣由與經過，有〈台東縣警察局七十三年元宵節執行革新邯單爺活動陋習專案報告〉書。報告書分五部分：

（一）「邯單爺」不良組織活動內容

（二）防杜之道

（三）決心與作法

（四）防制績效

（五）結語

其中有關「邯單爺不良組織活動內容」有六項：

一、寒單爺，係一宗教迷信所供奉之神祇偶像，其歷史背景無典籍可考，惟據傳聞邯單爺係古時代一魚肉鄉民之惡霸，經常壓迫商店住户強索規費，爲地方所痛恨惡絕之徒。後來官家感化痛改前非覺無顏對鄉人，遂於當年元宵節利用廟會遊行之際，上身赤裸，下身著短褲，於曾受壓迫之商店前請受懲處，當地人士感念其事蹟遂供奉爲神，名「邯單爺」，俗稱「流氓神」。「邯單爺」之活動在台東教廟會中相沿成習，起於何時、何因無可考，惟據老輩人士謂已有二十餘年之久，當初尚有多數工商人士參與，至今已剩一些不良份子參與活動之組織了。

二、「邯單爺」係一略具組織形態之不良活動，參與者甚眾均爲列管有案之不良份子、賭徒等黑道人物，彼等以宗教迷信之名結合而成，它們無固定廟宇，每年在元宵節後在神像前以「茭杯」方式決定該組織之爐主、副爐主、頭家等人選，由彼等負責當年有關活動之籌劃金錢來源之籌措等。每年元宵節渠等結合一近百人之團體參加廟會遊行，在遊行中以四人抬著穿紅短褲之邯單爺（小流氓化裝）供各商店住户以爆竹燃炸身體，向商店住户索取紅包，由所賺紅包做爲活動基金，其所得若不敷開支，則由各爐主、頭家負責向各商店餐廳等募捐，若有餘則移交下年度運用。

三、此種以小流氓赤裸供商店住家燃炸之遊行方式極爲殘酷，彼等被炸者，往往被炸得皮破血流不支倒地，由後補者相繼接棒，有以數萬元之鞭炮炸倒數名小流氓之紀錄，受傷之小流氓無形中在黑道中就抬高身價，成爲「敢作敢爲」之大流氓，在賭場及各種不當利益能分大紅，供其吃喝玩樂，爲非作歹更形嚴厲，這種廟會誠地方黑道組織，培植後輩之公開活動。

四、「邯單爺」的活動目的由明處觀察似廟會活動，而其實係少數爲首不良份子假宗教迷信之名，做爲結合不良份子力量之活動，藉「邯單爺」之名義以掩飾不法活動之進行。彼等爲首份子若非素行惡劣，經常滋事騷擾治安，劃分地盤，坐地分贓則是經營賭場，詐賭爲生，遊手好閒之徒，故其爲一不良活動團體，有加以嚴密監控之必要。

五、「邯單爺」份子在東部地區爲非作歹簡述：

「邯單爺」份子集合所有台東地區不良份子之大成，彼等人物遊手好閒，不務正業，魚肉鄉民，以營賭詐賭爲生，凡台東地區所發生之暴力犯罪案件，均有其份子參與，每一賭場均由其份子主持、把風等，以七十二年五月二十一日在台東市紅杏茶室槍擊致死案爲例，九名移送法辦，兇嫌均屬「邯單爺」份子，另七十二年四月十六日本局刑警隊查獲之王坤龍職業大賭場案，亦復如是（王坤龍已送管訓），緣此只要掌握「邯單爺」份子動態，即能掌握台東地區之不法活動。

六、介入選舉爲害地方治安之實例：

選舉活動之參選人爲求當選，嘗利用各組織團體參與活動，於七十年之地方公職人員競選，該批不良份子即分別爲人助選，現任台東縣議員屈通堯，曾於投票之前二日，受邯單爺爲首份子林進財率人恐赫、勒索而不願、不敢報案，經查訪亦隱其內容，即已當選亦不提出告訴追究。本年度中央公職人員競選活動期間，本局有鑑於此，仍做事前防範措施，將所有邯單爺首惡份子予嚴密監控，個別告誡，符合取締流氓要件者，均予蒐證提報取締，渠等人物均畏懼遠離台東赴西部謀生，不敢在台東活動，治安狀況立即良好轉和寧靜，亦未聞有參選人利用彼等活動之情事。

當時寒單爺的祀奉者有多人被送管訓，其他的祀奉者也皆銷聲匿跡。於是整個信仰的組織和系統斷絕。而神像則改奉在台東市寶桑路的「忠善堂」。

四、再現寒單爺

炮炸寒單爺活動被禁止，其理由雖堂皇，但主要卻緣於民眾與當局對寒單爺在認知上的無知。這種無知的現象，從警局的報告書稱名「邯單爺」，並謂其歷史背景無典籍可考，且動輒稱之爲迷信、陋習，則可見其一斑。

在被禁止活動間期，眾神繞境仍然繼續活動，只是寒單爺不再赤裸上身供人炮炸。因此不能再吸引大批民眾跟著看熱鬧。

約在民國七十八年初，一名叫「侯石林」的男子在「忠義堂」看到寒單爺的神像，經過探訪查詢，即和「大豬」合議將神像請出另行供奉。如此，才使「寒單爺」的祀奉活動得以回復。

寒單爺的祀奉在恢復之後，一般民眾認爲元宵的繞境活動，若缺少炮炸寒單爺，則失色不少。於是要求警局單位能解除禁令，由於社會已開放，再經過劉濯樟、饒達奇等縣議員的居中協調，終於在七十八年初，警方和祀奉者、主持活動單位訂立切結書，聲明：

1. 不接受炮炸挑戰。
2. 不收受紅包。
3. 不發生意外。

於是被禁止五年的炮炸活動，於七十八年元宵再復出。但四年下來，寒單爺隨元宵巡境隊出巡，沒有發生意外，挑戰風氣再起，不過較以往改善的是，炮火雖猛烈，卻沒有惡意傷人的電光炮或會粘上身的摔炮。

一般的商界的人士指出，中國人傳統觀念認爲「越炸越發」，民眾也喜歡這項活動，公司財力能夠負擔得起一場炮炸，何妨大家熱鬧一下。甚且有人認爲這種不畏痛、不懼炮炸的精神，彷彿象徵著台東先民不畏艱難開發東部的冒險患難精神。並進而與觀光單位結合，擴大爲觀光性活動。

寒單爺在恢復活動之後，祀奉者方面認爲「寒單爺」在民眾的心目中只是元宵活動裏被炮炸的財神或流氓神而已。不像媽祖、觀音菩薩等成爲常年性的神明。其原因是沒有固定的廟宇祀奉，不能吸引香客。於是在民國七十九年農曆四月間，有「李建智」信徒，將其在台東市大同路五弄九號的住屋，闢出一室做爲祀奉「寒單爺」的場所，各取名爲「玄武堂」。並走訪各寺廟找「寒單爺」的來歷，終於確定台東人視爲流氓神的寒單爺，應當是道教記載有案的武財神趙公明。

聯合報八十一年二月十六日有蘇采禾專訪李建智一文，其文有云：

> 在「寒單爺」復出的這幾年裏，三十二歲的李建智將大同路巷弄住屋闢出一間改爲「玄武堂」，又正式奉祀「寒單爺」，並走訪各寺廟尋找「寒單爺」的來歷，終於確定台東人視爲「流氓神」的「寒單爺」，應當是道教記載有案的武財神趙公明，又稱「五路財神」。
>
> 李建智說，相傳趙公明的凡身畏寒，因此早年在中國大陸習俗便以炮炸迎神，以熱烈的炮火留住財神，而後演變成想去除霉運的民眾上轎接受炮炸，才有現今所謂的「肉身寒單爺」。
>
> 李建智指出，早年台北市大橋一帶也有「炮炸寒單爺」的民俗，後來不知何故消失；台東縣保留了此一活動，卻因老一輩未弄清楚「寒單爺」是何方神聖，以訛傳訛誤傳爲流氓神，頗令人感慨。
>
> 自稱年少輕狂時也在道上混過的李建智，近兩年來努力重塑「寒單爺」的形象，他組織了玄武堂管理委員會，摒棄早年收受商家紅包的陋規，他堅稱，「寒單爺」出巡，只求帶給大家一個熱鬧、歡喜。
>
> 李建智不諱言，上轎接受炮炸的有許多是「道上兄弟」；但他也指出，「寒單爺」道宮也照一般廟宇般運作，敞開胸懷接納所有的信徒，進一步說，神明最終目的在勸人爲善，或許曾上轎的兄弟也會像他一樣，有朝一日猛回頭呢！

李建智一直重覆表示，希望民眾不要用「異樣」的眼光看「寒單爺」，而應該多了解整個獨特的民俗；他希望台東寒單爺也能像東港王爺、鹽水烽炮、北港媽祖及台北城隍爺一樣，成爲地方民俗特色。

由於玄武堂廟務日趨繁忙，於是在民國八十年十月三十日成立了「玄武堂管理委員會」，負責統管整個事務。後來改組成「財團法人」的形態，由李建智擔任負責人。

台東的寒單爺，由於祀奉者認爲乃后羿射下九個太陽中的一個，因此面塗大花臉，象徵太陽光芒，有別於全省其他地區的黑面濃鬚「寒單爺」。

又台東祀奉者，主神稱是寒單爺，亦有別其他各地寺廟之稱謂。

五、寒單爺的未來

台東地區寒單爺的信仰，已不再被誤解，信徒漸增，且有分壇。〔註2〕而炮炸活動，在有心人士推動之下，亦逐漸和觀光、地方發展結合。就整體而言，可說信仰的發展已日趨上軌道，漸有規模形成。至於如何使整個民俗信仰朝向健全良善發展，當是所有關心民俗者的責任。以下試就目前寒單爺的現狀，列舉說明影響其發展的可能因素。

首先，就有利發展的正面因素。

根據文獻記載與考證，寒單爺原是玄壇爺的音轉訛化。而玄壇爺即是趙公明，祀奉主神稱謂有：玄壇元帥、趙玄壇、玄壇爺、銀主公王等。祂是通俗信仰中的道教神明，且是全國性的全能神明。據封神演義說：峨眉山羅浮洞主趙公明於武王伐紂時助殷陣亡，被封爲金龍如意正一龍虎玄壇眞君之神，率領部下四位正神負責迎祥納福、追捕逃亡。由於四位部屬名爲招寶天尊、納珍天尊、招財使者、利市仙官。致爲欲招財進寶，日進斗金者所崇信，

〔註2〕分壇的情形，據李建智云：

最初是花蓮市在民國七十一年時分出，供奉在一文昌帝君之廟宇中，沒固定何時參與花市繞境。

而後是玉里鎭在民國七十三年時分出，供奉在自有神壇中，玉里之元宵繞境現已改成三月二十三日媽祖生辰，故元宵時至台東繞境。

再次是屏東恆春在民國八十年分出，亦供奉在自有神壇中。而分壇和總壇之間的關係是採取活動相互支援，如到台東來作人手支援，或台東到各地作經驗支援。

至於在組織方面，則各自不相干涉、獨立開展。

稱之爲武財神，最受商家祀奉。

新春期間迎接財神是人們的普遍心理，也是普遍存在的習俗，而台灣亦早有「撞玄壇爺」走佛行事。因此在元宵接撞財神是民眾的喜愛，這是第一個利於發展的因素。

第二個因素，在迎接炮燒寒單爺時，需要大量的強大、激烈的炮竹來進行，場面熱鬧且刺激，可以滿足民眾惡作劇、好奇等心理，並有快樂的感覺，爲民眾所喜歡。

第三個因素。可說是第二個因素的延續與擴大。在目前全島就只剩下台東有浩大場面的炮炸寒單爺活動，所以能吸引各地的觀光客前來觀賞。據說本年農曆正月十四、十五、十六三天，台東市中華路沿路的旅社住客率超過八成，較平時的四成提高了一倍。甚至聲名遠播東瀛，日本富士電視台特地前來台東作全程拍攝，對觀光旅遊活動有相當助益。

其次，略述不利發展的負面因素。

由於炮炸寒單爺的活動，是大量鞭炮轟炸肉身爲特色。曾經有在交叉口的一場炮炸，商家準備了上百支竹竿掛炮，加上蜂炮、摔炮，近三十分鐘炸下來，煙硝瀰漫近兩百公尺的距離，未戴口罩的觀眾被搶得氣管發痛。又在遊行隊伍過後會留下大量的炮屑，造成了空氣、噪音及垃圾的多重污染，和現今推行的環保政策相悖。

至於就人道而言，抬轎者與肉身寒單爺，被認爲是有神靈附體，百害不侵。所以民眾爲挽留神轎停留久一點，或考驗是否眞有神靈保護，就投擲大量點燃的炮竹，如此一來，對肉身寒單爺會造成相當大的痛苦及傷害，皮開肉綻是時有的現象，有失殘忍與違反人道，這種炮炸寒單爺實在不能和燒王船、鹽水蜂炮相提並論。

再次，有關組成份子方面而言，到目前爲止，「寒單爺」的信徒大多仍是黑道份子，而且「炮炸二萬，紅包四萬；炮炸五萬，紅包十萬」等傳言依舊存在。警方對此種組成結構及有關收取禮金的行爲甚爲注意，對未來發展有其阻擾。

又李建智雖努力經營玄武堂，但由於在建築及組織上不符合新制寺廟管理辦法，所以一直未能取得廟寺之登記。雖然，他們要在年底整理施工的廟寺，使其合乎登記規定。同時，也準備在廟宇建立後，擬將管理委員會擴充爲「寒單基金會」，其宗旨則以救濟貧苦，並以受刑人之家屬有疾病時優先處理。而事實上這些仍是屬於不可知的未來，仍有待努力。

陸、結　語

聖而不可知之之謂神。

陰陽不測之謂神。

所謂神出鬼沒，神工鬼斧。

可知神是至高無上的。

神是深遠不可測的，而且神也是完美的、至善的。所以孔子說：「敬鬼神而遠之。」

中庸云：

> 神之格思，不可度思，矧可射思。

一般說來，古代人的心目中，神是佔有很大份量的，也可以說古代是迷惑於「神」的時代。中國是個多神且信仰自由的社會，而台灣民間對神的信仰更是普遍與虔誠。目前台灣地區奉祀的神明多達兩百多種，但是有關每一種神明的由來，民眾是否都十分瞭解呢？無疑的，有許多寺廟對所祀奉的神明，也許都耳熟能詳的細說出來，然而也有不少是一知半解的語焉不詳，甚至編造一些怪誕不經的虛構故事。爲了讓信徒們，甚至一般人都能夠瞭解地方神明的由來，以及爲什麼會被人們尊敬崇祀的原因，我們實在有必要設法找出神明的來龍去脈。

在中國眾多的通俗信仰的道教神明中，趙公明是極具傳奇色彩的一位。以晉干寶《搜神記》開始，直到明人所寫的神怪小說《北遊記》，趙公明一直公認是瘟神、冥神，就連《三教源流搜神大全》、〈五瘟使者〉之中也有祂的名字。「趙元帥」那段記錄不知爲什麼，卻不見祂曾是瘟神的前科，卻給了祂那麼多的榮銜和職掌，這段文字是什麼人寫的？又是根據什麼資料？這都是值得研究的問題；《封神演義》作者只斷章取義，刪去《三教源流搜神大全．趙元帥條》大部份記錄，只留下祂在鍾南山修道和「買賣求財能使之實利和合」這一部分職能。在《封神演義》上的封號是「金龍如意正一龍虎玄壇眞君之神」，祂有四位部下是：招寶天尊、納珍天寶、招財使者、利市仙宮，於是祂完全脫去可怕的瘟神形象，成了家家供奉、受人歡迎的財神。其中的轉變，形象由大壞到大好，屬性的差異變化相當大，和其他神明的出身傳說有很大的不同。

而後，趙公明到台灣，由迎財神、接財神的習俗，而有走佛、撞玄壇爺的民俗。這種奇特的巡境遊街方式，甚且由赤身男代表神接受信徒熾熱的炮炸，比起其他以神轎來遊行，在感官的衝擊是強烈了許多，如此劇烈的衝擊，人們的心靈也造成很大的震撼。

而台東炮炸「肉身寒單爺」奇特的巡境遊行方式，使其聲名大噪。但因早期民智未開，信徒無知與身份特殊，導致「寒單爺」的形象模糊，幸而現代組織逐漸成形，藉由制度化、公開化來改善民眾的印象。

我們知道，民俗是人的習俗和人的文化過程的展現，而各民族對於文化的選擇過程，其著眼點和歸宿點都離不開生存和發展這兩大基本的核心，其內在的文化功能圍繞這個軸心不停地轉動，也即不停地演化。因此，我們可以說雖然離不開傳承、變異、歷史、地方等屬性，卻也避免不了現代化的必然趨勢，但無論如何現代化，至少應該與現代人的生活緊緊相扣才是。

誠然，炮炸肉身寒單爺並不只是奇俗的迷信而已，或許含有更廣、更深的意義；一是祈安植福，慰安民心，獲得精神支持；二爲企求贖罪陰影，走上光明大道。

台東是一個純樸的縣，對於地方民俗的現代化較不顯現，而大型的炮炸「肉身寒單爺」活動，在台灣僅有此地而已。雖然當局與主辦單位極力擴展，但困難處也紛紛浮現，如人員不足、經費不夠、殘酷玩命等等。所以要如何的保存及持續發揚擴大這一項奇俗活動，使之和北港媽祖、東港王船祭、鹽水蜂炮等民俗活動齊觀，個人認爲在現代化觀念的主導下，如何走出不合乎人道的陰影，才是我們深思的課題。（八十一年七月）

參考書目

壹、

1. 《搜神記》（筆記小說大觀四編冊二），干寶，新興書局。
2. 《北遊記》，余象斗著，香港廣智書局。
3. 《漢天師世家》（續道藏壁字號），藝文印書館，影印 51、6。
4. 《繪圖三教源流搜神大全》，聯經出版公司，69、7。
5. 《眞誥》（四庫全書子部 365 道家類），陶弘景，台灣商務影印文淵閣本。
6. 《中國神話》，王世禎編著，星光出版社，71、5。
7. 《華夏諸神》，馬書田編著，北京燕山出版社，1990、2。
8. 《封神演義》，陸西星撰，三民書局，80、4。
9. 《七二行祖師爺的傳說》，任騁搜集整理，漢欣文化公司，80、6。

10. 《中國民間諸神》，呂宗力、欒保群編，台灣學生書局，80、10。

貳、

11. 《台灣民俗源流》，中國民俗學會民俗叢書第四十六種，婁子匡著，東方文化書局。
12. 《台灣省通志》（卷二人民志宗教篇），張炳楠監修，台灣省文獻會，60、6。
13. 《莊嚴的世界》，阮昌銳著，文開出版公司，71、4。
14. 《台灣之寺廟與神明》，仇德哉編著，台灣省文獻會，72、6。
15. 《台灣風土志》，何聯奎、衛惠林著，台灣中華書局，72、10，台八版。
16. 《台灣民俗》，吳瀛濤著，眾文圖書公司，73、1，再版。
17. 《台灣地區神明的由來》，鍾華操著，台灣省文獻會，76、8，再版。
18. 《台灣歲時小百科》，劉還月著，台原出版社，78、9。
19. 《增訂台灣舊慣習俗信仰》，鈴木清一郎著，馮作民譯，眾文圖書公司，78、11，增訂第一版。
20. 《歲時與神誕》，阮昌銳著，台灣省立博物館，80、6。
21. 《台灣的歲節祭禮》，劉還月著，自立晚報文化出版社，80、8。

參、

1. 《中國節令習俗》，王世禎著，星光出版社，70、7。
2. 《年節趣譚》，耶若編著，大夏出版社，73、10。
3. 《中國民俗辭典》，鄭傳寅、張健主編，商務印書館香港分館、湖北辭書出版社 1987、8、香港第一版。
4. 《中國民俗流變》，仲富蘭著，香港中華書局，1989、12。
5. 《台灣民俗田野手冊》（現場參與卷），黃文博著，台原出版社，80、7。
6. 《中國人的鬼神觀》，郭立誠著，台視文化公司，81、3。

附錄　台東縣警察局七十三年元宵節執行革除「邯單爺」活動陋習專案報告

壹、「邯單爺」不良組織活動內容

一、邯單爺，係一宗教迷信所供奉之神祇偶像，其歷史背景無典籍可考，惟據傳聞邯單爺係古時代一魚肉鄉民之惡霸，經常壓迫商店住戶強索規費，爲地方所痛恨惡絕之徒。後來官家感化痛改前非，覺無顏對鄉人，遂於當年元宵節利用廟會遊行之際，上身赤裸，下身著短褲，於曾受壓迫之商店前請受處分，鄉人遂加毆打並以鞭炮燃其身以洩恨，後即多行善事義舉，爲鄉人所敬重，於其死後，當地人士感念其事蹟遂供奉爲神，名「邯單爺」，俗稱「流氓神」。「邯單爺」之活動在台東宗教廟會中相延成習，起於何時、何因無可考，惟據老輩人士謂已有二十餘年之久，當初尙有多數工商人士參與，至今只剩一些不良份子參與活動之組織了。

二、「邯單爺」係一略具組織形態之不良活動，參與者甚眾，均爲列管有案之不良份子、賭徒等黑道人物，彼等以宗教迷信之名結合而成，它們無固定廟宇，每年在元宵節後在神像前以「茭杯」方式決定該組織之爐主、副爐主、頭家等人選，由彼等負責當年有關活動之籌劃金錢來源之籌措等。每年元宵節渠等結合一近百人之團體參加廟會遊行，在遊行中以四人抬著穿紅短褲之邯單爺（小流氓化裝）供各商店住戶以爆竹燃炸身體，向商店住戶索居紅包，由所賺紅包做爲活動基金，其所得若不敷開支，則由各爐主、頭家負責向各商店餐廳等募捐，若有餘則移交下年度運用。

三、此種以小流氓赤裸供商店住家燃炸之遊行方式極爲殘酷，彼等被炸者，往往被炸得皮破血流不支倒地，由後者相繼接棒，有以數萬元之鞭炮炸倒數名小流氓之紀錄，受傷之小流氓無形中在黑道中就抬高身價，成爲「敢作敢爲」的大流氓，在賭場及各種不當利益能分大紅，供其吃喝玩樂，爲非作歹更形嚴厲，這種廟會誠地方黑道組織，培植後輩之公開活動。

四、「邯單爺」的活動目的由明處觀察似廟會活動，而其實係少數爲首不良份子假宗教迷信之名，做爲結合不良份子力量之活動，藉「邯單爺」之名義以掩飾不法活動之進行。彼等爲首份子若非素行惡劣，經常滋事騷擾治安，劃分地盤，坐地分贓，則是經營賭場，詐賭爲生遊手好閒之徒，故其爲一不良活動組織，有加以嚴密監控之必要。

五、「邯單爺」份子在東部地區爲非作歹簡述：

「邯單爺」份子集合所有台東地區不良份子之大成，彼等人物遊手好閒，不務正業，魚肉鄉民，以營賭榨賭爲生，凡台東地區所發生之暴力犯罪案件，均有其份子參與，每一賭場均由其份子主持、把風等，以七十二年五月二十一日在台東市紅杏茶室槍擊致死案爲例，九名移送兇嫌均屬「邯單爺份子」，另七十二年四月十六日本局刑警隊查獲之王坤龍職業大賭場案，亦復如是（王坤龍已送管訓），緣此只要掌握「邯單爺」份子動態，即能掌握台東地區之不良活動。

六、介入選舉爲害地方治安之實例：

選舉活動之參選人爲求當選，常利用各組織團體參與活動，於七十年之地方公職人員競選，該批不良份子即分別爲人助選，現任台東縣議會議員屈通堯，曾於投票之前二日，受邯單爺爲首份子林進財率人恐赫、勒索而不願，不敢報案，經查訪亦隱其內容，即已當選亦不提出告訴追究。本年度中央公職人員競選活動期間，本局有鑑於此，仍做事前防範措施，將所有邯單爺首惡份子予嚴密監控，個別告誡，符合取締流氓要件者，均予蒐證提報取締，渠等人物均畏懼遠離台東赴西部謀生，不敢在台東活動，治安狀況立即好轉和寧靜，亦未聞有參選人利用彼等活動之情事。

貳、防杜之道

一、「邯單爺」之活動，以宗教廟會之名行之有年，其活動本身殘酷而具危險性，同時暗中又爲不良份子力量之結合，其存在有害無益，爲恐其繼續坐大，對於元宵節（農曆元月十五、十六兩日）遊行活動應禁止彼等再赤裸上身供人燃炸，以斷其財源，使該活動能因而冷卻，該等活動自然會因而解散，不具危害治安之虞。

二、七十三年元宵節之前，台東縣廟會聯合團體，依例向本局申請元宵節（七十三年二月十六、十七兩日）軍民聯歡大遊行，七十三年一月二十八日晨報由刑警隊長提出報告，建議禁止此項有危害治安之虞的活動，當場經局長裁示：在申請書上加上「邯單爺不良組織活動及信徒上身赤裸，下著短褲，以炮燃方式作爲，有違善良風俗，應予嚴格禁止」等意見，於七十三年一月三十日以警保字第一九二九號函警備分區，呈奉東部地區警備司令部七十三年二月九日（73）浩文字第○八一○號核定通知單，核示准對該項建議嚴格禁止。

參、決心與作法

一、決心：本局局長對於執行此項禁令極具決心，指示在本局勤務指揮中心成立防制「邯單爺」活動指揮所，由刑警隊等有關單位組成，并擬訂防制活動計畫，周密佈署，防止發生群眾事件，務必嚴格禁止，革除此違反善良風俗，危害治安之殘酷陋習。

（一）爲有效達成任務，統一事權，於七十三年二月十四日八時起本局成立防制「邯單爺」活動指揮所，由局長親自坐鎮指揮，刑警隊長負責執行全盤防制事宜。

（二）指示副局長召開約制「邯單爺」活動協調會，於七十三年二月十四日九時廿分在本局勤務指揮中心舉行，擬訂採取措施，並立即實施。

（三）發表新聞稿，由各報登載禁令，顯示本局取締違反善良風俗活動之決心。

二、作法：

（一）告誡與約制：

1. 刑警隊與台東分局刑事組負責告誡、約制，爲首份子廿一人，使其不作赤裸上身，下著短褲，以爆竹燃炸而向商家索取紅包方式進行遊行活動，並令各別切結。

2. 對可能以爆竹砲轟「邯單爺」之有關商家、計程車行、特定營業之十二家對象，由行政課及台東分局各所負責勸導約制，並具切結書爲證。

（二）逮捕：對邯單爺份子已提報新增遇案取締惡性流氓，利用此次行動分別予取締到案移送矯正處分，計七十三年二月十四日取締邯單爺份子林進源，及七十三年二月十五日取締葉進添，七十三年二月十七日取締蘇文志等三名，分別送職訓二、三總隊矯正處分。

（三）監控：

1. 從七十三年二月十四日起至七十三年二月十七日元宵節遊行活動截止，對「邯單爺」首要份子全面嚴密監控，完全掌握其動態，並對全省各地區黑道人物前來台東共襄盛舉之不良份子，加以掃蕩及盤查。

2. 跟監神輿：七十三年二月十六日及十七兩日，邯單爺遊行隊伍由刑警隊二組及保防室調查組負責全程跟監，採取人盯人方式，防止有越軌行爲。

3. 七十三年二月十六日十七兩日可能對「邯單爺」炮轟對象，由台東分局刑事組全程勸導約制，並查察轄內各商家儲存炮竹較多之地方加以約制，派員站哨防此偷襲邯單爺之神輿。

肆、防制績效：

一、邯單爺份子，本年度負責人（爐主、副爐主、頭家）冊列甲級流氓陳世賢等人爲刑警隊約談，並由刑警隊親自辦理告誡，而致彼等不敢參加是項活動，亦停止對各商店要求樂捐經費之行爲。另刑警隊逮捕取締遇案取締新增惡性流氓「邯單爺」份子三名，移送矯正，使彼等更爲膽寒，未敢有違法越舉之舉措。

二、七十三年二月十六日「邯單爺」份子照常參加遊行，但未有人赤裸上身供人燃炸之情況，遊行隊伍均符合規定，亦未聞有藉機斂財之情事，七十三年二月十七日遊行第二天，「邯單爺」負責人等均爲冊列流氓、不良份子，對刑警人員全程跟監照相致不敢出面，無法湊成人數放棄參加遊行。

伍、結　語

「邯單爺」份子於元宵節赤裸上身，供人燃炸以斂財之陋習，於台東地區沿襲二十餘年，其信徒甚眾，欲使其嚴令禁行，革除惡習，確爲艱辛任務，且元宵遊行隊伍長達二公里，參觀民眾及參加人員數萬人聚集，如稍加鼓動，即有成群眾事件之可能，在本局陳局長之決心下，全局刑警人員秉承局長鐵腕果斷之決心，貫徹命令，分工合作，以高度技巧執行各項防制措施，使元宵節遊行活動，「邯單爺」份子表現非常合作，未曾有赤裸上身供燃炸，亦未聞有向商家等索取紅包斂財之劣行，不辱使命達成任務，對於治安維護工作，貢獻至鉅。

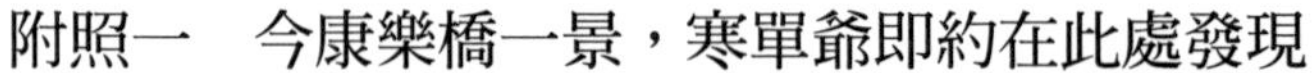

附照一　今康樂橋一景，寒單爺即約在此處發現

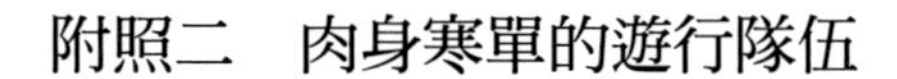

附照二　肉身寒單的遊行隊伍

附照三　忠善堂外景

附照四　今玄武堂之全景

附照五

附照五～八，皆徐明正先生拍攝與提供

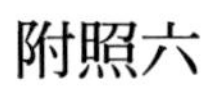
附照六

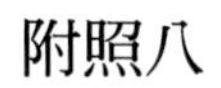
附照八

附照七

牛僧孺與《玄怪錄》

一、牛僧孺的生平

牛僧孺，字思黯，隴西狄道（今甘肅臨洮縣）人，生於唐代宗大曆十四年（779）。漢朝有牛崇爲隴西主簿，而後定居在隴西，是爲隴西的豪族。八代祖弘，佐隋文帝，官至吏部尚書，封奇章公。高祖鳳，中宗時爲春官侍郎，掌國史。曾祖休克，爲集州刺史，贈給事中。祖父紹，拜太常博士，贈太尉。父幼聞，爲華州鄭縣尉，贈太保。

僧孺七歲（785），父母皆去世，依外族周氏獄。十五歲（793）時，知道八代祖奇章公在長安城南下杜樊鄉東文安有隋氏賜田數頃，書千卷，於是辭別周氏，刻苦向學。在德宗貞元廿一年（805），和李宗閔同登進士第。憲宗元和三年（808）登制舉賢良方正科。應制策時，皇甫湜、牛僧孺、李宗閔等人切論時政。當時，裴均交結權倖宦官，想營求宰相高位。在皇甫湜登第之後，落第者註解皇甫湜應策文，同爲唱誹，於是均黨乘機以傾宰相李吉甫，權倖泣於皇上，謂皇甫湜等切論時政，乃李吉甫所指使。於是貶竄考官，罷黜宰輔，爲一時的大事。後來因爲有牛李黨爭，由是比附此事，易皇甫湜爲牛僧孺，裴均與權貴爲李吉甫。〔註 1〕

僧孺因爲應制時切論時政，因此久居伊闕（今河南洛陽縣南）尉。從元和三年（808）到穆宗長慶元年（821）十三年之間，牛氏的官運平平。在這十三年之間，他當過監察御史、殿中侍御史、禮部員外郎、知雜事，都官員外郎兼侍御史、考功員外郎、和集賢殿學士等職。

〔註 1〕見《臺大文史哲學報》第一期，馮承基〈牛李黨爭始因質疑〉一文。

穆宗即位，僧孺遷庫部郎中，掌書命。十一月遷御史中丞。當時宿州刺史李直臣坐贓當死，直臣賂權貴，曲爲申辯，穆宗也偏護直臣，而僧孺卻仍堅持執刑，由是以清直知名。穆宗嘉許他執法不阿，面賜金紫。長慶三年（823）三月，拜戶部侍郎。

長慶三年（823）二月，平章事韓弘父子死，皇上憐恤大臣父子並死，孤孫幼小，恐家產爲他人所奪，於是派中使到韓家清理財產，由是發現韓弘入朝初時，以家財厚賂權貴，而其中僅僧孺一人拒而不受，於是僧孺更爲穆宗所器重。長慶四年（824），拜中書侍郎，加銀青三品，兼集賢殿大學士，兼修國史。

敬宗即位初年（828），僧孺因與宰相李逢吉、杜元穎不合，在正月裏請外放，爲武昌節度使。

文宗大和四年（830），僧孺由於李宗閔的引薦，徵拜兵部尚書平章事。五年（831）春，鄭注怨相丞宋申錫，造言宋申錫陰謀不逆，上怒必殺申錫，僧孺以死保申錫不死。此時僧孺和李宗閔並相，是爲牛李時期。三月，吐蕃遣使論董勃義入朝修好。九月，西川節度使李德裕奏吐蕃維州守將悉怛謀以城投降，請文宗伐吐蕃，文宗猶疑不決，下尚書省討論，眾人都贊同李德裕，而牛僧孺卻極力反對，謂不可失信於吐蕃。於是文宗詔示李德裕不可納維州降將，德裕出身世族，牛氏出身進士，兩人皆自視甚高，素不往來，由此德裕大爲不平，遂成宿怨。大和六年（832）十一月，西川監軍王踐言入朝知樞密，對文宗說起悉怛謀等縛送後被殺事，因此文宗對僧孺有所不滿，十二月，僧孺罷相，出爲淮南節度使。明年二月，召李德裕爲兵部尚書同平章事。大和九年（935）七月，李訓、鄭注專政，威震天下，盡去李宗閔，李德裕等人，貶李宗閔爲潮州司戶，李德裕爲袁州長史。

武宗即位（841），加授僧孺爲檢校司徒。李德裕專權用事，罷僧孺爲太子少師，不久又遷檢校司徒兼太子少保。會昌三年（843），以檢校司徒兼太子太傅留守東都。會昌四年（844），因劉稹「昭義之伐」事，〔註 2〕十月，被

〔註 2〕劉稹乃劉從諫之子，從諫死，稱欲繼承父職，朝廷不准。後劉稹叛變，平亂後，宰相擴大其事，追問與劉稹相關之人，是爲「昭義之伐」。詳見《新舊書》劉從諫標與《資通治鑑》卷二百四十七～二百四十八。《通鑑》卷二百四十八云：「李德裕怨太子太傅東都留守牛僧孺，湘州刺史李宗閔，言於上曰：『劉從諫據上黨十年，太和中入朝，僧孺宗閔執政不留之，加宰相，縱去，以成今日之患，竭天下力，乃能取之，皆二人之罪也。』德裕又使人於潞州，求

貶爲太子少保分司，再貶爲汀州刺史，十二月三貶爲循州長史。

宣宗即位（847），移僧孺爲衡州長史，遷太子少保，轉太子少師，分司東都。是年，白敏中拜相，李德裕被貶爲潮州司馬。

大中二年（848）十二月廿九日，僧孺病逝都城南別墅。享年六十九，冊贈太尉，諡文簡。夫人辛氏，早牛氏八年去世，有五男六女。

僧孺著作除《玄怪錄》外，有《牛僧孺集》五卷。後者今不傳，今存《全唐文》卷六八二有牛僧孺一卷十九篇，唐文粹收有〈辨私論〉（卷卅五）、〈守在四夷論〉（卷卅七）、〈厚仁〉（卷四十三）等三篇，又《全唐詩》第七函第九冊收有享太廟樂章，樂天夢得有歲夜詩聊以奉和，李蘇州遺太湖石奇狀絕倫因題二十韻奉呈夢得樂天、席上贈劉夢得等四首詩。又《樂府詩集》卷第十一郊廟歌辭收有牛僧孺獻穆宗「和寧舞」一首。

二、玄怪錄的存件和命名

《玄怪錄》一書，爲牛僧孺所撰，原書不傳。考史籍可見《玄怪錄》書目如下：

《新唐書・藝文志》卷四十九云：

牛僧孺《玄怪錄》十卷。

《宋史・藝文志》卷一百五十九云：

牛僧孺《玄怪錄》十卷。

晁公武《郡齋讀書志》卷十三云：

《元怪錄》十卷。右唐牛僧孺撰，僧孺爲宰相，有聞於世，而著此等書，周秦行紀之謗，蓋有以致之也。

陳振孫《直齋書錄解題》卷十一云：

《元怪錄》十卷。唐牛僧孺撰，唐志十卷，又言李復言續錄五卷，館閣書目同，今但有十一卷，而無續錄。

馬端臨《文獻通考》卷二百五十云：

《元怪錄》十卷。晁氏曰：「牛僧孺撰，僧孺爲宰相，有聞於世，而

僧孺宗閔與從諫交通書疏，無所得，乃令孔目官鄭慶言：『從諫每得僧孺宗閔書疏，皆自焚毀。』詔追慶下御史臺按問。中承李回，知雜事鄭亞，以爲信然。河南少尹呂述與德裕書，言：「稹破報至，僧孺出聲歎恨。」德裕奏述書，上大怒，以僧孺爲太子少保分司，宗閔爲漳州刺史，戊子，再貶僧孺汀州刺史，宗閔漳州刺史。」

著此等書，周秦行紀之謗，蓋有以致之也。」陳氏曰：「唐志十卷，又言李復言續錄五卷，館閣書目同，今但有十一卷，而無續錄。」

又《四庫全書總目》卷一百四十四云：

《幽怪錄》一卷，《續幽怪錄》一卷。兩淮鹽政採進本。《幽怪錄》，唐牛僧孺撰。僧孺事蹟具《新唐書》本傳。《唐書・藝文志》作《元怪錄》，……楊用修改《幽怪錄》，因世廟時重元字，用修不敢不避，其實一書，非刻之誤也。然《宋史・藝文志》載李德裕《幽怪錄》十四卷，則此名爲複矣。《唐志》作十卷，今止一卷，殆鈔合而成，非其舊本。晁公武《讀書志》云：「僧孺爲宰相，有聞於世，而著此等書，周秦行紀之謗，蓋有以致之也。」末附唐李復言續錄一卷，考唐志及館閣書目皆作五卷，通考則作十卷云。與仙術感應二門，今僅殘篇數頁，並不成卷矣。然志怪之書，無關風教，其完否，亦不必深考也。

馬端臨《文獻通考》只引述晁陳二氏的話，沒有說明自己看到的是幾卷，可見《玄怪錄》原書在他那時已經不傳了。今日所見有關《玄怪錄》皆爲選刻本，〔註 3〕其不足爲據自無待辨。目前所知《玄怪錄》卌一篇，即是據《太平廣記》輯錄，而本文的研究對象亦即是以這卌一篇爲主。

其次，我們來看《玄怪錄》命名的原由。首先，我們且看我國小說的緣起，《莊子・外物篇》云：

飾小說以干縣令，其於大達亦遠甚。

漢光武時桓譚在「新論」裏云：

若其小說家，合叢殘小語，近取譬喻，比作短書，治身理家，有可觀之辭。

而班固在《漢書・藝文志》裏更明白的說：

小說家者流，蓋出於稗官，街談巷語道聽途說者之流也。孔子曰：「雖小道必有可觀者焉，致遠恐泥，是以君子弗爲也。」然亦弗滅也。閭里小智者之所及，亦使綴而不忘，或如一言可采，此亦芻蕘狂夫之議也。

由上可知，小說本屬稗官野史、不登大雅之堂，因此牛僧孺的《玄怪錄》亦是在不登大雅之堂底下的志怪傳奇記錄而已。考老子有「玄之又玄，眾妙之

〔註 3〕說郛收有《玄怪錄》。

門。」玄字，說文訓「幽遠。」宋人避諱改爲元，而清人又避聖祖諱，於是易元、玄爲幽、玄、元、幽皆同義。怪字，說文訓「異」。《論語・述而篇》有「子不語，怪力亂神。」因此所謂的玄怪，即是荒誕不經。《玄怪錄》即是一部記載所見所聞之荒誕故事的書。持此，無論從內容或是書名看來，《玄怪錄》皆屬魏晉《博物志》、《西京雜記》、《拾遺記》、《搜神記》、《述神記》等志怪的餘緒。

三、玄怪錄非溫卷之作

宋人趙彥衛《雲麓漫鈔》卷八云：

> 唐之舉人，先籍當世顯人，以姓名達之主司，然後以所業投獻，踰數日又投，謂之溫卷。如幽怪錄、傳奇皆是也。蓋此等文備眾體，可以見史才、詩筆、議論。

唐世固有溫卷之風，而玄怪錄、傳奇卻不是溫卷之作，本文專論玄怪錄。考《太平廣記》卷一百八十牛僧孺條有云：

> 牛僧孺始舉進士，致琴書於灞滻間，先以所業謁韓愈、皇甫湜。時首造愈，值愈他適，留卷而已。無何，愈訪湜時，僧孺亦及門，二賢覽刺，忻然同契延接，詢及所止，對曰：「某方以薄伎小醜呈於宗匠，進退惟命，一囊猶置於國門之外。」二公披卷，首有說樂一章，未閱其詞，遽曰：「斯高文，且以拍板爲何等？」等曰：「謂之樂句。」二公相顧大喜，曰：「斯高文必矣。」僧孺因謀所居，二公沈然良久，乃曰：「可於客户稅一廟院。」僧孺如所教，造門致謝，二公又誨之曰：「某日可遊青龍寺，薄暮而歸。」二公聯鑣至彼，因大署其門曰：「韓愈，皇甫湜同訪幾官不遇。」翌日，輦轂名士咸覩焉，奇章之名，由是赫然矣。僧孺既及第，過堂，宰相謂曰：「掃廳奉候。」僧孺獨出曰：「不敢。」眾聳異之。

《太平廣記》注明這篇是出自王定保的《摭言》，從這段記載看來，似乎是證實了趙彥衛的記載，《摭言》不但隱隱約約的說出牛僧孺有溫卷事，並且指明所謂溫的主司是韓愈和皇甫湜。除外，五代南唐人龍衮在《江南野史》卷六彭昌傳裏亦云：

> 彭昌者，其先隴西人也，世習儒學，爲鄉里所推，初唐相牛僧孺，其祖遠仕交廣，罷秩，還玉彬衡間，爲山賊所剽掠，惟僧孺母子獲

> 存，遂亡入江南，止于廬陵禾川焉。迨長爲母所訓，遂習其業。縣之北有山名絜芋，源下有古臺，古老傳爲聰明臺；其下有湧水，曰聰明泉。古今學者多於此成業。僧孺乃舍其上而肄業，迨十數年，博有文學。會母死，遂葬于縣之西南方德鄉大學里。既隨計長安，以文投吏部韓退之與皇甫湜大爲知遇，使候其出，乃往署門外謦之，凡自遺補而下迨百人皆刺謁焉，由是聲華蔚然，攫上第，不十數年，累秩相輔。

竊以爲《江南野史》仍是《摭言》的衍義而已，可是《摭言》這段文字問題不少，且聽道來：考牛氏中進士是在德宗貞元廿一年（805）八月以前，這年韓愈卅八歲，被外放到江陵做法曹參軍，當時他的名氣雖然不小，可是他不在京城，他要等到憲宗即位的那年（806）才被召爲國子博士，至於皇甫湜更是拉不上關係，皇甫湜的輩份算起來只能勉強說和牛僧孺相同，皇甫湜是憲宗元和元年的進士，比起牛氏來是晚了兩年，而後和牛氏同在元和三年應制策。因此若說牛氏向韓愈、皇甫湜兩人溫卷，顯然是一種錯誤。考李珏〈牛公神道碑〉云：

> 公端明簡重，忠厚誠慤，平居私室，如對大賓，不喜釋老，惟宗儒教，早與韓吏部、皇甫郎中爲文章友，其名相上下；晚與白少傅、劉尚書爲詩酒侶，其韻無高卑。

「早與韓吏部、皇甫郎中爲文章友，其名相上下。」或許這便是《摭言》所依據的事實。其實，我們知道神道碑這種八股的阿諛之詞本身並無多少事實性存在，考韓愈、皇甫湜等詩文並無和牛氏酬唱的記載，《新舊唐書》也無此記載。據此，李珏這些話本身並不可信。由此可知，王定保《摭言》的記載並不可信。今日所見輯錄《摭言》仍有這段話，而它的內容和《太平廣記》小有出入，茲鈔錄如下：

> 韓愈、皇甫湜一代龍門。牛僧孺攜所業謁之，其首篇説樂，韓始見題即掩卷問曰：「且以拍板爲什麼？」僧孺曰：「樂句。」二公大稱賞，俟他適訪之，大書其門曰：「韓愈、皇甫湜同訪。」翌日，遺闕以下咸往投刺，因此名振。

這段記載似乎較近事實。以情理推之，僧孺往見韓愈、皇甫湜，當屬以文會友，並非溫卷。至於《玄怪錄》，也並非溫卷之作，有下列三點可資證明：

一、從形式上來看：所謂溫卷作品，其準形式當有史傳、詩歌和議論等三部分，因有這三部分才能顯著作者的史筆，詩筆和議論的才華。如元稹《鶯鶯傳》便是典型的作品。考唐人小說都屬史傳體，當然單從這方面我們是無法判定他是否溫卷之作。因此我們只能從詩歌和議論兩方面著手。考《玄怪錄》卅一篇中，僅顧總、元載、魏朋、元無有、蕭志忠、滕庭俊等六篇有詩，其比例不及四分之一。再說，《玄怪錄》雖具有「史傳文」的形式，可是卻無涉及正史的事實和議論的筆觸在，試問一部徒具史傳文形式，而無史實和議論，且詩的比例不及四分之一的小說，是否能算是溫卷之作？再就篇幅來說，《玄怪錄》僅崔紹長達二千七百六十二字，其餘皆在千字之下，這種篇幅短的作品，在先決的條件之下，其不能供溫卷作史傳、詩歌、議論馳騁的場地，自無待辯。固然，《太平廣記》的編者有時有刪改的行爲，但不至於把《玄怪錄》的議論文字全部刪去，所以不能以此作爲《玄怪錄》各篇曾有議論的依據。

二、從內容上來看：溫卷作品不離史傳文，其內容雖不一定要有正史的事實，至少也得有一套堂皇的議論。考《玄怪錄》一書，是爲傳奇志怪的書，既無儒家修齊治平的思想，亦無事實之人生，而是把小說的內容提昇到志怪的鬼神境界而已。《玄怪錄》在內容上僅是傳述志怪而已，其目的不在表現抱負，當然，這種內容是不能夠作爲溫卷。

三、從年代上來說：就《玄怪錄》各篇所述故事年代觀察：有董慎、顧總、元載、崔順、蕭志忠、滕庭俊、劉諷等七篇指明某年，又居延部落主與元無有兩篇亦可知道明確的年代，其餘有汎指某朝代，某皇帝、某年號，於此可知唐人小說對年代觀念的重視。至於沒有註明年代有魏朋、韋協律兄、蘇履霜、景生、盧頊表姨、盧渙等六篇，從唐人小說對年代的重視，疑此六篇當是人盡皆曉的當時事。牛氏是貞元廿一年（805）的進士，若《玄怪錄》是溫卷之作，則所述內容不當有貞元廿一年以後的事，考《玄怪錄》除年代不明六篇疑爲當時人盡皆知曉的事實之外，另外有竇玉與齊推女兩篇是屬於憲宗元和年間（807～820），崔紹一篇屬文宗大和六年到八年（832～834）。那時僧孺早已登進士第了。也許有人懷疑這三篇可能是登第後補作的，其餘各篇才是登第前爲溫卷而作的；但從前二點綜合觀察，此一可能性是少之又少的。

四、玄怪錄的內容與形式

《玄怪錄》卅一篇，《太平廣記》分屬十一類，略述如下：

神仙類：王老翁、巴邛人。
女仙類：崔書生。
道術類：杜巫。
異人類：張佐。
神　類：南纘、董慎。
鬼　類：元載、崔向、劉諷、顧總、魏朋、鄭望、竇玉。
神魂類：齊推女。
精怪類：居延部落主、岑順、元無有、韋協律兄、曹惠。
再生類：崔紹、盧頊表姨、景生、古元之、蘇履霜。
塚墓類：盧渙。
畜獸類：蕭志忠、淳于矜。
昆蟲類：來君綽、滕庭俊。
寶　類：侯遹。

《太平廣記》這種分法實嫌瑣碎，現在筆者重新分爲三類：

一、鬼類：包括《太平廣記》的鬼類、神魂類、塚墓類和再生類。塚墓類盧渙一篇，寫塚墓裏幽魂阻人盜墓事，自屬鬼類。而再生類寫人死在陰間所見，結局則是復活，人死稱鬼，並且所述的都屬陰間所見事，自亦歸入鬼類。至於神魂類齊推女一篇，內容似陳玄祐離魂記，亦可歸入鬼類。

二、神類：包括神仙類、女仙類、道術類、異人類、神類、寶類。神仙、女仙、神自屬神類無疑。而成道之道士，或雲遊、或居山中，亦略似神人人物，因此道術類一篇歸入神類。寶類侯遹一篇，記異人收回給侯遹的富貴，異人亦屬神仙之流，因此亦歸入神類。

三、靈精類：包括精怪、畜獸、昆蟲等三類。精怪、畜獸、昆蟲能變人，皆屬靈精無疑。

從上述分類上看來，《玄怪錄》的內容仍不脫魏晉志怪的遺風，他的取材範圍是在孔子所不語的「怪、力、亂、神」之內。也就是屬於佛、道這一路的玄怪事。可是他並不加以強調或是闡述，更絕少做一種倫理上的渲染，如〈元載篇〉「載後竟破家，妻子被殺云。」又〈居延部落主篇〉「骨低舉家病死，周歲，無復孑遺，水銀後亦失所在。」其實從原文的情節看來，這兩篇的結局稱不上有必然的邏輯關係，他僅是指明該件事的下場而已。至於〈崔紹〉一篇記「一字天王」報答崔紹供奉之恩，並且有「世人能行好心，必受善報」的文句，這是一篇比較長且突出的小說，可是也非刻意的渲染。另外，古玄之一篇借古元之冥逝而描述所見的和神國，似乎是有一種如桃花源記之理想境界的托喻。

至於形式方面，可分下列三點來談：

一、首句格式：《玄怪錄》卅一篇皆屬史傳體，史傳體的首句皆是表明人物、時間、地點，這是唐人小說的固定格式，如〈王老翁〉一篇作「天寶中，有士人崔姓者，尉於巴蜀。」又如〈竇玉〉一篇作「進士王勝蓋夷，元和中，求薦於同州。」又如〈景生〉一篇作「景生者，河中猗氏人也。」大致說來，首句或先人名、地點、時間不定，要皆以三者爲主。其中除六篇年代不明者外，有「巴邛人」一篇把時間放在最後，作「似在隋唐之間。」又「岑順」一篇也是放在最後作「寶應元年也。」除外又有「崔紹」一篇，每述一事必表明時間。

二、人稱：卅一篇中，除「南纘」一篇作「唐廣漢守南纘，常爲人言：至德中，……」和蕭志忠一篇作「有薪者樵于霍山，暴瘧不能歸，因止巖穴之中，呻吟不寐。夜將艾，似聞悉窣有人聲。初以爲盜賊將至，則匍匐伏于林中，……」這兩篇在人稱上雖然仍是第三者，可是因爲他有第二者的介入，所以當屬第三人稱的間接筆法，這種筆法更能取信於人。其餘廿六篇都用第三人稱的直述筆法。

三、篇幅：三十一篇中，篇幅在一千字以上的只有竇玉、董慎、齊推女、張佳、崔紹五篇、其餘的都不過數百字，甚至有些一百字以內的。這種短小的篇幅，本來是適合寫志怪小說的。

五、玄怪錄的價值

一般說來，小說不離人物、結構、與主題，現在筆者依次來看《玄怪錄》一書：

一、人物：這是指作者對人物的經營而言，人物刻劃在小說裏佔著極重要的地位，它能左右故事情節的變化，它能賦予情節以生命和意義，一篇小說的成功與否，人物特性的呈現，是決定性的一環。玄怪錄屬史傳體，史傳體的筆法是開門見山的介紹人物身世，地位與時空，皆是屬於直敘筆法，而無做間接聿法的烘托或心理刻劃。因此玄怪錄的人物不能給人一種栩栩如生的感覺，這是因爲玄怪錄的立意並非爲寫小說而寫作，作者的興趣是在志怪身上，因此在《玄怪錄》裏，時有標題人物變成配角的感覺，如「曹惠」一篇，曹惠反而成爲兩個木偶的陪襯人物。

二、結構：結構是由小說人物的一連串動作所產生的連續演變，而由這演變中形成了情節。有了情節，便有懸疑的存在，有了懸疑，便有被等待的焦慮，以及急待解決的因果關係。因此小說裏的結構，它的重要性並不在於對事件的誇寫，而在於事件的因果律之妥善安排。申言之，結構是人物在故事裏一連串的動作。動作的完整與否，有賴於故事的完整和情節的一致。

情節是推動小說進展的因素，小說缺少情節，則顯得平板，一般說來，玄怪錄情節的安排皆在志怪之下進行，因此有的情節很不合理，如〈元載〉一篇：

> 大歷九年，中書侍郎平章事元載早入朝，有獻文章者，令左右收之，此人若欲載讀，載云：「俟至中書當爲看。」人言若不能讀，請自誦一首，誦畢不見，方知非人耳。詩曰：城東城西舊居處，城裏飛花亂如絮；海燕啣泥卻下來，屋裏無人卻飛去。載後竟破家，妻子被殺云。

像這樣的一篇，實在說不上有情節的成分在，頂多能算是記述一件荒唐的事而已。另外如〈崔紹〉一篇，雖然具有多層次的情節，而其間卻缺少一種遙相呼應的關係。

我們知道《玄怪錄》的情節是在志怪之下進行，所謂的志怪便是故事的本身，《玄怪錄》不在情節上和人物上用心，使他成爲更具情節化的小說。他所經營的是在志怪故事的荒誕。

這種缺少情節的荒誕故事，當然談不上是有完整的小說結構，單就結構的觀點來看，《玄怪錄》是沒有幾篇能算是小說的。

三、主題：從小說的主題可以看作者的人生觀，同時小說的主題可以左右讀者的思想。我們知道，《玄怪錄》僅是一部記錄足以解頤的志怪書，他的取材範圍不離佛、道志怪，可是卻沒有煉丹求仙或是生死因果報應之說，因此《玄怪錄》一書說不上有嚴肅的主題，或是闡釋某種思想和人生態度，其中僅古玄之一篇似有托喻。

從時代的觀點來看，唐代由於寫作的解放與社會的自然需要，文士們開始重視小說，並且加進自己的思想與感情，而使漢魏六朝的「街談巷語道聽塗說之所造」，變成了有人生的悲歡離合與喜怒哀樂的作品，因此胡應麟在《筆叢》卷卅六云：

> 凡變異之談，盛於六朝，然多是傳錄舛訛，未必盡幻設語。至唐人，乃作意好奇，假小說以寄筆端。

又《中國小說史略》云：

> 傳奇者流，源蓋出於志怪，然施之藻繪，擴其波瀾，故所成就乃特異，其間雖亦托諷喻以紓牢愁，談禍福以寓懲勸，而大歸則究在文采與思想，與昔之傳鬼神因果而無他意者，甚異其趣矣。

嚴格說來，唐人的小說已擺脫了記載性的習慣，而揉合了作者的思想與感情去創作，因此抬高了小說在文學上的地位。可是從前邊的分述裏，可以明確的指出《玄怪錄》並沒有法子參與這份唐人小說的光榮。《玄怪錄》沒有賦給人物以生命，也沒有一種婉轉曲折的情節，更重要的是他並沒有主題，因此就小說本身的立場看來，《玄怪錄》並無價值。崔書生算是最好的一篇，可是拿他來和〈李娃傳〉、〈長恨歌傳〉、〈鶯鶯傳〉、〈聶隱娘〉相比，仍是遜色多多。

推開小說價值不談，《玄怪錄》仍有值得注意的地方，從時代的觀點來說，它是越過〈古鏡記〉、〈補江總白猿傳〉而直接承繼漢魏六朝人志怪的一部著作。他不若〈古鏡記〉、〈補江總白猿傳〉等有主題與諷喻。它是一部篇幅較漢魏六朝作品稍長的殘叢小語，後來雖然有李復言的《續玄怪錄》，可是《續玄怪錄》卻不似《玄怪錄》保持漢魏六朝志怪的特色。因此《玄怪錄》一書在唐人小說中仍是一部矚目的集子。除外，他雖然不離史傳體，可是卻能屏除「傳」「記」等篇目用字，而直接冠以姓名。同時，他能夠完全屏棄駢文，而以古文創作，雖然文辭雅潔仍不夠，可是在以古文寫小說，使古文運動益爲壯大上，他已付出了一份努力。

六、玄怪錄的寫作動機

《新唐書》罵牛氏是盜儒，而《舊唐書》，杜牧〔註 4〕、司馬光〔註 5〕等卻認爲他是正人君子，至於李珏更在神道碑裏說他「惟宗儒教，不喜釋老。」可是我們看看整部的《玄怪錄》，所寫的盡是釋道怪異事，顯然這是和史實不合。因此我們只好從小說本身上來推求他的創作動機。由前幾節所述，我們

〔註 4〕杜牧有〈唐承相故太子少師奇章郡開國公贈太尉牛公墓誌銘並序〉一文。

〔註 5〕見《資治通鑑》。

已經知道《玄怪錄》並非溫卷之作。其次，我們再從時代背景來說，牛氏身處中晚唐，中晚唐的小說已至鼎盛時期，就以早期而論，仍有〈古鏡記〉、〈補江總白猿記〉、〈離魂記〉、〈枕中記〉等傑出作品，而和牛氏同時代的亦有〈鶯鶯傳〉、〈李娃傳〉、〈謝小娥傳〉等傑出作品，這些作品或爲溫卷，或爲諷刺時事，大致說來，他們皆有創作的動機。考《玄怪錄》所寫的是志怪事，看不出與現實社會有何關係；如果他想要諷刺時事，至少得加長篇幅，並且放入主題，可是《玄怪錄》卻沒有這種現象，因此他也不可能是有所規諷而作，持此，我們認爲《玄怪錄》一書乃牛氏因好怪異而做一種遣興的寫作。在此，我們更可指明一件事實，考〈竇玉〉、〈崔紹〉兩篇，所述故事年代最晚，而篇幅卻最長，這是事實，亦可看出牛氏的小說正由短的記載，演爲較長而有情節的志怪故事，這是時代趨勢使然。同時，我們再從《周秦行紀》等黨爭小說，亦可看出牛氏好怪異乃是長時期的事，考李德裕所著窮愁志乃是晚年被放逐時所寫的，寫的動機是針對《周秦行紀》；而周秦行紀寫作的緣起是因牛氏嗜好怪異，牛氏這種嗜好怪異亦當是人盡知曉的事實。由此我們更可確信《玄怪錄》既非溫卷之作，亦非是未通籍以前所作。

七、玄怪錄的仿效者

前邊說《玄怪錄》是唐人小說裏，在內容和形式皆屬突出的一本集子，考唐人小說有怪異、豪情、與戀愛三大類，要皆以指涉現狀，或是闡釋人生與思想爲主。唐人怪異乃是承繼漢魏六朝的「志怪」而來；至於戀愛，豪情則是以承繼「志人」〔註6〕爲多，怪異在唐初有〈古鏡記〉、〈補江總白猿傳〉，中晚唐有〈柳毅傳〉、〈枕中記〉，亦即是以神怪爲外表，再加上作者的思想與情感，因此他們和純怪異的《玄怪錄》不同，由於《玄怪錄》有此特殊，後來竟有不少的仿效者，《郡齋讀書志》卷十三云：

> 《河東記》三卷：右唐淖思撰，亦記譎怪事。序云續牛僧孺之書。

又：

> 《續玄怪錄》十卷：右唐李復言撰，續牛僧孺書也。與仙術、感應二門。

以上兩本，或序稱續僧孺書，或直稱《續玄怪錄》，可見牛氏怪異帶給人的影響，《郡齋讀書志》十三又云：

〔註6〕孟瑤《中國小說史》分魏晉北朝的小說爲「志怪」和「志人」兩大類。

《宣室志》十卷：右唐張讀聖朋撰，纂輯仙鬼，靈異事，名曰宣室志者，取漢文召見賈生論鬼之義，苗臺符爲之序。

考張讀，字聖朋，乃張鷟的後人，牛僧孺的外孫，因此《宣室志》亦當爲仿效《玄怪錄》之作。

或說宋人小說已屬白話，然而亦有承繼唐人志怪者，如宋初徐鉉有《稽神錄》，吳淑有《江淮異人錄》，而後又有張君房的《乘異記》，張師正的《括異志》，聶田的《祖異志》，秦再思的《洛中紀異》，畢仲詢的《幕府燕閒錄》，洪邁的《夷堅志》，這些書雖然看不出有直接仿效《玄怪錄》的痕跡，但多多少少免不了和《玄怪錄》有點類似之處。